2024中国年选系列

2024年
中国精短美文精选

王剑冰　选编

长江出版传媒　长江文艺出版社

图书在版编目（CIP）数据

2024 年中国精短美文精选 / 王剑冰选编. —— 武汉：
长江文艺出版社，2025.1. ——（2024 中国年选系列）.
ISBN 978-7-5702-3873-6

Ⅰ. I267

中国国家版本馆 CIP 数据核字第 2024N9X510 号

2024 年中国精短美文精选

2024 NIAN ZHONGGUO JINGDUAN MEIWEN JINGXUAN

责任编辑：杨　阳　邹　宁　　　　　责任校对：程华清
封面设计：胡冰倩　　　　　　　　　责任印制：邱　莉　丁　涛

出版：长江出版传媒　　长江文艺出版社
地址：武汉市雄楚大街 268 号　　　　邮编：430070
发行：长江文艺出版社
http://www.cjlap.com
印刷：武汉科源印刷设计有限公司

开本：680 毫米×980 毫米　　1/16　　印张：16.875
版次：2025 年 1 月第 1 版　　　　2025 年 1 月第 1 次印刷
字数：263 千字

定价：35.00 元

目录

辑 一

辑 二

辑 三

辑　四

辑　五

辑

一

生长的村庄

王兆胜

一

在中国广袤的大地上，你随处可见村庄。

如果说，天上有日月星辰，那么，村庄就是散落于中国大地上的日月星辉，它们如守护神一样一直守护着人们的平安。

有的村庄在天上，或者说在高山之上，是在最接近天空的地方。青藏高原上的村庄，自不必说，它们与天上的星群一起闪耀。四川大凉山有个山上的村庄，需要攀爬五公里的天梯才能到家，那是一个梦一样的地方。

也有的村庄坐落在山峦之中，因万山环绕与外面的世界几近隔绝。为了与外界沟通，方便出行，一届一届的村党支书带领村民手工开凿，终于打开通道。丝带般的公路在云山中穿行环绕，诠释着一种强大的信仰的力量。

又有的村庄在半地下或者地下。陕北的窑洞以山体为根本，可说是处于半地下状态；陕西的柏社村修在地下，是典型的"地窨村"，距今已有1600年的历史，被称为民居的"活化石"。这种村庄更接地气，村民有更多时间生活在泥土之中。

还有在大海里的村庄。蓬莱长岛就是身处渤海中，其间的村落如珠玉，也像灯盏镶嵌在大海之上，给人带来无限的遐想与无以言说的美感。

更有一些土楼建筑，外表看上去有些呆头呆脑，实则非常坚实、舒适、安全，特别是在动乱年代用以自保与防护，其作用功不可没。这样的村庄仿佛是勇敢的战士，有一种八风不动、威风凛凛的大丈夫气概。

中国更多的村庄往往是依山傍水而建。不少村庄坐北朝南，北靠山、南近水，它高高在上地坐在一把太师椅上，将树木当成摇扇一样摇动，眼前耳中的所见所闻是河水的悠然流淌。

中国的村庄多是平平常常的，但也不乏特色鲜明、千奇百怪的。那些从数千年历史文化深处走来的村庄，更是充满神圣感甚至有神秘的光影。不说别的，只是村庄的那些古树、老屋、旧书、童谣、习俗就值得我们倍加尊重和爱惜。

村庄，像一颗颗宝石，也像一件件民族的服饰，将中国大地装点得富丽丰饶。在悠久的历史文化中，有太多的神奇故事从村庄流出，进入日常生活、文学艺术、科学哲学之中。

远处不说，百年来就有无数的中国人从村庄出发，走进城镇甚至大都市，进入大千世界，成为这个世界上的游子。

只是我们无从知道，在外面打拼的人还会不会想起生养自己的村庄，哪怕在深夜的梦里？

二

我出生在胶东半岛一个小村庄，叫上王家村。它是极为普通的一个小村，深藏在蓬莱阁南面80里的深山中。因为被群山环绕，我村不远处有西周、春秋时期的古墓群，直到现在还能看到各种古遗址与建筑留存，是一个保护相对较好又有文化内涵的地方。

我在家乡生活了19年，对我村与周边的村非常熟悉，它们几乎成为我生活与人生的重要内容，后来的发展变化恐怕都与此相关。即使我到了省城济南、首都北京数十年，那些村庄都一直跟在身后，也坐落在心中、深藏于梦里。

我村就像一面大镜子，坐北朝南，被挂在一个大斜坡上。南面是一条小河，还有两个清澈的池塘，它们仿佛是为妇女梳妆打扮用的。村中有两条南北贯通的马路，这成为多条横向街道的总纲，于是形成具有网状的村庄结构图。其中，有几处公共场所让人们在闲余时聚集、聊天、玩耍，大人和孩子都在吃饭前后来这里享受美好的时光。我是这里的常客，喜欢听人们天南海北神聊，一些中国野史、民间故事和文学知识多是从这里得来的。

我家门口有个十几米宽的过道，它与另一条东西街道交叉成为"丁"字形。农闲时节，姐姐就与女伴一起坐在这块空地的房子阴凉里做手工，她们边谈笑边劳作，我总愿凑热闹去听她们说什么，结果被轰出来。姐姐总说："一个男孩子老往女人堆里钻，会有什么出息？"于是，我就跑到离我家不远的一排高大的槐树下，一边感受知了的寂寞，一边被槐花的美丽姿容与香气感染。此时，我会生出一种既悲凉又美好的感受，身心仿佛随风飘浮起来，甚是轻松自在。不远处的树下，一些老人在闲散地弈棋，我也会站在棋局前，看他们捉对厮杀。后来，上了大学，看到"观棋烂柯"这个成语，我就会想起家乡这一幕，那是如梦的时光，也充满神圣的境界。

三

我村东面是上门家村，西面是下门家村，两地都隔着一里路。长期以来，我一直有一种感觉：两扇门中间夹着一个"王"字，这不是个"闰"字吗？于是，我觉得我们村是有福运和颇有深意的。向西经过下门家村，依次是大崔家村、温石汤村，往南是战家庄村、村里集镇。再往南，在"蓬丰路"两边分布着一些村庄，它们是陈家沟村、李家沟村、高张家村等等，只听这些名字就觉得很有意思。

这些村庄像思绪一样与我村缠绕在一起，也成为我生命的根系。上学及走亲访友时，我常光顾这些村庄；我的老师与同学、朋友多是从这些村庄出来的，他们似乎带着村庄的信息与气息。比如温石汤村有汤泉，我的中学老师刘有兴、好友刘同光以及不少同学都是这个村的。小时候，每年春节前，我都要与家人一起来此沐浴。此时，脱掉衣服，赤身裸体进入雾气缭绕的有些烫人的温泉，在光滑如玉和有些历史的巨石上将周身污垢搓去，也将一年的秽气送走，然后一身轻松回家过年。这在贫困的年月，无疑是上苍给予农人的最大赐福。

有时，我路过这些村庄，就会生出奇想：李家沟村，莫不是因为产李子，或者全是李姓人家？对于"石门口村"，我一直不得要领，后来常这样想象着，它或是因为被山体夹住，成为"石门"之口？还有"站马张家村",我就会将它与"马"相连,所以,有一次在村口看到一个给马"上掌"的人,我就生出是"站着上马掌"还是"上马掌的一站"的疑问。

现在,关于青少年时期及之后的许多人与事都已淡忘,但对我出生的村庄与周围的村庄却记忆犹新。有时,我会拿着这些村庄照亮自己,也会走进镜像里回忆一件件往事。我的中学老师孙同茂现已去世,但我常会想起他,还有他家的房屋。孙同茂老师住我家隔壁,他常叫我到他家,一边给我补习数学,一边让师母给我做好吃的。他那关爱的眼神,整洁的装束,上课用尺子与圆规画出一丝不苟的直线与图形,都镌刻在我心中。孙老师干了一辈子民办老师,退休时转正,这成为他人生最高光的时刻。

我姥爷是大赵家村的,离我家三里路。从我村出发,经上门家村,再往东走两里路便到。我常想,把"蓬丰路"这条主干道比成一棵大树,那么,与我村连的五个村就是树上的一根根树枝;它优雅地向东延伸,我就是这枝丫上的一只翠鸟。

姥爷所在的大赵家村比我村大得多,它南北贯通,要走好长的路才能到。姥爷家在村南,从村北经过一条白净的沙河,河两岸矗立着两排高悬的村舍,它们仿佛好奇地张望着每一位来村里的客人。

经过姥爷家,往东是大舅家。它像蜂房一样立于更高的悬崖边上,要上去必经一个高坡,这是一个上与下都非常困难的地方。小时候,我总爱在下雪天不断地从上面向下面滑着玩,常被摔得嘴啃泥,但乐在其中,风伴着飞雪还有刺骨的痛楚一同袭来,既开心又刺激。后来,我喜欢文学,有梦想,崇尚自由,沉醉于逍遥精神,都可以追溯到那个孩童从高坡向下"滑雪"的感受。

不知道为什么,站在大舅家,从斜坡上往下滑时,我总有一种展翅高飞的感觉,似乎蓝天白云以及雨雪都在向我发出一种"不是呼唤的呼唤"。

四

每个村庄都是一颗明珠,它们往往千年百代被镶嵌在祖国的大地上,并发出各自的光彩。

我的家乡胶东特别是烟台以花果遍地闻名、出产黄金著称、重视生态环保知名。有一年,我到招远采风,参观了一个由原来的矿坑建起的美丽公园。它采用的是就地取材法，挖出来的土堆成山，陷落的地方变成湖。特别是因这里植被茂盛、环境卫生、空气新鲜，不少家长周末都愿带孩子来玩。我还到过莱州，那里的乡村建设井然有序，村庄实行"以孝为先"的治理模式，人的精神面貌非常好，一派欣欣向荣景象。那天，我入住宾馆时发现：洁净清新的白床单上放着用手绢折叠的大象，其憨直可爱一下子驱除我一路的鞍马劳顿，这是一种心灵的环保与精神愉悦。

胶东特别是烟台物产丰富、气候宜人、人心向善，所以一直繁荣稳定。以我的家乡为例，因为各家有果林，外出打工的人较少，不少年轻人在家就可以有较高的稳定收入，所以村庄整体保存完好，回家时还能看到大致不变的村容。

许多中国人都有一个村庄梦。一个人不管走到哪里，村庄就是一张名片、一种记忆、一个影子、一幅自画像，一直跟着他们的人生步履和生命历程。即使离家乡远了，许多游子恐怕也会在想象中回村庄歇歇脚，整理一下思绪，安顿自己的灵魂。

我多年来就是这样做的，也是这么想的。尽管离开已经四十多年，但是，村庄里一直留有我的影子，我的身体里也总是住着村庄——一个不断生长的村庄。

原载《胶东文学》2023 年第 11 期

耳顺之年登泰山

衣向东

我到过泰安两次，却没有登泰山，其实不是没有时间，只是欲望并不强烈。我不知道为什么一定要去爬泰山，如果只为爬山的缘由，北京城周边有很多山，我经常去爬；如果为了看日出，印象中我在中国的最北端黑龙江漠河的冰天雪地里，以及新疆的大漠戈壁上，都曾看过很壮美的日出。其实很多人跟我一样，去爬泰山并没有确切的理由，只因为别人去过泰山，我也一定要去的，就像登长城一样。

我有了登泰山的念头，是因为父亲。两年前我跟他聊天，承诺等我退休后，带他出去旅游，他听了很高兴，说自己一直想去爬泰山。我说这个愿望很简单，我退休后的第一件事，就带他登泰山。我很后悔这话说早了，他没有等到我退休，在去年春节前病逝。到了12月底，距离我退休只有四个月，我参加了中国作家协会在泰安组织的一次创作活动，心里就想，这次泰安之行，一定要去爬泰山。

说是爬泰山，其实一半路程是坐车，另一半路程乘缆车。乘车途中，路过"彩石溪"，很想下车仔细观赏，但又不好因我影响一车人的行程，只能隔着窗玻璃瞅了几眼。我喜欢泰山石，所以对彩石溪早已熟知。这地方的名字也好，桃花峪。乘车顺山势而上，彩石在溪流中徐徐铺展开，像一块五彩斑斓的石毯斜挂在河床上，时而凸起，时而隐入溪流中。车到山顶，可以看到几处耸立的石壁被雨水冲刷洁净，黑白分明的条状花纹，甚是壮观。在我的认知里，黑白花纹是泰山石的标志。记得小时候在村头十字路口的房子前玩耍，房子拐角的地基，立着一块黑白花纹的泰山石，上面写着"泰山石敢当"，很多刚识字的孩子，嘴里都大声朗诵过这几个字。五十多年的风雨岁月中，每当我遇到挫折的时候，老村街头的"泰山石敢当"几个字，就会闪现在我眼前。

　　尽管徒步只走了很短的路，爬了百十级台阶，膝盖已经隐隐作痛。耳顺之年，身体最先"叛变"的部位就是膝盖，出工不出力了。尽管"五岳独尊"的石刻是泰山景点的打卡地，我也只是隔着台阶仰望着，没有丝毫遗憾。有朋友动员我坚持攀登上去，说不在"五岳独尊"石刻下留影，就不算到过泰山。我笑了，不算就不算呗。

　　一路爬行，路边最多的风景就是刻石，据统计泰山有2516处刻石，很多人想借助泰山刻石让自己的名字成为永恒。其实，看刻石的游人，有几人会在乎刻石上的名字？

　　爬到山顶，也就到了我们晚上要住宿的酒店。去酒店要攀登上百级台阶，我只能蜗牛一般慢慢地爬。恰好到了太阳开始落山时分，绚烂的夕阳铺在层层叠叠的山峰上，在一片片山坡的丛林间流泻，营造出偌大的梦幻世界。每登高十几级台阶，回身看西边的落日，就有不同的景色展现在眼前，变化莫测。

　　酒店在山顶最高处，天亮时分起床看日出很方便。顺着酒店后山的小路向上爬了二三百米，就到了观日出的最佳区域。那里已经有密密麻麻的人占领了最佳观测点，他们大都是前一天晚上爬到山顶，披着厚厚的棉衣或围着棉被守候在那里。尽管天气没有想象的那么寒冷，但是12月底的泰山顶上，温度很低，长时间被寒风蹂躏，也够人受的。

　　早晨五点多钟，天光开始明亮起来，可以看清附近山巅上挤满的人群，很容易想到"山高人为峰，海阔无心界"两句话。俯身朝山下看去，山下是一片高低不一的山峰，被夜色笼罩着，若隐若现。自然，又会想到"会当凌绝顶，一览众山小"的诗句。等待，让时间变得漫长；想象，又让即将看到的日出充满诱惑。

　　天际的光亮由弱变强，推进非常缓慢。大约过了半个小时，才有红晕升腾，渐渐融化了厚重的浮云，露出太阳的边沿。山顶的人群爆发出一阵阵欢呼声，拍照、录视频、开直播……也就一两分钟，太阳从云层挣脱出来，周边的光，像熔化的铁水般变得炽热耀眼，并伴有哗哗剥剥的燃烧声。泰山脚下那些隐在暗影里的山峰，轮廓渐渐清晰起来。放眼远处，霞光万道，天高地阔，似有万千世界尽揽于胸的气度，也有君临天下俯瞰众生的豪迈。

泰山，山中泰斗。

太阳升高，山峰上的人潮退下来了。夹杂在人潮中，我突然想，为什么这么多人来看日出？我们在日出里看到了什么？

我思考答案的时候，很自然地想到了昨晚的落日。落日和日出，带给我们的是完全不同的两种心境。落日温和宁静，平淡内敛。落日下的夕阳夺目而不耀眼，绚烂而不张扬，在无声中将山河草木藏入夜色，让世界归于平静。日出却蓬勃旺盛，耀眼而喧嚣。日出喷薄的朝阳唤醒了山河草木，激荡了怀梦的青春！

我很庆幸自己在耳顺之年登泰山。已经没有了怀梦的青春，没有了去远航的雄心，只剩下顺天安命的淡然。

泰山是什么？泰山就是永恒。在泰山面前，我们只能像风一样吹过，像云一样散去。

原载山东大众网 2024 年 9 月 25 日

与汉字对视

姜 明

若干年以后，当我们回望 2023 年盛夏的时候，除了东安湖上空大运会璀璨的烟花以外，一定还可以看到天府广场成都博物馆"汉字中国——方正之间的中华文明"文物特展的万千气象。

这是一个需要提前很多天预约，然后现场排队很久才能入场的文物特展。该特展开展四个月，共接待海内外观众 140 万人次，线上观众近亿人次，社会各界予以高度好评，斩获 2023 年"全国十大陈列展览优胜奖"，入选 2023 年四川省文化发展 10 件大事，被国家文物局评价为"2023 年全国最好的展览之一"。

这是成都博物馆建馆以来规格最高的一个文物特展，200 多件展品来自全国多家文博机构，90% 以上都是珍贵文物，光国家一级文物就有 70 多件。国宝云集，重器林立。而在文物的形制和盛名之外，从表意叙事，到书法审美，再到价值观共识，一枚枚汉字串联起方正之间的中华文明，构建起三四千年来不中断不漫漶、挺立如松坚贞似铁的中国精神。"一眼数千年，目睹即成长。"文物带给观众的不仅仅是视觉震撼，更是长久的精神濡养。

这是一个盛况空前的文物特展。正值盛夏，来自省内外的观众不惮高温、不惧长队，雀跃地涌进博物馆。毫无疑问，这也是一个让我特别激动的文物特展，我曾经先后四次来到展馆，也聆听了多位导游的讲解。记得在观展现场，我一次一次被文物打动、征服，一次一次命令自己：写下来！写下来！立即！马上！

但我并没有立即动笔。相当长一段时间，我在思考这样两个问题：文物特展缘何火爆全国？古老汉字何以征服观众？

何以中国？何以汉字？

汉字，是所有中国人的故乡。卷帙浩繁的图书典籍是我们的精神滋养，那都是由汉字写成的。绸缪婉转、钩沉索隐中忽然掩卷有得，妙思如泉，且用汉字一一记载。历经沧海，学富五车，述而不作不如捉笔成趣；自在生活，我行我素，行云流水哪比笔下生花。汉字是我们阅读、思考、记录、交流的工具，不管你在地球上哪一个角落，不管你是国王还是平民，不管你在何朝何代，不管你是耄耋老人还是懵懂孩童，汉字都是我们唯一的故乡——见字如面，见字返乡，见字心安，见字认亲。

汉字，是中国艺术的故乡。汉字是世界上唯一发展成为书法艺术的通用文字，绵里裹铁、匀称丝滑的秦篆线条至今令人迷醉，劲舞狂飙如崩浪惊涛般的草书华章在谁的眼里都是交响，正大庄严如塔峰威峙的楷书是端庄澄澈清简相尚美学，尺牍之内烟波万状的行书小品如走马锦城风过稻浪……汉字书法之美，指腕之间笙箫夹鼓琴瑟间钟，点线之间风雷生焉仙境存焉，枯润之间生动枝蔓灵秀扑面，方圆之间乾坤井然，气象万千。

汉字，是中国精神的故乡。横平竖直，顶天立地，这是汉字的基本结构；颜筋柳骨，为国为民，这是汉字的基本内涵；内圆外方，正气充盈，这是汉字的基本规范；人言为信，止戈为武，这是汉字的基本旨归。爱国敬业、勤劳勇敢、自强不息、热爱和平，数千年汉字源远流长，培育和生成了独特而璀璨的中国精神和全民族共同价值观。滥觞成瀛海，汉字见精神，这是对全体中国人的基因确认和人性导航。汉字不灭，中国精神永存。

是的，汉字是工具、是艺术、是精神，汉字就是中国人的生活方式，是我们的目之所遇、耳之所闻、身之所趋、心之所往，是我们的过去、现在和未来，是我们的血缘、胎记、肤色和眼神，是我们的空气、粮食、花朵和大地，是我们的朋友、邻居和家人，是我们的规则、道德、法律和课堂，是我们全部的生活、美感、价值和幸福。

汉字是所有中国人的盐。平时感觉不到它的重要，但少了它，人就活不下去。

同时，汉字还是所有中国人的眼。是的，汉字根本不是外在客体，它就是我们身体的一部分，甚至是身体的全部，是手足眼目，是心肝脾肺。

作为中国人，我们可以永远无限制地使用汉字，而不需要支付任何版税，这是一种何其巨大的幸福——只是我们很多人身在福中不知福罢了。

当然，越来越多的人感知到自己的幸福了——比如前往博物馆看展的观众——虽然他们还没有完全把这种幸福同汉字联系在一起。

是的，有必要告诉他们，他们的幸福与汉字是一体的。

告诉他们，同时也告诉自己。

告诉自己：我看见了一只8000年前的眼睛；我凝视它的时候，它也正在凝视我。

所有初见，都是重逢。所有重逢，都宛如初见。

我们互相凝视，我们对视，我突然醒悟：观展，不就是溯源吗？而所有的溯本求源，不就是认祖归宗吗？

要表达自己的震撼和激动，要告诉自己，生活在汉字中，我们是光荣的、幸运的。

最大的震撼，是发现贾湖遗址龟甲上那只8000年前的眼睛。我的凝视，比王懿荣凝视龟甲上的刻画符号，晚了120多年，但我凝视的这片龟甲，比王懿荣凝视的龟甲，年龄大了将近5000岁。所以当我发现贾湖龟甲上的眼睛凝视我的时候，我感到那不仅是一只眼睛，它很可能是中国汉字的源头和渡口。

在贾湖遗址龟甲神秘之眼的凝视下，8000年来，汉字与中华文明相互生发、相互成就，一直在继承和创新的洪流中浩荡前行，始终未曾中断，成为世界上唯一流畅使用超过5000年的文字、唯一的非拼音文字，也是唯一可以用现代输入方法在电子终端随心使用的古文字。

在贾湖遗址龟甲神秘之眼的凝视下，8000年来，先民们"仰则观象于天，俯则观法于地，观鸟兽之文与地之宜。近取诸身，远取诸物"，发明刻画符号，以类万物之情；殷商人问卜于龟甲，形成东亚地区最早的成熟文字；殷周人引甲骨文于青铜之上，熔铸成礼乐盛世的皇皇华章；秦代书同文、车同轨、人同伦，开辟汉字统一背景下的大秦帝国；汉魏以降，应流通传播之需，隶草行楷粉墨登场，造纸印刷惊天问世。汉字凝聚共识，表达美感，增进对外交流，促进民族融合，砥砺滋养中华文明，影响世界文明进程。

在贾湖遗址龟甲神秘之眼的凝视下，8000年来，汉字培育和浸润华夏民族精神、哲学思想、审美体系，一代代使用毛笔的中国文人厚植家国情怀、致力强国梦想。"先天下之忧而忧，后天下之乐而乐。""为天地立心，为生民立命，为往圣继绝学，为万世开太平。"翰墨一方开新境，弱笔万支铸长城，凝聚中国精神，挺立中国脊梁。

在贾湖遗址龟甲神秘之眼的凝视下，8000 年来，汉字以及与其相互生发、相互成就的中华文明，代代承续尽现连续性，革故鼎新尽现创新性，民族交融尽现统一性，兼收并蓄尽现包容性，天下一家尽现和平性。百万年的人类史、1 万年的文化史、5000 多年的文明史，滋养着中华儿女的文化自信，也构建着继往开来的中华民族现代文明。

在贾湖遗址龟甲神秘之眼的凝视下，我也凝视着它。作为一个对视者，我接收到了那来自新石器时代的欣慰和问候。

每一件文物都是一个对视者。我想，它们都可能会感到欣慰，我们没有把它们弄丢；更重要的是，我们越来越坚定地认为，它们会越来越美。而在它们的凝视和辉映下，我们的国家，我们的世界，也会越来越美好。

原载《人民文学》2024 年第 7 期
本文系节选，原标题为《八千年的凝视》

一生天问

张世勤

眼下，桃花正开。

这些桃花去年开过，前年开过，前年之前也都曾开过。要说，还得算《诗经》有眼光，很早就以《桃夭》为题将其收容，载进历史，使得这种原本普通的木本植物从此不再普通。由于桃树的根一头扎进了《诗经·国风》之中，所以注定会与众不同、会长盛不衰，直至它的花朵开遍唐宋的山山岭岭、明清的河边溪畔。

看桃花那模样，柔怯、羞让、细嫩、粉红，有些人便会无端地猜测，它不可能没有故事。

看桃花还是跟古人一起看，更能看得出景致。跟古人怎么一起看？古人并非一开始就是古人，一如我们也终将会作古一样。我们没见到过那时候的桃树，同样他们也没看到过现在的桃花。林黛玉小小年纪或许就悟出了这个道理，也许正是因为有与宝玉桃花背景下的西厢共读，才更加深了她花落时节的感时伤逝。不管是否花谢花飞花满天，照样风刀霜剑严相逼，一朝春尽红颜老，未卜葬侬知是谁。黛玉所葬应是凤仙石榴花，但我们往往认定，她葬的一定是桃花。桃花随流水，洒泪滴香容。仿佛只有葬桃花，才更能与我们共情，更让我们心痛。

桃之夭夭，灼灼其华，有蕡其实，其叶蓁蓁。《诗经》一上来就给桃花定了调子，与女人有关，与美好的情感有关。崔护对这个观点不做挣扎便从了，一句"人面桃花相映红"，直接将桃花与美人画上了等号。

想必沈园里，不只有柳树，也一定会有很多桃树。沈园是一座园林，不是一本诗刊，但陆游坚持要把他的诗，发表在园子的墙壁上。十年里，一段受伤的爱情，盖过了园内所有的风景。五十年里，漫长的思念，都长过了园内所有绿植的枝蔓。其后一千年里，一个仍然错错错莫莫莫，一个仍然难难难瞒瞒瞒。世间不止有两个人，但很多人都掉进了他们两个人的世界。沈园不是历史，沈园是人间。在唐婉的眼里，沈园或许已经是陆游；在陆游心中，沈园一定就是唐婉。

其实，桃花之美，唯有青山画不如。比如李白，他就很爱桃花，但以他的诗性，他从不拿桃花跟女人作比。有一年，他突然收到一封来自安徽泾县的信，信是一个素不相识的叫汪伦的人寄来的。只因信中有"十里桃花，万家酒店"之说，李白便夜不能寐，牵之挂之。去到后才知，所谓的桃花不过是那里一个潭水的名字，所谓的万家酒店，也仅仅是因为店主姓万。但李白泛舟桃花潭，纵情山水，照样喜不自禁，并与汪伦结下了深厚友情。等他想偷偷离开时，汪伦和村人们及时赶到岸边，一边打开十年陈酿，一边踏步高声放歌。这场景，怎能不让李白动容，他也无法不把它写进诗里。

当年的涿州城应该也是有几分繁华的，不然张飞卖肉的生意不会做得那么好。但他自恃力大，却并不把肉储存在家，而是放在市场就近的一眼井里，井口用千斤石盖上。谁让红脸的关羽力道比他更生猛呢，二人必然掐将起来。好在有卖草鞋的刘备善于协调，以致半片桃园也派上了用场。没有桃园三结义，或许也就没有了三国。

公元405年，上任彭泽县令的陶渊明，掐指一算，怎么这么快就过了八十天！这天晚上，陶渊明一夜未睡，他想通了一个问题，或者说有一个问题他始终没有想通，于是乎第二天便递交了辞呈。严格地说，他辞去的不只是彭泽县令，还包括整个东晋。更严格地说，他是把在此之前的各个朝代全部辞去了，只留下了自己和一片桃花，夫耕于前，妻锄于后，悠悠然，南山可见。他其实应该学学孔尚任，看能不能用一把扇子，把南明王朝的腐朽气息遮挡去，只让凉月当阶、花香扑鼻。

春来遍是桃花水，不辨仙源何处寻。用桃花营造仙境，这是有先例的。比如天上的蟠桃园就是，每一个桃子都是寿桃，孙悟空偷吃后，被投进炼丹炉却没被烧死，也极好地印证了桃的威力。

很遗憾，我没栽过一棵桃树，刘禹锡也没栽过。一江春水是冷是暖，苏东坡知道。大林寺的桃花到底开在三月还是四月，这问题只能交由白居易与沈括去讨论。总之，桃树栽得旺不旺，桃子长得甜不甜，桃花开得艳不艳，我们不去评论，我们只负责感慨。因为，做人和做花是一样的，桃李不言，下自成蹊。

原载《香港文汇报》2024 年 1 月 7 日

原标题为《和古人一起看桃花》

陆城粮仓记

学　群

　　这些年有过好几次机会，却一直不曾到一座粮仓里面去过。这一次到陆城却是不期而遇，从粮仓开口一直进到它的腹腔，像一粒稻米那样停在里面。接着又像那些看守粮食的人一样走上粮仓高处的栈道，从粮食们的天空走过。

　　小时候倒是去过生产队的保管室。那里头除了稻谷，还有棉花油料农具化肥和农药之类。就因为里头住着粮食，保管室的房子是全生产队最好的。人住的地方屋顶可以漏水、墙上可以有裂缝、地板可以上潮，粮食住的地方就不行。爷爷的说法是，吃过白米饭就知道，粮食比人金贵，生产队没了谁都行，谁没了粮都不行。

　　一个人在农村长大种过田，也就跟庄稼一起生长过，就知道种子会在泥里头翻身扎下根长出叶瓣来，知道禾本植物会分蘖，一粒稻种可以抽出几根稻穗，每一根穗条又可以排出好些稻粒来。知道因为有了这些禾本植物，才有了余粮有了粮仓，从而也就有了大型号的人类社会。

　　陆城地处长江中游的丘峦与平畴地带，是天然的粮仓。陆城之为陆城，据说是因为三国时候东吴的陆逊，他当年以此为据点囤积粮草。看着是陆逊造就了陆城，掉过头一看，又似乎是这块地方的水土粮草成就了陆逊。不管怎样，陆城打一开始就与粮食有关是实。现在的陆城粮库始建于1952年，两栋苏式仓库外加一栋粮油供应站，建筑面积一千三百平方米。它们与之后陆续建起的几栋粮仓一起，成为湘鄂交界的一处规模较大的集中储备和中转仓库。如今，两栋苏式仓库已不再存储粮食，云溪区已将其列为文物保护单位。

　　偌大的房子空荡荡的，一个人填进去就感觉自己像一颗细小的谷粒，只觉得世界很大人很小。想要说点什么，声音从嘴边开始旅行有些到不了边。七十年的粮仓，不知道有多少粮食从入口进来，在这里停留，又被运了出去。就想起"沧海一粟"这个词。海里头不是水吗？为什么不说沧海里的一滴水，而要把粮食扯过来呢？大概因为无论水滴还是沙子，都不及粮食离人那么近。那个里边藏着一点点生命的细小颗粒，简直就是人自己。我们的血液中、我们的骨肉里，哪一处不是粮食？把一粒粮食放进无边的空阔与漫长的时间里，人一下就有了切身的感受。

我收割过稻子。稻秆在往上长的时候是那样挺拔，足以把抽出的稻穗举起，把一生的事业撑持下去。等到上面的稻粒渐渐成熟，它们也像上了年纪的人那样弯起了腰身。那些中空的秸秆，好像从还是种子起就已经懂得，它们之所以长出来，只是要把来自泥土的水分和养料送往稻粒那里，而留给自己的，刚好够它们完成这些。稻粒熟了，它们的身子也就软了。接下来的一切就像赴约似的，那些前来收割它们的镰刀恰好弯成新月的形状，那些拿着镰刀的人同样弯下了腰身。再往后，天与地在稻子身上达成的那份果实，就带着那一年的阳光和雨水进入粮仓，进入人的血肉之中。

我想起很多年以前去半坡遗址，一眼看到泥地上储存粮食的窖穴圆溜溜地窝成一种呵护的样子，人与粮食之间的那份亲情，仿佛全都在那圆溜处。后来又在博物馆看到那时候留下来的已经碳化的粟米，还有陶罐陶盆小口尖底瓶与石器。六千多年过去，人早已化入尘土，在半坡人的身后，出来代表他们的，是粮仓和粟米，还有他们用过的那些器具。

阅读粮仓，阅读一颗稻粱的生命行程，就是在阅读我们自己。我们这些身上装着稻粱在地面行走的人，穿着西装打着领带，顶着各式的帽子，揣着各样的名片，要么叫作这个要么叫作那个，就像有的稻粱叫作糍粑、有的叫过桥米线，有的或许还成了爆米花。可是最基质的部分还是那样，粮食还是粮食，一如我们也还是要吃粮的人。

原载《散文》2024 年第 11 期

古老的记忆

乔忠延

打开古老的记忆，有个人正在慌忙火急赶路。赶路对这个人来说属于常态，这一次却赶得比任何一次还要火急、还要慌忙。曾经激奋国人的一句口号是，时间就是金钱。无数人闻风而动，夜以继日向金钱狂奔。这个人，他不为金钱所动，但狂奔的脚步却丝毫不亚于当代人。在他眼里，时间就是生命，箭在弦上，弹指即发，或许迟到一分钟，战争就会爆发。锋利的戈矛就会在壮士的呐喊声中刺向对方，一个个青春喷薄的士卒顷刻间就会血肉逬溅、死于非命。在他看来，战争就是屠杀的遮羞布，战场就是直达坟墓的通道。

这个人是墨子。墨子急着从齐国赶往楚国——楚惠王放出狠话，要攻打宋国，给点颜色看看。战国初期，弱肉强食早由禽兽的生存法则，变为国家间的盛衰逻辑。强者面对弱者，总能像狼对小羊那般，找点借口张嘴吃掉。并且，这借口还是冠冕堂皇的道理。不过，对于奉行人道的墨子来看，再冠冕堂皇的道理，只要危及生命就是伤天害理。楚国攻打宋国，一旦战争爆发，胜方和败方都难免让无辜的士兵战死，更是伤天害理。

昼夜兼程，十天后墨子到达楚国的郢都。他没有贸然去见楚惠王，先去釜底抽薪。为沸釜加薪的是公输班，也就是国人都很敬仰的木匠鲁班。鲁班手艺精湛，建造了无数精美的屋宇，可惜时光带着风雨消蚀了那些建筑，今人无缘亲睹。所幸，他发明的木匠工具，锯、刨子、曲尺和画线的墨斗，样样我都见过。若是公输班继续倾心架构屋宇，安得广厦千万间，墨子不会急着见他。见他是因为公输班膨胀了楚惠王的野心，他发明的云梯成为攻夺城市的战斗利器。以往的攻城器械，主要是很高的钩援、临冲、楼车与巢车。这些曾经的利器，在守城方加高城墙后，哪一件都失去了原本的杀伤力。公输班的云梯就在此时脱颖而出，可以登高瞭望全城，可以攀援登上城头。云梯，高耸入云的阶梯，楚惠王一见无比亢奋，亢奋着要去攻打宋国。所谓釜底抽薪，就是墨子要先抽公输班云梯这薪。

别看墨子在路上心急火燎，见到公输班却丝毫没有流露出急躁模样。《墨子·公输》记载，墨子没有莽撞开口。而是委婉请求公输班把一个欺负过自己的人做掉。公输班不干，给他黄金也不干，还说："我奉行义，决不杀人。"墨子看出进入误区的公输班并未泯灭良知，仍然心存善意，马上劝说，你奉行仁义不杀一个人，可是制造云梯、攻打宋国，不知会死多少人呀！公输班被问得哑口无言，足见智者千虑终有一失，制造了杀人无数的工具，还认为自个儿恪守大义。好在公输班不再固执己见，同意领着墨子去说服楚惠王。

见到楚惠王，墨子动之以情晓之以理，可惜费尽口舌换得的却是昏昏欲睡。这人要是钻进牛角尖，回头确实很难。楚惠王掌握了云梯，自以为胜券在握，肯定能够赌赢这把，岂能轻易收手罢休。墨子不得不戳穿赌徒的软肋，直接亮明底牌，我已部署介入了宋国防守。你能攻，我能守，你打不赢这场战争。说着，他解下腰间的皮带，围在地上做城墙，再拿几块小木板做攻城的工具，与公输班、楚惠王模拟操演。一个用云梯攻城，一个就用火箭烧毁云梯；一个用撞车猛击城门，一个就用滚木礌石砸碎撞车；一个用地道穿越，一个就用烟熏火燎地道……兵来将挡，水来土掩，公输班连用九种攻法，都被墨子一一破解。自以为战无不胜的楚惠王，被攻无不克的墨子弄蔫了，不得不放弃攻打宋国的图谋。

宋国得救了，流血漂杵的悲剧避免了，墨子制止了一场战争。

墨子制止战争何止一次，甚至因为悖逆君王旨意遭受囚禁。缘此，后人一谈墨子就会想起他所倡导的兼爱思想。兼爱成为春秋战国时期巍峨的精神高地。无论风霜雨雪，墨子皆岿然持守在兼爱的思想峰巅。

兼爱，成为墨子形象的代名词，名扬远近，传播古今。

原载《散文百家》2024 年第 4 期

静

李　娟

暮春，漫步小巷，一枝嫣红的蔷薇从一户人家的矮墙上探出头来，微风习习，落花细细。白发的婆婆坐在门前的木凳上绣花，有缠枝莲花、戏水鸳鸯、牡丹花开。她脚下卧着一只白猫，正在酣睡。小巷深处传来婉转的笛声，笛声绕着翩翩的落花、门前的老人和那只白猫，那一刻，光阴仿佛静止了。

静，是这般安然和美好。

深夜读唐诗。"长安一片月，万户捣衣声。"那是映在李白酒杯里的月亮，那是杜甫、王维的诗意长安。夜静了，八水环绕的古城长安就沉浸在如水的月色里。有人在水边浣洗，捣衣之声阵阵回荡在水面。万籁俱静的夜，捣衣声更显得夜的沉静与幽深。

"鸟宿池边树，僧敲月下门。"仿佛听见贾岛随口吟诵的诗句。诗人贾岛骑着一头毛驴，行走在长安的沉沉夜色里。一只只小鸟在树上睡着了，僧人一声声轻轻的敲门声传得很远很远。万籁俱寂，敲门声更显得夜深人静。唐诗里的静，不仅是万物的静，也是诗人灵魂的安静和悠然。

寒冬里，在中国美术馆看"搜尽奇峰——20世纪山水画展"。看画家吴昌硕的一幅画，画中是茅屋的一角，雪中几株傲雪的芭蕉，大面积的淡墨和留白，画出雪天迷蒙苍茫的景象，就是不见一个人，却有说不出的静谧。人站在画前，心一瞬间就安静下来。岁暮大雪天，压枝玉皑皑。被积雪压弯的芭蕉，似一个人，在寂静的大雪天，听雪落寒窗，也听茅屋中的人轻声吟诗……

画家笔下多是表达自己的心迹和人生，是内心的独白，也画出了传统文人白雪般高洁的灵魂。窗含西岭千秋雪，隔着百年的光阴，清寒、静寂的气息一瞬间将心灵覆盖。

在博物馆看瓷器，一尊唐代素白的瓷瓶，通体白色，素洁干净，温润如玉。仿佛一位穿白衣的中年男子，满腹经纶，通今博古，但沉静寡言。人只有到了中年，才会向内而求，放下那些炫目耀眼的光环，人生渐渐向回收拢了。经过生活熔炉的烧制、凝练，灵魂才有了安然和宁静。静默在光阴深处，不浮夸，不张扬，闲静少言，不慕荣利，把自己修炼成一尊瓷。

最美的爱情是沉静的。金岳霖先生是清华大学的逻辑学教授，他孑然一身，养着一只健硕漂亮的大公鸡，与他做伴，和他同桌吃饭。金教授对林徽因的才情谈吐极为欣赏。林徽因学的是建筑，但是她的散文、诗歌空灵洁净、清新脱俗、独一无二。他爱慕她，是她一生的挚友和知己，她一生的重大事件中，都会有他伟岸的身影。

有一日，金岳霖先生在饭店请客，众人来了就问，您因何事请客啊？他说，今天是林徽因的生日。此时，一代才女林徽因已经去世多年。听到这样的回答，内心无比地柔软和伤感，真是不言相思，却是无尽的相思。他一生的爱情是寂静的，静默无言，了无痕迹，也是天上人间。他再不需要向她表白，只要天地知道。内心充盈着爱情的人，让你感受到人世情缘的美好，爱的尊严、高贵和无私。那样的爱情执着而绵长，与光阴无关。

风和日丽的午后，和老师朋友在汉江畔喝茶。草木葳蕤，江水微澜，白鹭蹁跹，还有几只在裸露的沙滩上悠闲地漫步。小桌，竹椅，淡茶几盏，有时谈天说地，有时，不说什么也是好的。只是安静对坐着，品茶宜对知己，心中之事，只说三分。

作家亦舒说："做人凡事要静，静静地来，静静地去，静静地努力，静静地收获，切忌喧哗。"我以为，她讲的是写作时内心安静的状态。

做一个沉静的人，静静感受，写出温暖、洁净、朴素的文字，仿佛是写给远方朋友的书信。不圆滑世故，不随波逐流，不慕虚名，保持一颗沉静的心，才能听见自己心灵的呼吸。写作，从来都是内心的呼吸。

写作者仿佛一位习武之人，比的是内功，而不是外力。内力到了，才有了静气和沉稳，好文字是四两拨千斤。写作时着急不得，欲速则不达，心若是慌了，文字的气息就断了。懂得拒绝喧哗和欲望的人，文字和人一样，会慢慢变得洁净和坚韧。

好的文字，清澈如童心。又似春水初生，不染纤尘，静水流深。

在喧嚣的尘世里，我学做一个有静气的人。渐渐放下年少时的虚荣和浮躁，不抱怨，不纠结，优雅从容，气定神闲，与生活、写作相濡以沫，握手言欢。这些于我，都是一种内在的修炼。

原载《文化艺术报》副刊 2024 年 4 月 19 日

春山空

玄　武

若不继续向前，一切都会变得无聊至极。

——坂本龙一

一

山西也有了梅雨。冷雨无昼无夜，无节奏，茫然机械，像默不作声向前挪动的看不到尽头的人群。雨下得人骨头发痒、内心长草，下得人精神崩溃。

二

路扭曲得像坏人的心思，然而大爱山色空蒙。三五年来，内心荒凉如众山，嶙峋，抑或接近。所谓胸有丘壑，大致可以比类，长恨不能捉笔绘之。

以后稍远出行，但凡有一分奈何都坚决不走高速，要循山根直上云端再落下来。费事一点，所得却丰。

三

这里路边草木黑黢黢的，像刷了层黑油漆，黑色发着不均匀的亮光。是源于拉车的煤。

水多。山西很少见到有这么多水的地方。

山多。基本都是山。山间的平地，不会超过五公里。

地名许多不是来自汉语，像是音译而来。人们五官长得紧凑，不舒展，是眼睛鼻子眉毛嘴巴往中心挤的样子。眉毛一般都重，非常典型的地域特征。在古代不知属于什么部族，印象里应该有羯族；但羯人白皙，似乎又不像。有人著书考证羯人是犹太民族，说他家世代遗传的规矩等，当时读来饶有趣味，今日来看笑掉大牙。

总之不应该是中原民族，即便很久前就混杂了，但原本的特征依然鲜明。

从前应该是植被繁茂，野生动物遍地出没，包括大型猛兽。一些残留的地名有肃杀之气，可以佐证。如杀熊岭，如杀虎山。这些地名只是空留，无人居住，无路可以驱车抵达。有时也有路，但高德地图不显示。熊虎也可以确定没有了，华北虎已灭绝许多年。志书有时称某种华北虎叫"黑骊虎"。山西北部一些地方称虎叫"黄棒"。最近又听到有些地方称虎为老大，"大"音"dài"，"大王"的"大"。

现在仍然是金钱豹出没频繁的地方。有报道说，太原东北部出现豹子，是从这里游荡过去的。

这里还没有春天气象，相反是初冬气象。阴沉的天空像不时地发出提醒：你想得美，我还要冷呢！这才算是刚开始冷呢！回来后翻志书，才知道这地方就没有春天。有句曰——

春晚无花秋早霜。

四

从前认为，说一个人的状态像个古人，是善意的赞美。像古人，意味着现今不存的某种品质，意味着藐视物质而内心丰盈，意味着"简"，意味着中国式的"道"，意味着已经失传的精神高度和某种艺术修为，如此等等。

现在确定说一个人像古人，具有强烈的贬义。在上述种种之后，还有伴生的不可抵消的负面意涵，比如内心闭塞，比如反科技，比如泥古不化，比如蔑视女性，甚至忽略或压根不曾关注许多现代文明观，甚至出现反人类的特点。

古代士人宁静的内心秩序，以及所谓盛世时期有条理的社会秩序，无非靠以下为支撑：

牺牲女性、牺牲商业、牺牲科技。

所谓商业文明——现代文明得以奠基的契约精神，一直在摧毁过程中，一直没有建立起来。商业、科技的发展与体制稳定的矛盾，一直没有得到有效解决，反而不断激化，这才是更迭的王朝不断崩溃的真正原因。所有王朝，只是同一个王朝的复制品。

五

路过三五十万亩梨花，平坦一览无余，只不见尽头。两边皆是花开，车行半小时仍然是。高速不能停车，啊啊啊。正是梨花带雨时节，再向前过了山仍然是，仍然不能停车。啊。越向南越绿，见到路边丁香花开，有紫有白，闪去又迎面闪来，仿佛嗅得见雨中浓烈的芳香。

六

黄河边，一个古烽火台。

原有村落已废弃，空余窑洞，及零落倾颓的屋舍。"老屋前后，野鸡野兔。"已成荒凉中勃勃的自然生机的繁衍之所。

日落时分，满山昏黄。余晖映照长河，河光亦尽射此山。此地故得名黄金山。

台，只是烽火台，非黄金台。无子昂，无名马。无马。

沿岸，烽火台错落排开，每隔十余里或显或隐。台由夯土筑成，有台阶供登顶举火高呼。无非是匈奴至，或鞑靼至。

脚下每一寸土，都被血沃过多少遍，几千年里反复，土地不能肥，依旧麻木贫瘠。

台附近有洞，深不可测，相互贯通。一直下，肉眼不见底。洞一人可入，若不慎掉落，料是掉不过头，伸不开手，无处借力，无计可施。疑为獾洞。獾，即某种貛。

落日下的黄河，波光斑斓如豹，冷静不动如豹，阴柔神秘如豹。然而谁都知晓，它随时可能爆发出不可测的可怕力量。

它在几千年里变幻无穷姿态，时而呈饕餮之相，时常呈灭世之相。它滋生孤悬的东方内陆文明，也滋生东方人类。

逝者，如斯夫！来者，如斯夫！三分钟之后，光便熄灭。

风起于河上，回旋于天地之间，山谷中或呼啸，或呜咽。

心中默念逝者来者，竟如誓如咒，如为生者死者招魂。有魂若山峦，沉默不语。有魂若高木指天，有魂若枯草瑟瑟，有魂若鸮夜笑。皮相既离，灵魂之相，无乃太不同。

<h1 style="text-align:center">七</h1>

坐在山顶，看明月如磐，轰隆隆升起。是真的有危险感，担心它忽然砸落。

世间并无多少人真见过如此景观吧。

山风猎猎。果然是高处不胜寒。

<h1 style="text-align:center">八</h1>

梦见在荒凉山顶为一群野猪所困。梦中还记得看时间，是夜晚九时左右，有月亮。

它们原在山崖对面稀疏的果林，很小的黑点挪动，然后不见了。没有声音，唯冷风若有所思。这是几乎没有什么植被的荒山，大片裸露的石头，除了荒凉还是荒凉。

前方忽然有东西出现。梦中觉得不过几分钟，是野猪，已下山谷并从沟里爬上，站在山顶硬化的路面上。

我知道二哥翻山越岭如履平地的本事，但不知它们竟这么快。

领头猪是一头巨猪。惨淡的月光之下，它是巨大的黑。它不哼哼，而是喉咙里发出嗬嗬的威胁声。它身后，一只又一只野猪现身，站定。梦中汗毛直立，数到十只，后面顾不得数了。一大片黑压迫着眼睛。

它们并不慌张，几乎是坚定从容，缓缓走过道路，有一只还低头在荒草里觅食，吃着什么。梦中我也不慌张，只是不能动。最近时猪离我只二十米左右，十多只野猪，嘀嘀地低吼着，前前后后净是它们。我不能动，只手里抓紧一把大弹弓。

这是"梦生"中可怕的危险时刻。在山顶，一人独对十多只不到十五只野猪，前前后后净是它们的低吼声。月亮荒凉地见证，不发一言。这一幕我有熟悉感。月亮在以前曾照过这一幕吗？又或者，它曾照进我的前世之中？

一只巨大的野猪，也曾闯入五十九岁时的关羽的梦境，咬伤他的脚趾……

于我，这关于猪的梦是比短暂人生更为真实的存在。我曾向儿子吹牛，说我用弹弓打一只野猪，逗得他哈哈大笑。那时他不过五岁。现在我开始兑现了。猪群缓缓越过路面，向右面高处行去。我盯着落在后面的一只——它旁边还有另一只伴随。我拉弹弓，瞄头，估摸眼睛的位置。距离约四十米。弹弓力微，唯一可能有效的目标，是眼睛。

我在梦中听到了熟悉的命中的微声。猪在梦中愣着，不动，有十余秒，旁边的猪回头看它，它们又一起看向我。我不能动，感觉到杀气。它们正在片刻间决定，是冲向我还是逃开。我不能动。我决不可逃，否则必命丧此梦中。

它们选择了后者，沿路奔逃跟上猪群。一些黑点移动，看不出是哪只中了弹丸。黑点在更高处消失。我打开头灯过去，俯身，地上看到斑斑溅落的血点，和巨大的蹄印。这个在夜晚九时的山顶手持一把弹弓独对十余只野猪并击中一只的梦，足够我在一年的睡梦里多次惊醒了。

九

在北方，只要槐花未落，春就一直在。

上周炒槐花，芳香从厨房喷涌而出，简直担心那香气要爆炸。

此时山间仍见槐花，而且嫩，还有未打开的骨朵。看上去离开过和开败，还得几天。

但路边腌臜，重金属含量严重超标，路边的槐花，是不可以吃的。要去不通路的地方采，干净而且美好。

停车刚写完这段话，一对傻傻的小儿女停车过来，掰路边槐花。唉，却也不好说什么。

十

穿越三场还是五场雨，雨滴硕大结实，有密度有弹性，像小哪吒的粉拳头，砰砰地砸车前窗。是三头六臂的哪吒。

雨滴碎裂，奋然纷纷然向窗顶游走。我原本认定会是披头散发吞天衔日的黄风怪来相迎，据说是它都跨过长江到了江南，又据说一两日就跨海到了日本。现在看来，在我这里，它要被小哪吒们灭掉了。

穿越三十万还是五十万亩梨花，纷纷然且开且落。我来时它们就在开，也在雨中，如今已是重逢若故人。何其幸运，那个被铺天盖地的雨滴如鼓一样击响的光头，同时看到梨花的初绽和谢落。

原载《散文》2023 年第 12 期

一声秋到

若 荷

今年的秋坎低，就像出入自家的门，不知不觉地就进了。特别是入秋的方式，既不像屈原说的那样，是看得见的，"袅袅兮秋风，洞庭波兮木叶下"；也不像李白说的那样，是可感知，"秋色无远近，出门尽山寒"。秋，是我听见的，是那些些微的秋声，让我突然发现，秋到了。

楼下有一片菜地，原本是安寂无声的。记不清是哪一天了，朋友的儿子金榜题名，全家人欢喜之余，邀我去助兴。我喝了一点点酒，很少，也就是半杯干红，回家就迷迷糊糊地睡了。也是在迷迷糊糊中，就听见了一些声音，时断时续，声声如鼓，时而清脆，时而婉约，似乎还有一点缠绵，如指尖拨动的丝弦，声声悦耳。仿佛是梦，又仿佛是在现实之中。

就这样，在似梦非梦中，不知过了多久，我才确认，那声音来自楼下的菜地。用不着多想，我便知道那是蛐蛐，一种学名叫蟋蟀的昆虫。哦，对了，还有青蛙，也在凑热闹般地唱和，一声紧似一声。人到中年，睡眠越来越不如从前，时常在夜半里辗转，每个细微的响动，都弹拨着敏感的神经。有时晚上睡不着，或夜半醒来之时，青蛙和蟋蟀的声音，就汇成一种鸣奏，一阵紧似一阵，透射出一些不安的躁动。常常就有些令人厌了。可是，那天的感觉却不一样，自然，悦耳，亲切；更为重要的是，从这声音里，我听见了节令的脚步——秋天来了。

不久，蛙鼓的声音消失，蟋蟀的歌声却依旧，矍矍，矍矍。没有了青蛙的鼓噪，蟋蟀的声音听起来，有些柔软动听。那音调不高，不低，不野蛮，不粗犷，仔细听，能让人涌动起心潮，生出一丝莫名的感伤。白天，它们蛰伏而缄默，只在夜深人静的时候，才发出矍矍、矍矍矍的声音。当你专心地去做一件事时，或者沉入梦乡，它便悄然地退隐而去。只有在孤独烦躁的时候，这才发现它们浩大的存在。我笨拙的文字，无法描绘出它真实的样子，只能用耳去倾听和感知，它的声音，它的存在。

而不久后的一天，又是一个黑夜，周围十分地安静。七夕刚过，眼看就快要到中秋了。"人悄悄，帘外月胧明"，这朦胧的月，很容易让人陷入寂寞的情绪，轻轻叹，感喟时光的流转。这时候，听蟋蟀的叫声，就更会生出许多的联想，比如留守的怨妇，或者年迈的老人，还有回不去的岁月。每一种联想，都带有一丝浅愁。少时，听老人们说，蟋蟀是位勤劳女子的化身，她前世的名字叫"促织"；蟋蟀的叫，是催人收起夏季的单衣，清点秋冬的衣裳的。其实，它真正隐含的秘密，远比人们想象的要丰富得多。

再一次让我听见秋到，是雨。

也是在一个夜晚，既感知不到渐凉的风，也看不见飘零的落叶，却听见了淅淅沥沥的雨声。今年漏秋，雨水就特别地多。白天晴朗朗的天，晚上却下起了雨，断断续续，日复一日。连续下了几场雨，逐渐驱走了夏日的炎热，抬头望，一穹蓝天，被雨洗得十分明净。但从白天的雨中，我并没有意识到节令的更替。发现秋，还是在下雨的夜晚，具体地说，是听见。

那天周末，几个朋友相约外出游玩。大家都很放肆，爬山过水，你追我逐。顾不得艳阳高照，汗流浃背——早秋的太阳，其实并不比夏日温柔，依然火辣，仿佛是出于故意。累之已至，待到夕阳西下，回到家，才觉得什么都不想做了，只想早点休息。

是带着白天的艳阳入睡的，连梦也有阳光的气味。雨不是在清晰中降临的，没有打湿身子，也没有打湿心情，而是带着声音走来，淅淅沥沥，淅淅沥沥。不管是疏，是密，那步子都很轻，暗藏着偷窥之意，仿佛待月西厢下，在墙头窥望的张生蹑着脚，小心而行的红娘生怕踩响了地上的蔷薇叶，或者，绊倒了凳子，迷路在回廊……

我相信，不是雨声惊扰了我，让我在梦乡中苏醒，而是有某种心的灵犀。总之，很疲倦的我，就这样莫名其妙地醒了。四周一片漆黑，雨声是我首先的、也是唯一的照面。并没有通常情况下初醒的迷迷糊糊，我感到十分清醒；清醒的我不仅一下辨清了雨声，而且还辨清它与往日的不同：不同于夏雨的狂烈、冬雨的纤细，也不同于春雨的温润。哦，秋雨，只有秋雨，才有这样的声音，淅淅沥沥。岁岁年年，年年岁岁，又是一个秋之到来，心中竟升起莫名的惆怅。我在想，是不是我丢失了什么，或者获得了什么，一些我不情愿获得的东西？

确实是秋到了。明明是事实，却还经历了一个小小的插曲。

清早起来，天已放晴。我还在想昨夜的梦境。可是，雨停了，窗前没有了雨打的声音。甚至地面也干了，好像昨夜压根儿就没有下过雨。我便有了一些怀疑，怀疑昨夜的雨，怀疑秋之已至。

我的怀疑，得到了另一种印证——那些花。

花很美，一副乱春的样子。就是我家阳台上的那株次第开放的三角梅，有的已经绽放，鲜艳、娇红、放肆、目中无人；有的则紧跟其后，亦步亦趋，不甘花后。一朵一朵的花，次第而开，不同的程度，展示了花开的整个过程。太美妙了，从一串花的行走中，我窥见了花事的生命过程，这是过去从未曾有过的。我索性下楼，走进小区里，发现了更多的花，有紫茉莉、玉簪花、秋海棠。尤其是柔韧清秀的夜来香，它碧叶莹润，花色如玉，黄昏后，更是芳香四溢，整个楼道都是它的芬芳。

在一道道篱笆上，缠缠绕绕，开放着粉红、浅蓝、淡紫色的喇叭花。新开的花朵娇艳无比，仿佛是汲足了空气里的水分，湿漉漉的。这种花，看似泼辣，其实非常娇弱，倘若摘下一朵，只几分钟的时间，边缘就会卷曲、干枯，毫无生气地敛在一起，再没先前的生机。让人想起那句话：越是柔软的心，越是容易受伤；越是美好的事物，越是禁不住时光。所以，我们见到的喇叭花，它只开在秋天的早晨，趁时光尚早，尽可能地展现它的妩媚，开出一份不可亵玩的高贵。不为得到一声喝彩，只为不虚度这短暂的一季。秋是我们的季节，也是它们的季节，更是它们的年华。只要静静地绽放，哪怕像露珠一样，同在叶尖上消失，同在时光里苍老，也在所不惜。

我曾有一种思维定式，提起秋天，就将目光投向树木、丛林、山野，认为这时的风、这时的色，才是秋天的使者，才是秋天开始的标志。还包括，那些成熟的庄稼，大豆、高粱、玉米，以及挂在墙头上、磨得发亮的镰刀，歇在场院里的那些笨重的碌碡，乡下闲不住的农人。唯独，我忽视了花，和花开的声音。

比如此刻，就在我再次来到阳台，俯身静静地注视那花，那些次第开放的三角梅时，我忽然听见了一种声音，它细若游丝，从虚无之处飘来，美妙、优雅、迷幻，富有诗意。这声音不像春花那么狂野，也不像冬花那么孤傲、夏花那么妖媚；它脚步轻细，甚至无法度量脚步间的距离。它的声音，不是由脚步发出的，而是内心。因此，需要用心贴近，带着真诚，才能听见。

我断定，只有秋花，才有这样的声音……

原载《郑州日报》2024 年 8 月 18 日

雨天的疼痛

王玲花

雨是庄稼的命，也是村人的命。村人常把雨跟丰收捆绑在一起，为了雨，他们不惜把舍不得吃的大白馍供奉；还跪在神灵面前，无比虔诚地磕响头。我可并不这么认为，甚至讨厌它，就像讨厌红薯窝头榆皮面一样。每每它从天而降时，我的灾难就随之而来，为此我恨得牙根根直痒。

乌云一层层铺下来，落到我心中，投下一片阴影。雨水在天地间扯起帘子，没完没了，我心里随即腾起一层浓雾。地上已经积了两指厚的水。鸡们蜷缩着身子在墙旮旯取暖，牛一脸茫然地看向院子。就连平日里最响亮的狗吠，也被雨封存。难得清闲的爹坐在门槛上抽旱烟。一切似乎都按下暂停键。

我可没有如此幸运，我的日常秩序一点都没变，该上学还得上学。我发愁上学，不是我厌学——学堂让我逼仄的生活变得天高地阔，不用担水扫院干农活，还能识字念唐诗唱歌画画，何况我次次考试都领奖状呢。我每天几乎是哼着歌上学，踩着风回家。可是一下雨，我就烦透了。

从我家到学校有二里地，平时尘土飞扬的路上，经雨水的反复冲泡，像一锅咕嘟咕嘟冒着泡的粥。一脚踩下去，妈做的布鞋面目全非，泥点子溅得到处都是，污水见缝插针地往鞋里钻。不等到校，鞋已湿透。四节课，脚丫子跟它亲密接触，黏乎乎的，难受极了。等回到家，脚丫子泡胀着，像妈醒发好的面团。我气鼓鼓地脱鞋上炕。妈问，咋了？我脖子一拧，理都没理，掏出本子，把书包摔得山响，趴在炕上撅着屁股写作业。

爹没说话，圪蹴在炕头抽旱烟，烟味浓重刺鼻，呛得他干咳了几声。他干咳的时候，多半伴着泪，泪水像浑浊的雨，把他本不苍老的脸冲刷成田沟地垄。妈劝爹别抽了，爹应着，却照抽不误。妈生气，说爹是狗改不了吃屎。也许旱烟能稀释生活的愁绪，缓解爹的压力吧。多少年后，我方明白。

我总觉得爹的人生像晚秋，透着凄凉意。他识字不多，又不善言辞，跟他养的那头牛一样，用一身蛮力赚生活。他先是在生产队挣工分，后去当装卸工、泥瓦匠，再后来走村串巷卖水果。爹横平竖直的生活，一眼能望到头，就像汾河滩的那块盐碱地，到秋天了还冒不出一点春气。

"爹，给我买双雨鞋！"这句话在我嘴边徘徊了九十九次了。在放学的路上我就想好了，今天无论如何要说出来，他不给买，我就用不上学威胁他。这是他的软肋。我上学的那天，他攥着东挪西借来的钱，给我交学费、买书包。还信誓旦旦地对我说，他砸锅卖铁也要供我读书，不能让我跟他一样成睁眼瞎。那天，他把我送到学校，高兴得像个孩子，仿佛要上学的是他一样。我每次领回奖状，他都亲自贴到黑乎乎的墙上，用手抹得平平展展；而后，一脸满足，像熟透的高粱穗，遍布丰收的喜气。我要说不上学，那不是要他脑袋吗？

可我始终没说出口。我环顾一下家里，家徒四壁，穷得叮当响，妈两年都没添一件新衣，哪有闲钱给我买雨鞋？说了也是白说。我只能叹息一声，把羡慕的目光投向二花。

二花的雨鞋真漂亮！高腰、浅绿，亮晶晶、软乎乎。下多大的雨，蹚多深的水，都不会湿脚。不仅我羡慕，别的同学也羡慕。有一次在教室里，大家围着她，众星捧月似的，用眼光一遍遍地擦拭着雨鞋，排山倒海的赞誉里，波滚浪涌的都是羡慕之词。她比考了一百分还骄傲。

为了试穿体验一下，我豁出去了，冒着被老师批评的危险，把我的作业让她抄。我穿上雨鞋，像脱缰的马，一头扎进雨中，神气十足地沿着操场走了一圈，仿佛雨鞋是自己的一样。还没等我凯旋，二花的声音就追上来：小心点儿，别溅上泥！

二花除了有雨鞋，还有一把伞。都是她城里的姑给她买的。粉色的伞，上面飞着两只蝴蝶。打开时，伞骨历历可见，伞如绽放的花，有孔雀开屏的美艳，雨一点也打不湿她的头发。不像我的塑料布，水顺着缝隙往里钻，不是湿发，就是淋衣。

我不敢奢望伞，有双雨鞋就知足了。我在无望的苍白里，读完了小学。雨天的疼痛，像感冒发烧一样，时不时折磨我一下。我痛恨雨，它让我的童年泥泞不堪。

爹的生活也泥泞不堪。他像屁股底下安了陀螺，拖着铁一样的身板子，在农民和泥瓦匠的角色转换里腾挪。有一天傍晚，我正在做作业，爹裹着一身疲倦回来了，脚还没迈进门，声音就雷一样响起：风儿，快来试试！爹手里拿着一双雨鞋，紫色的高腰雨鞋，油亮亮，软塌塌，供销社橱窗里摆放的我看了一百次的那双。我惊愕了，不相信地看向爹，他风餐露宿的脸上，乱糟糟的胡子像麦茬，那一层刚刚笼上去的春光，显得极不相称。爹冲我点头，像是完成了一件壮举。我接过爹手里的雨鞋，看到了他那双松树皮似的缠着胶带裂着口子惨不忍睹的手，我的泪一下子流下来。

我终于有了一双梦寐以求的雨鞋，可我穿着它时，总也不能心安理得，心一直在隐隐作痛。

原载《当代人》2024 年第 10 期

父亲送我上大学

潘玉毅

随着开学季的到来，朋友圈里满屏都是家长们送孩子去上学的画面。我忽地想起了父亲，18年前，我读大学时，就是父亲送我去的。

我的大学是在距离我所在的城市1000多公里的西安读的。当初填报志愿的时候，父亲本不同意我远行。但向来尊重父母意愿的我，那一次难得地自己拿了主意。

之所以报西安的学校，是因为在之前的近20年里，我几乎没有怎么出过远门。唯一了解远方的方式就是读书。在那些书里，时常看到秦始皇兵马俑，看到华清池，看到大雁塔，看到终南山、华山。对于远居江南小城的我来说，西安这个地方是那样神奇，忍不住想要走近去看一看。这个念头在我心中扎了根，随着时间的推移，不但没有消逝，反而越发迫切。最终，父亲还是没有拗过我，由着我填报了西安科技大学。

路途遥远，想法的生成与实际的抵达，中间要跨越崇山峻岭。

慈溪没有火车站，要坐火车必须去隔壁的余姚。但余姚也没有直达西安的火车，只能到杭州中转。那时候动车、高铁都还没有开通，杭州到西安只有绿皮火车，而且没有空调。我至今犹然记得，自己坐的那班车，车次是2305/2308。绿皮火车速度慢，从余姚到杭州，再从杭州到西安，加起来得二十六七个小时。这一路上给其他火车让让道，停上个把小时是常有的事情。

我已成年，原本打算自己一个人去学校。但父亲不放心，不论我怎样"严词拒绝"都坚持要送我。他给出了一个让我无法反驳的理由：他也没有去过西安，想去看看。

于是，就像父亲没有拦住我填报大学志愿一样，我也没能说服父亲，只得遵从他的意愿。

出发时，我带了一个行李箱。箱子里放了几件换洗衣物，还放了两本我喜欢的书。旅途漫漫，我计划用它们来打发时间。

虽然已是秋天，但车厢闷热得像个蒸笼，即便有风扇在吹，所有乘客还是汗流浃背。人多座少，没有买到坐票的人或席地而坐，或靠在椅背上，还有的躺在了座位底下。挤挤挨挨，连挪动脚步都十分困难，上厕所更是难上加难。乘客多自然行李也多，我们的箱子一放上行李架就被大包小包塞得严严实实、动弹不得，拿取自是十分不便。故而那两本书我从始至终就没有拿下来过。沿途的风景虽美，我却没有心思欣赏，因为闷热的环境让我感到有些烦躁；加上我坐在靠近过道的位置，目光越过两边乘客去看窗外的风景，总觉得不大自在。

父亲的座位就在我旁边，路上，我想与他说些什么，却又不知从何说起。其他乘客倒是没有我们父子的拘谨。熟不熟，三两句话聊下来，就胜似十年知己了。坐下不到一个小时，我周围的几个乘客已聊得热火朝天。为了消磨难挨的时光，不少人打起了扑克，打牌的、围观的都很投入，车厢里热闹起来。到了晚上，疲劳困倦袭来，人们都坐着将就着睡觉。就这样，熬过了一天一宿，到了西安火车站。

出站不远，城墙外停着学校来接新生的大巴车。上车后约莫一个小时就到了临潼校区，然后又开始马不停蹄地奔忙：报到，交钱，办饭卡，领钥匙、席子、被子、脸盆等物件。拿到钥匙后，我看父亲一脸倦容，想让他在寝室里休息一会儿。但他固执地摇摇头，去卫生间用冷水洗了把脸，寸步不离地跟在我的身后。等一切忙完，已经到了傍晚。我和父亲饥肠辘辘，去食堂简单吃了点东西。当天晚上，父亲住在学校提供的一宿几十元费用的集体宿舍里。

第二天，学校正式开课了。我给父亲买了一张西安旅游地图，让他按图打卡。父亲拿了地图却没有像他来时说的那样到处看看，而是嘿嘿一笑，说打算回去了。"有电话来，催我去干活。我下午就走了。"我知道这是他的托词。但任我如何劝说，他都决意立刻动身回去。

怕父亲的普通话不标准，西安人听不懂，我同他一起到火车站的售票窗口买票。由于时间太赶，当天已经没有坐票，父亲说不妨事，站票就站票吧，二十几个小时，一会儿就到了。离发车还有三个小时，我想陪着父亲一起候车，父亲却下了"逐客令"："回去吧，别让老师点名（批评）了。"在他一遍遍催促下，我只能坐上火车站到临潼的"游5路"公交车返回。

9月的西安，日头还是很猛，车子发动时，我看见阳光照在父亲身上，让他本就消瘦的身形愈显单薄。我的鼻子不由得一阵发酸。几个小时后，父亲给我发了条信息，说路上买了只小马扎，没有一直站着。到杭州换站时，他又给我发了一条，说买到回余姚的票了，售票员听得懂他的"慈普"；说让我好好学习、别记挂……字字句句，让我安心又温暖。

父亲送我上大学的情景，深深地印在我的脑海里。父亲为家庭的奔波与劳碌，使我联想到朱自清《背影》里的那位老父亲。如今现代化交通四通八达，出行太便利了，自驾、乘飞机很普遍，动车、高铁上送孩子上大学的老父亲们完全没有了当年的奔波辛劳，但是舐犊情深、可怜天下父母心是一成不变的。

我想起自己当年的不懂事，以及对父亲的忤逆，不禁心生惭愧和自责。"父母在，人生尚有来处。"在未来的日子里，要更好地守护这份亲情，这是岁月交给我们的责任和传承。

原载《学习时报》2024年9月20日

辑

二

我就是黄河的一块石头

红　孩

　　到四川眉州，朋友邀请我去参观奇石博物馆。去了，确实很长见识。但你若问我几年后还对哪块石头有印象，我只好说，石头，好多的石头。记得有一年，有人约我们一帮文友到内蒙古巴林右旗，说那里的玉石多么有名。我们去了，看到在其玉石博物馆大厅中央，矗立着一块半人多高的鸡血石，那通体的红色真如鸡血般摄人心魄。同行中有人不禁啧啧咂舌，一个劲儿地连说奇观、价值连城啊！

　　说来有趣，当地的一个开发玉石的公司老板，煞有其事地把我们一行人带到一个石洞，说他们公司挖掘的玉石都出自这里。说完，他让工作人员发给我们每个人一个塑料袋，然后，就带领大家往洞里走。我们当然知道这是一次游戏，如同当下中小学生玩的钻迷宫鬼屋。老板说，走得不要太快，要注意脚底下，说不定哪个人来了运气，真的能拾得一块宝玉呢！

　　我注意到，山洞里隔上五六米，墙壁上就安了一盏灯，灯光不是很亮，但足以看见前后的人。再隔一二十米，工作人员还故意弄一堆石头，那石头能有鸡蛋大小，奇形怪状。老板说，这些石头你们喜欢哪块都可以拿走，也说不定能开出一小块玉来。我说，小时候在农村的河床里，经常会看到这种鹅卵石。记得有一次，在鸭子出没的地方，我见到一块状如鸭蛋的石头，拿在手里摇了摇，又给同伴看了看，大家都说不清到底是石头还是鸭蛋。于是，我拿着那石头跑到供销社去鉴定。供销社的售货员老张50多岁，已经老花眼，店内的光线有些昏暗，他将那石头在眼前晃了几下，犹豫了几秒，顺手把电灯打开。电灯泡大概是15瓦的，也不怎么亮，但总比不开灯要好很多。老张经过反复琢磨，他最后断定手里的东西不是石头，是鸭蛋。他问比柜台高不出多少的我，你卖吗？我说，卖，能给多少钱？老张说，一毛一。我一听，顿觉发财了，就说，那您给我拿11块糖吧。我永远忘不了那个夏天，1974年的夏天。

听罢我的故事，有人问我，你捡的说不定就是一块石头。也有人说，肯定是鸭蛋，鸭子把鸭蛋下到河底是常有的事。还有人说，说不定今天你还能捡到鸭蛋呢！朋友的话引得洞里的人们一通大笑。笑过之后，人们便安静下来，逐步向石洞的更深处缓步前行，大家都想碰到好运气，捡到一块称心的玉石。走了二三百米，大家发现走过的路，两边的洞壁几乎都很相似，就有人提议不必再走了。可也有人不到黄河心不死，不想就这么两手空空地出去。我说，出去吧，不就是几块石头嘛，捡得到如何、捡不到又如何，还能影响到自己的生老病死？

出得洞来，外面阳光灿烂。看着远处的山峦，我心想，那远方的山峦难道不是一块巨大的石头吗？那石头如果几年后变得郁郁葱葱，你能说它不是一块美玉？带着这样的美好想象，我想到一个听来的故事：说古代有个男子，就算个秀才吧，某天在街上看到一个美妙的女子，那女子的一个回眸，让男子险些魂儿都丢了。他就想，人这一辈子，要是能娶到这样一个姑娘，那可是人生极顶了。可就在一愣神的工夫，那女子宛如一缕轻风不见了。从此，秀才像着了魔一样，一蹶不振。无奈，他只好去求老天爷，说只要能见上姑娘一面就行，什么条件都可以。老天爷也是可怜这个痴情小子，便答应他。老天爷说，你要是真心喜欢这女子，就守她500年。于是，老天爷瞬间将那女子化作一块石头。果然，那秀才非常痴情，就真的守了那石头500年。按说，孙悟空当年在五行山下也是被困了500年，到时都获得自由了。正当秀才满怀欣喜等到那石头还原成原来模样的女子时，结果老天爷又加了一码，将石头又化作一棵大树，以此考验秀才。秀才痴心不改，又开始了500年的坚守。故事到此本来该结束了，但接下来的结果并非人们所料。等真的到了1000年，老天爷并没有成全秀才和姑娘。老天爷告诉那姑娘，有个更优秀的小伙子，也已经等了她许多年，问姑娘是否愿意相见。结果不用我说，相信大家肯定有不同的答案。过去，人们常用痴心女子遇到负心汉的故事，来描绘那些秦香莲一样的女子遇到陈世美一样的男子。相反的故事或许也存在。

大约在10年前吧，我和一帮文友到了黄河的风陵渡。那是七八月间，由于上游干旱，黄河处于枯水情形。走在黄河的河床上，到处都是石头，很多喜爱收藏的人，心里自然乐开了花，他们提着不同的口袋四处寻找心仪的石头。我站在黄河中央，看着那浅浅的一条水流，不禁联想到有关黄河的历史、人物、音乐。给我印象最深的是有一年看到的台湾诗人余光中写的散文《黄河一掬》。那是诗人70多年第一次到黄河，当他弯卜腰，双手把黄河水捧到眼前时，不由泪流满面。那一刻，他才真正体会到自己是炎黄子孙，是地地道道的中国人！随后，他把自己的一张名片抛到黄河里，终于实现了和黄河的浑然一体。也就在那联想的瞬间，我也弯腰捧起了黄河水，端详了几秒，然后一饮而尽。当即，我就觉得自己的身体突然壮实了起来，好像黄河岸边的一个船夫！

然而，这种壮举感觉还不到几分钟，同行的一个朋友险些就让我泄了气。那朋友从几十米外喊我，说让我看一块巨石。我说，这满河床到处都是石头，能有什么特殊的呢？朋友很执着，我只好踩着一地的鹅卵石走过去。走到近前，朋友指着那块一米高的巨石对我说，你看，它多像一颗虎头！我就是属虎的，这要是弄到我家去，放在郊区的院落里，得多神气！我看了一眼朋友，又看了一眼虎头石，说石头确实像虎头，不过要把这么重的石头弄到北京去，人力、物力、财力，成本可不小呢！朋友听我这么一说，并不以为意，说，这不算什么，只要肯花钱，没有办不成的。一万不行，两三万总可以了吧？老兄，你别看这石头在黄河滩上不值钱，若是运到北京，说不定能卖个一二十万呢！朋友的话让我感到很愕然。我心说，这个朋友还是当初那个诗魔吗？20世纪80年代，为了写诗，他可以辞掉工作，孤旅天涯，到山西、陕西、四川、云南、湖南、湖北、安徽、浙江等地去寻访古代诗人的足迹，最困难时，他甚至要过饭，临时在火车站当了一个星期的搬运工。多亏那个火车站的一个领导也热衷文学，在偶然的交流中，得知这位蓬头垢面的搬运工原来也是个爱诗歌的魔怔人，便给他多开了些工钱，才让他得以继续诗歌的跋涉。多年后，朋友开了家物流公司，成了小老板，但骨子里，始终怀有文学情怀。偶尔朋友聚会，他总爱滔滔不绝讲他眼里的诗人，古代的、现代的、中国的、外国的，你想拦都拦不住。我敢说，我在北京接触的大大小小的老板里，他是最有学问的。不信，你跟他谈谈老子、庄子、五祖、六祖、尼采、黑格尔、苏格拉底，他准能把你侃晕。

我问朋友，你真的有心把这块石头弄到北京去？

朋友说，真有心。钱不是问题。

我说，凭你现在的实力，钱肯定没问题。但问题是你想过没有——

朋友打断我的话，想什么？你想说我现在有点小人乍富？

我说，那倒不全是。我在想这块巨石，你说它在黄河里存在多少年了？100年？1000年？或许更多。

朋友说，这还真说不好，咱又不是什么水利、地质专家。

我说，这巨石在黄河里的时间肯定要比我们的年龄长，既然千百年来，它一直陪伴着黄河，就说明它本身就是黄河的一部分。我们为什么要动心思把它迁到北京呢？难道就因为它长得像一个虎头？

朋友说，要按你这个说法，那黄河里的沙子、卵石都不能动，它们同样也是黄河的一部分。你不能因为这块巨石大，就动了恻隐之心吧。

我说，多亏你用了恻隐之心来回答我，如果你说此刻我有了分别心，那我可真的有点无地自容了。

朋友听到此，不由哈哈大笑起来。他用手摸着那巨石的顶部，认真地对我说，其实我想把这巨石弄到北京的想法只是一念，经你这么一提醒，我现在已经决定放弃了。正如你所说，既然它千百年来一直陪伴着黄河，那就让它永远地陪伴下去。说不定将来，我们也会变成一块石头，落在这黄河滩。我说，对呀，兄弟，我们每个人都是黄河的一块石头。不信，你看这巨石的头像，还真的像你这个诗魔呢！朋友听罢又是一阵哈哈大笑，他连忙对我说，既然这么有缘，你就抓紧给我和巨石照张相吧。注意，一定要把身后的黄河水照上。以后，我逢人就可以自豪地指着照片说：看，这就是黄河！

原载《中国青年作家报》2024年9月10日

北京的古树

周振华

如果说，谁最有资格见证这座古都由历史深处走来的脚步，我想除了天上的日月星辰，当属北京的参天古树了。

北京的地界儿，多古树。它们有机分布在各自的地盘。每株，都俨然一位镇守边关的"老将军"。

拥有3000多年建城史和800多年建都史的古老北京，在它16410平方公里的土地上，分布着4万余棵古树，可谓地球上古树最多、分布密度最大的城市之一。

北京古树伴随古都古城的纵深发展，年轮不断增扩，其古韵便渐渐从内到外生发出来。

北京古树的特点，是多树种、大阵容、广分布。它们多生长在辖区内的皇家园林、庙宇寺院、帝王陵寝、古老村落、秀峰翠岭、名山仙境等风景极佳之地。

北京的古树大多植于辽金时期和明清两代，最早的可追溯到汉唐两朝。眼下，它们都是有"身份证"的树，每棵树都有自己的名字，而且名气都很大，各有千秋。有的古树曾被古代皇帝御封。有的古树因为外形独特或因为拥有一段美丽浪漫的传说而得名。有些古树在有名之后，人们再度完善和丰富了其传说，使古树的气场更强大。

北京的古树树种，多为银杏、侧柏、桧柏、油松、白皮松这样的裸子植物，还有国槐、榆树、青檀、枣树等被子植物。它们的树干粗大壮硕，树冠广博开张，枝叶绵密繁茂，姿态各有不同。

北京古树的生态价值尤为直接，体现在制造氧气、调节温湿度、滞尘降噪等方面。它们巨大的树冠能够遮蔽阳光直射、降低气温、减少水分蒸发、保持土壤湿润，从而有助于维护生态平衡和生物多样性。

北京古树的存在，不可或缺。古树与古都相伴，古都与古树相拥。偌大的北京倘若没有了古树的装点与陪伴，确是少了些古意。古树无可替代。它的根一旦扎进泥土，就要在它破土的地方站立几百上千年，这壮举算得上伟大了。

稍加留心就会发现，北京的每一棵古树都活出了各自的气韵与风度。如果它们长有一张老北京人的嘴巴，一定有说不尽道不完的北京故事。

北京的古树，几百上千岁的亦"大有树在"。它们的生命延展到这样的时空，着实活出了精彩、活出了尊严。它们是地球上神奇的物种，是植物王国的大佬，在古树的年轮里深藏着古树家族鲜为人知的秘密。

难以想象古树如此粗壮、高大，居然活过几个世纪，甚至更久。就算它们具有强大的长寿基因，但外部的环境时时刻刻对它们的生长造成威胁，比如战争，比如雷电，比如突如其来的各种灾害，哪一种都有可能终结它们的生命。

虽然有诸多因素限制，但大多数古树福大命大，奇迹般地躲过一次又一次的劫难，成了活化石。

北京的参天古树，棵棵带着灵性、带着尊严、带着使命，它们每一位都以沧桑老者的身份，见证着古都北京日新月异的变化。

古树真的有灵性吗？它们靠什么活得那么久？从它们的身世和成长轨迹来看，人类或许能感受到密码与灵性的存在。我们难以想象，一棵树能够连续见证几个朝代的日月轮回、风霜雪雨、春夏秋冬。除了古树自身的长寿基因，是什么在全力持久地佑护它们呢？

据老辈人讲，古树和人的气息相通，古树悲伤的时候，也会哭泣、会流泪，整个"面容"会变得晦暗憔悴。但情绪放松愉悦的时候，它们就会精神起来，一派勃勃生机，叶子也会随之变得葱绿鲜亮。

北京最著名的古柏，各处均有分布：故宫御花园天一门内的"连理柏"；颐和园介寿堂的"介字柏"；中山公园社稷坛南门外的7棵"辽柏"，其中一棵是园林中的珍品"槐柏合抱"；天坛回音壁外西北侧的"九龙柏"；孔庙大成殿前的"降奸柏"；潭柘寺方丈院的两棵"千年柏"；密云新城子的唐代"九搂十八杈古柏"；西山樱桃沟的"石上柏"；等。

天坛是祭天的地方，当然是柏树种植的首选之地。"名园易建，古木难求。"天坛的古柏群和长城、故宫的古柏群一样，被视为"国之瑰宝"。

位于房山境内的上方山，有棵千年历史的柏树王，树龄1500多年，被历代僧人细心呵护至今。这棵参天柏树在上方山回龙峰下、海拔500米的吕祖阁院内。树腰要四人合抱，6个古枝杈撑起的树冠遮掩了吕祖阁大半个院落。满树尊贵，灵气十足。

北京树龄最长的古树——侧柏之王，约有3500年树龄，号称"九搂十八杈"。这棵侧柏王位于密云的新城子。因树冠极大，遮阴面积广阔，故当地乡民又称此柏为"天棚柏"。它屹立在关帝庙前，人们出于对关公的景仰，又称此柏为"护寺柏"。当地人视此柏为"神柏"，过去在古柏的枝干上挂满了写有祈祷祝福词语的各色布条，乡民们希望神柏保佑他们生活吉祥平安。

银杏，也是北京古树群的典型代表，分布广泛，景观甚美。尤其是寺庙内的高大银杏树，置身其境，总令人遐想无限。

每当秋天到来的时候，漂亮的叶子便纷纷从高处飘落下来，那柔软的金黄色银杏叶一夜就铺满了树下的土地。这时，我不忍心发出一点响动，害怕惊扰它们。此时的自己也同样不能受到丝毫的干扰，静心地数着空中翩然飞舞的片片小扇子。于是，地面的金黄更加立体、更有质感。那层层叠叠的小书签相拥在一起的样子，好不可人。

古树，是最美丽的中国记忆。古树是"活文物"，是历史见证者，是文化传播者。

当我们站在一棵棵拥有几千年树龄的古树下，仰视它那巨大的树干和树冠时，不禁浮想联翩：对比古树，人类的寿命是何等短暂啊。如果常与古树对话，会让你遇事更加理性；如果走进古树的世界，会让你的内心世界不再喧嚣。

古树因古都而千秋垂名，古都因古树而更具魅力。北京的古树，像是一部厚重的无字史书。

原载《光明日报》2024年6月28日

像金星一般明亮

王子君

我走在鲜叠的沙滩上。5月的鲜叠，阳光温煦，海风清润，水静沙柔，一片祥和。

鲜叠是浙江省玉环市大麦屿街道的一个小渔村，坐落在一片海边平地上，三面环山，一面向海，整个地形像一只簸箕。村东侧的山低而陡峭，西侧的山高而和缓，山上林木郁郁葱葱；海里横着几座小岛，最显眼的是横趾岛，出海便是乐清湾。

这是我第六次来到鲜叠。每来一次，就觉得自己和高铭暄先生的心又近了一步。

一

1934年，高铭暄还不到6岁，就被父亲送去上学了。

鲜叠小学就建在村东边。因校园后面紧挨着山，山上长着密密麻麻的毛竹，因此被喊作"毛竹下"。

教材发下来了，语文课本的第一课，仅仅印着一行字："来来来，来上学，大家来上学。"

老师就着这一行字读一句，让学生们跟一句，然后再逐字逐词地讲解。很快，同学们就发现，学校的老师们都很温和，课堂纪律也不严格，只要不是太闹腾，老师一般是不会批评的。下课的铃声一响，老师就宣布下课，课后也不留作业。同学们很开心，"呼啦啦"地一起冲到教室外面去玩。

童年的高铭暄，比较贪玩。一放学，他往往不是回家，而是直接奔向沙滩，书包一撂，就和沙滩上的孩子们打起了沙仗或是捉起了螃蟹，不玩到奶奶喊吃晚饭了决不收兵。

二年级的期末考，他的语文成绩只有30分。老师严肃地批评了他，并宣告他必须降级重读。这是贪玩的结果呀！这件事对他造成的震撼与打击是空前的。看着身边的同学都有了升学资格，自己则要降一级，降级生，真是太丢人了！

他实实在在地尝到了羞愧甚至"屈辱"的滋味。

他独自来到沙滩。沙滩上没什么人，同学们都在庆祝将要升学。他发了疯似的在海滩上跑了起来，从东跑到西，又从西跑到东。跑了几个来回，累得不行了，便仰躺在沙滩上，望着头顶的天空，听着海潮的声息，发呆。

月亮高挂在天空。旁边有一颗星特别耀眼。他记得父亲曾告诉过他，月亮旁边那颗星最亮，叫金星。金星是天上最亮的一颗星星，是人类肉眼能够看到的最亮的星。他忽然想，要能做一颗金星多好，有让人一眼识得的光亮，可以引导人的方向。

只是要能够做一个发光的人，就一定要读书。他一骨碌爬起来，望着海面出神。海面上有隐隐的、细碎的波光，像一条路通向远处。横趾岛黑乎乎的，阻挡了他的视线，却阻挡不了他的理想。他要像父亲一样，从这个海上乘船出发，去温州上学，去杭州上学，去上海。他要像父亲一样受人尊重，要被称作乡贤。他要像金星那样发光……这样想着，他心里有着无穷的力量。

沙滩上静了下来，海潮声慢慢大了。

二

到了新班级后，高铭暄仿佛变了个人似的，再也没有了贪玩的心思。他埋头苦学、奋起直追。很快，他竟发现读书是件很好玩的事，从而更加用功，成绩火箭式地上升。

期末考完试，学校把学生的成绩按优劣顺序贴到布告栏上。因为之前30分的成绩，高铭暄不敢顺着布告从上往下看，而是从下往上找自己的名字。看啊看啊，看到最上面才看到自己的名字，第一名！全学年第一名！

他惊喜，同学们震惊！同学们围着他喝彩，老师也称赞他是"知耻而后勇"的榜样。他第一次深深感到了荣耀与尊严。他意识到，鲜花和掌声，需要坚强和努力，需要真才实学才能赢得。

小小少年，经历了荣耀的时刻，却也遭遇了被"冤枉"的事件。

被"冤枉"故意伤人。那时小学生流行带着小刀去学校，除了日常之用，还可以削铅笔。父亲那段时间送了他一把带鞘的小刀，刀鞘上有一条细铁链。小刀银刃闪闪、古色古香，煞是好看。

一天，高铭暄和一群同学挤在布告栏前面看学校新出的成绩布告，一边看，一边随手拉着铁链晃动小刀。晃着晃着，小刀被晃得脱了鞘。只听得"啊"的一声，旁边一位同学手捂着脸，发出痛苦的呻吟。高铭暄吓坏了。

不多久，对方家长便找上门来讨要说法。奶奶把高铭暄拉到身边，带着他忙不迭地赔礼道歉；待人家消了气，又马上带着礼物去看望受伤的孩子。好在那孩子的伤势不重，只是脸上被划了一道，破了皮。

回家后，一向温和的奶奶，又把他狠狠地教训了一顿。高铭暄心里很委屈，但也没有顶嘴，只独自生着闷气。他认为这是无心之过，不该受到如此严厉的训斥；但从奶奶的态度中，他也隐约明白，无论故意与否，一旦造成了不良后果，就一定要承担责任。

这"冤案"，给他留下了终生难忘的记忆。从那时起，他一直警戒着类似的错误，始终为人光明磊落、清白正直，任何言行举止都谨慎不逾矩，以避免给他人造成意外的伤害。

在对公正和冤屈有了深切的体会后，他突然迷上了京剧里的包公。

在鲜叠村的中心位置，有一座叫作"杨府殿"的庙。吉庆的日子，村里就会请戏班子来杨府殿唱戏，演得最多的是京剧。高铭暄听得多了，也能整段整段地唱。从这时开始，他就把包公大花脸的角色形象深深地烙进了自己的记忆。当鲜叠小学组织文艺演出时，他就主动要求演唱京剧、扮演包公。

三

1941年1月，高铭暄以全年级第一名的成绩从鲜叠小学毕业，考入温州的瓯海公学读书。他也是那一年鲜叠小学唯一一个考上中学的学生。

三个月后的 1941 年 4 月 16 日，日军轰炸了温州城，温州所有学校和机关都被迫遣散。

他和一些同学跟着老师，急匆匆地踏上了逃难之路。

他们在温州地区的大山里连续走了十几天，日行百余里路，最终到达了乐清。一路的担惊受怕，一路的劳累，一路的风寒，让他大病一场。

病好后，日军的军舰已从鲜叠开走了，他们回到了鲜叠。此时，父亲高鸣鹤也从上海逃难回鲜叠，因一时找不到工作，赋闲在家。

父亲特别爱好京剧，翻找出此前收藏的许多京剧唱片，一张张地挑选，选出了《击鼓骂曹》和《搜孤救孤》两张唱片，用留声机播放，让儿子听。

"我先教你这两段。"留声机放完两段唱片后，父亲说，声音里荡漾着喜悦。他一句一句地教，一段一段地解释；高铭暄一句一句地学，一段一段地听。

父亲是唱老生的，因此也就教他唱老生。《击鼓骂曹》和《搜孤救孤》，是京剧传统老生戏，也是余派老生经典的唱段。以往，高铭暄唱戏，知其然、不知其所以然，而今经父亲这一讲解，兴致更是盎然。

父亲成为高铭暄学习京剧的启蒙老师。

高铭暄学得极快。他还从父亲的唱片里自己学会了《洪洋洞》唱段：为国家哪何曾半日闲空……

他那时从未想到，这唱词，竟成为他赤诚报国的心声，成为他一生工作的真实写照。

四

瓯海公学毕业后，高铭暄考上温州中学，后考上浙江大学法学专业。后又求学北京大学、中国人民大学。

他在坚实的求学大道上，留下一个又一个清晰的脚印。

他选择了教书育人，三尺讲台，他一站就是七十余载，把人生最美好的时光都奉献给了刑法学。

他以 26 岁的年纪，加入了参立国法的团队。从 1954 年到 1979 年，他成了唯一的全程参与刑法立法的学者。1979 年 7 月 1 日，当人民大会堂内，通过《中华人民共和国刑法（草案）》的掌声热烈响起的时候，高铭暄下意识地看了看手表，时针正指向下午 4：05。新中国，终于有一部自己的刑法典了！那一刻，他热泪盈眶。

如今，他桃李遍天下，有些已成为中国刑法学的栋梁。他，当之无愧地成为新中国刑法学的主要奠基者和开拓者、受人尊敬的"人民教育家"。

1999 年，阔别鲜叠 50 多年的高铭暄，再次回到了鲜叠。

2023 年 4 月 7 日，高铭暄学术馆在玉环市美丽的庆澜河畔建成开馆。

2024 年 5 月 19 日，首届"高铭暄学术奖"颁奖仪式暨"中国刑法学自主知识体系的建构"学术研讨会在高铭暄学术馆开幕，中国法学会副会长姜伟说这是中国刑法学界、国际刑法学界的一件盛事。玉环市市长在致辞中说，今天，我们可以在高铭暄学术馆内看到高老毕生积累的图书、资料、手稿、文物等珍贵展品……

我曾问高铭暄先生，假如生命重来，您会如何选择？他说，我还会选择刑法，选择教书育人。坚定，坦荡，无怨无悔。

他依然是那个在鲜叠沙滩上玩耍、奔跑的少年。

原载《中国纪检监察报》2024 年 7 月 5 日

蓝莓记忆

鲁 微

莽莽林海傲长空，兴安八万听涛声。

永冻层下蓄神奇，漫山遍野蓝莓生。

　　一路向北，在中国最北极的大兴安岭密林永久的冻土层中，生长着一种被联合国粮农组织列为五大健康水果之一的野生"水果皇后"——中国北极蓝莓。

　　蓝莓的味道酸酸的、甜甜的，还伴有一丝羞怯与苦涩，是记忆中爱的味道。蓝莓的味道，让人回味无穷，这回味中有幸福、有忧伤。熟稔蓝莓的人都说，蓝莓就是人生的味道……

　　小的时候，我和小伙伴们是在大兴安岭密林中长大的。那时，我们几乎天天在老林中与黑熊、野猪、狼、狐狸、狍子、啄木鸟、猫头鹰为伍，与野蓝莓、野草莓、野葡萄为伍，与灵芝、木耳、蘑菇为伍，与黄芪、党参、五味子为伍……

　　大山里数不尽的宝贝，是我永远的记忆。

　　那时，我们一帮十四五岁的半大孩子，秋天的时候就去大山里采木耳、采蘑菇，采到的山货再拿到集市上去卖。每次都会卖不少钱带回家，每当这时，父母就会很开心。山货很值钱，采山货的人愈来愈多，附近山里的山货就少了。为了能采更多的山货，我们就去几百里外的密林中搭个窝棚，一住就是五六天。那时，正是初生牛犊不怕虎，进山也不怕迷路，穿过黑森森的林子，蹚过一条又一条汹涌的河流，最后到达人迹罕至的地方，用树枝搭个简易窝棚，住下。说是窝棚，其实就半米来高，晚上能钻进去睡觉就行。安营扎寨后就开始去周边采山货。当时年龄小，走几百里路，带不了多少干粮，平时都是省着吃。可那样的年龄，又整天在森林里穿梭，体力消耗大，饭量也就出奇地大。遍地蓝莓，伙伴们饿了，随时饿随时吃。开始的时候，一口气吃得很多，有时吃着吃着就会犯困，而且还会在吃多的时候浑身轻飘飘的。后来才知道，蓝莓中的花青素含量极高，营养价值更高。但是，花青素摄入量过大，会导致人像醉酒一样困顿嗜睡。我们采山累了，吃一顿野生蓝莓后，就能在密林中的草地上美美睡一觉。醒来后，身轻如燕，继续在森林里穿梭，继续寻找不尽的山货。

多年后，对蓝莓的浓浓记忆，成了一种情愫。

大兴安岭有森林湿地和沼泽湿地 100 多万公顷，永久冻土层有效地阻隔了地表水的下渗，有益于形成常年积水的湿润环境。得天独厚的自然气候、土壤条件等地理环境，孕育出了中国独一无二的北极蓝莓。

光绪十二年（1886 年），慈禧太后任命二品大员李金镛主持办理黑龙江漠河金矿的开采事宜。当年，李金镛带领大队清兵由墨尔根（今嫩江市）进入漫无边际的大兴安岭森林。山高林密，无法骑乘，他们只好徒步前往最北的漠河。由于道路崎岖难行，原本预计两个月内到达漠河老金沟。可 50 多天过去了，目的地仍遥遥无期。此时粮食快要吃光了，后继运粮队伍还没有赶上来。为了节粮，士兵们只好采摘野果充饥。他们发现一种生长在林甸边缘地带的矮丛蓝色小浆果，果肉细腻，果味甜美，口感极佳，而且食用后精神旺盛，体力充沛，眼明心爽，多吃还有醉酒的感觉。打听得知，当地的鄂伦春人称这种野果为"笃柿"。有了遍地充饥的"笃柿"果，兵士们精神抖擞，终于在第 58 天到达了漠河老金沟。在老金沟开金矿的同时，李金镛命人大量采集"笃柿"果，酿制了"笃柿"酒饮用。

著名历史学家、教育家翦伯赞赞美大兴安岭："无边林海莽苍苍，拔地松桦亿万章。久矣羲皇成邃古，天留草昧纪洪荒。"

可惜的是，那个时代，北极蓝莓还没有被发掘，纵然身为历史学家和教育家，也不知道，就在他深深赞美的那片原始森林里，生长着具有极强的抗氧化活性，属高氨基酸、高锌、高钙、高铁、高酮的营养保健果品的北极蓝莓。《明外史·本传》中记载，名医李时珍年轻时患有眼疾，偶有视物不清、目涩模糊，后采药至鞑靼（今内蒙古、黑龙江北部）时，发现根部生长在常年冰冻层中的蓝色浆果（蓝莓）对此症有奇效。李时珍自此经常食用，到晚年仍耳聪目明，遂告知当地鄂伦春人：此物润目，多食无妨。

随着人们对来自大森林产品的消费趋热，大兴安岭野生蓝莓资源的稀缺性和独特性吸引了人们关注。一簇簇、一丛丛、一片片如紫色宝石般散布在原始老林中的野生蓝莓一举成名，成为大山里的新宠。在大兴安岭与俄罗斯隔江相望、面积5608平方公里的阿木尔因蓝莓丛生，已成为南方游客的打卡地。

而今，我已经离开了莽莽林海大兴安岭。但对那里的一切记忆，都如永远不能忘怀的野生蓝莓——酸酸的、甜甜的，还伴有一丝羞怯与苦涩，是记忆中的味道、人生的味道，更是爱的味道！

原载《奋斗》2024年第17期

舒卷有余情

王邦尧

紫阳花

相传某一日白居易到寺庙里游玩，有寺僧指着一株不认识的花，问白居易花名。白称之为紫阳花，遂成定名，后来传到了日本，日本人沿用了此名。花名紫阳，是文人雅士的诗意，民间只唤作绣球，形象活泼而喜庆，仿佛那一树花开得如此团团，是可以被当作一粒粒绣球，从闺秀的楼上，抛到中意的情郎手里，成就一段段童话式的浪漫。

紫阳开花大如球，数百朵四瓣的小花，团团簇簇，聚成小球，圆圆地擎在枝上。数个大大的花球，挤得绿叶无藏处。恽寿平画里的绣球花却只有一枝，柔柔地垂下来，像一个温柔的邀请姿势。恽寿平画里的绣球简淡清嘉，素白中正的颜色，是小户人家的寻常时日。盆里的绣球却是多彩的，可以因土质而变色，更可以插在不同颜色的水里，变换出不同的颜色，除了红色略为失真以外，其他的都恍如天然。这是汪曾祺小时候玩过的游戏，借此骗人说得了新品种。我不曾如此玩过，只是扯下花团中小小的一朵夹于书本里面，平平整整，像薛宝钗一样不苟言笑，没有成团时那样圆融的和美。

汪曾祺说看到绣球，总要想起他的小姑，以及她未绣完的丝绣，床底下放得整齐的一双鞋。我却常常要想起我在小镇的时候，搬着一只凳子坐在廊上，拿一本书，边看前面花圃里开得正旺的一盆绣球，蓝蓝红红紫紫的一团和气。阳光十分明媚，整个场景像一幅画，定格了那些无忧的时光。

曾种过的绣球，挣挣扎扎了好几年，枯枯长长，总也不成样式。于某一年奋力开了几朵小花，便彻底偃去了，仿佛做凄美的告别。

我想起那株绣球，总要想起人世的挣扎。

虎耳草

很多年前读《边城》，看到睡梦里的翠翠被二老的歌声托起，飞到对溪悬崖半腰，摘了一大把虎耳草，一时十分感动，自此印象深刻。因为深刻，反倒同时也有点漫漶，恍惚记得这是自己的事。自己曾经在梦里飞到悬崖上摘了一把虎耳草，悬崖苔深绿润，虎耳草茸茸可爱，梦境像春天夜雨后的山林那样清润。

后来真的见到了虎耳草，是在人家门前的石壁罅隙里，浑圆带毛的低矮小草，果真如虎耳一样可爱，又有如虎皮一样的花纹。"虎耳草"三个字是如此有感染力，总是要让人想起民间给小孩做的虎鞋虎帽，淳朴可爱。虎耳草植株矮小，于石崖罅壁苍翠地长，当得起"淳朴可爱"四个字。

这种植物，老是要让我想起沈从文来；或许每一个看过《边城》的人，看到它都会联想到沈先生。他一直以来也以虎耳草自喻，说虎耳草能适应各种土质，开小白花，能消炎去毒。又说它每片叶子都很完整，虫子不敢咬它。汪曾祺也曾在文里说过：

> 沈先生家有一盆虎耳草，种在一个椭圆形的小小钧窑盆里，有很多人不认识这种草。这就是《边城》里翠翠在梦里采摘的那种草，沈先生喜欢的草。

因为如此，在我的认知里，虎耳草是一种淳朴美丽的湘西意象，也是"星斗其文，赤子其人"的沈先生的形象。

虎耳草捣汁滴入耳朵可以治中耳炎，这是我之前从书中翻到的。有一次某一同事患上中耳炎，我欲言又止，想让他去试试，却终究作罢。因为大约没人知道虎耳草吧，纵知道，也未必愿意把自己的疾病，交付给不可靠的植物。我倒是极乐意试试，但没有人会愿意因为打算尝试就让自己患上疾病吧。

紫薇

从别人家门前经过，见一树紫薇开得繁茂，满满的一树皆花，且亭亭直上，十分好看。马上想起白居易的"紫薇花对紫薇郎"，因为这句，就觉得这样的人家应该会旺达繁华，出个紫薇郎与紫薇相对。又据说若家旁开满紫薇，会得紫薇仙子眷顾，一生一世幸福。因此家旁的一树紫薇花开，看起来总是喜庆的。

汪曾祺写紫薇，怕年轻的一辈不知紫薇郎，很耐心地做了解释："紫薇郎亦作紫微郎，唐代官名，即中书侍郎。在宫里值班，独坐办公室。"他说白居易这句诗既寂寞又微有自得的炫耀。唯汪曾祺这样的体察人情才能读出点寂寞的味道，我看着只觉得是满心的富贵喜庆。去年我与伊去公园，特意带伊去看一株开满花朵的紫薇，亦笑着说了这句，引得一阵嗤笑。那树紫薇已经十数年了吧，枝干光滑得猿猱愁攀。紫薇无皮，因此越老越光滑。据说用手挠其树皮，它会因痒而微微颤抖。遗憾的是我那时并不知道。

紫薇花形微小皱曲，让我总要无端地想起木耳，虽然紫薇绝胜木耳。紫薇单朵花小，只适合花繁的时候远远观望。大花紫薇例外，因为花形较大，若要细看，六枚薄嫩的紫瓣拥簇鹅黄花蕊，也是妩媚动人的。只是大花紫薇很多做路边绿化之用，常常在车上看到一树紫艳的繁花疾掠而过，清丽亮眼，于灼热的盛夏看时可以清心去躁。路旁或许应该多植些能开花的树，令人于行路的途中有风景可看。

芭蕉

在小镇的时候，常常要路过的那条路上，有一户黑瓦白墙的人家。院墙外种着芭蕉，叶片翠绿宽大，如古时君子当风的宽袍长带，有一种潇洒飘逸之感。芭蕉的美就在于叶片的宽大、颜色的苍翠，纵身处一大堆粗头乱服的草木里，依然可以一眼望见，有一种清疏与爽阔。芭蕉不仅可以观，结了果可以食，还可以用来听雨。在中国文字里浸染过的人，总无法避免"雨打芭蕉"的文化意象。为这个意象，我一直想着日后有机会，一定要在窗前种蕉，感受一下蕉窗夜雨，哪怕雨打芭蕉太惆怅，哪怕吴文英说"纵芭蕉，不雨也飕飕"。当然，芭蕉也有晴日里的好，一树芭蕉可以"阴满中庭。阴满中庭。叶叶心心，舒卷有余情"。很多年前读了这句，便取了其间的"叶叶心心"四字，做了自己网上的名字。

欲种芭蕉，还因为《秋灯琐忆》里的秋芙。早年读到此段，总是不能忘——

> 秋芙所种芭蕉，已叶大成阴，荫蔽帘幕。秋来雨风滴沥，枕上闻之，心与俱碎。一日，余戏题断句叶上云："是谁多事种芭蕉，早也潇潇，晚也潇潇。"明日见叶上续书数行云："是君心绪太无聊，种了芭蕉，又怨芭蕉。"字画柔媚，此秋芙戏笔也，然余于此，悟入正复不浅。

看了这段古人的趣事，我也要东施效颦，想着有一树芭蕉可以供我叶上题字。纵不如此，想着一树芭蕉日夜总是张着翠叶，如同等着人来题字一样，也是有趣的。

种芭蕉最好能在旁再种一棵樱桃，方能让人珍惜光阴。"流光容易把人抛。红了樱桃，绿了芭蕉。"蒋捷的这句，是见了芭蕉时总也免不了要想起的。流光易逝，和夜雨秋窗、雨打芭蕉一样，总是令人惆怅。

菰

菰，从字面上看，是一种清洁孤高的意象，茕茕孑立，稀缺而神秘。然而知道了它之后就不以为然，不过就是水中生长的，形似水稻而高秆，茎叶、植株比水稻大的植物。因为是长在水里，也的确是清洁的；然而不孤高，也不茕茕，因为总是成片成片的缘故。当然更不如想象里的稀缺与神秘，尤其是知道菰菜其实不过是茭白后。茭白，是某种寄生菌长在其上，以致茎发生变异的产物。未有茭白之前，菰是产如米一样的果实的，名"菰米"，亦名"雕胡"，曾是以前的六谷之一，有诗"雕胡幸可炊，亦有社酒浑""琥珀酒兮雕胡饭，君不御兮日将晚"，等等。后来为取茭白而刻意令其发生菌变，就不产菰米了，以至逐渐消失。

《晋书·文苑传·张翰》记：

> 翰因见秋风起，乃思吴中菰菜、莼羹、鲈鱼脍。曰："人生贵得适志，何能羁宦数千里以要名爵乎！"

这里的菰菜即是茭白，张志和的词却又说"菰饭莼羹"，变成了"菰饭"了。不管"菰饭"或是"菰菜"，总之是借菰之名，留下了一段佳话。

菰的味道暂且不说，我所记忆深刻的景象，是一个深山中的小小村落。深绿色寂静的村落，村口有一亩池塘，挤挤挨挨地种满了菰，高挺、秀长，叶片有粗粝之感。我迄今仍记得，一阵寂寞的风吹过，满塘菰叶飒飒作响，寂寞如此阔大，就像全世界，只剩下了我，和一片菰。

原载《散文》2024 年第 2 期

屋檐下

涂玉国

一

房屋有大小，屋檐有宽窄。

屋檐，也叫挑檐、瓦檐、房檐。屋檐是房子的一部分，是房屋空间的延伸，是房屋的裙裾，是房屋的保护伞。

过去，襄北地区的好人家，大房大屋，往往硬山三重檐，一叠叠的屋檐，既美观又增加房屋的散热性，算是劳动人民的智慧结晶了。楚人好巫，崇拜火，檐角瑞兽大都是凤凰或朱雀，不像其他地方，用麒麟、狮狻等。云南的白族民居，屋檐并不宽大，却在屋檐下普遍绘着梅兰竹菊、蝙蝠神鹿、山石瘦竹、八仙过海等图案，寥寥几笔，却摇曳多姿。房屋已经不仅仅是为了安放身体，而是一种生活享受，用于安放灵魂。福建很多古厝，屋檐多用香樟红木，雕刻福禄寿、二龙戏珠、龙凤等图案，屋檐下往往还用各种彩色瓷片贴成各种图案及文字，多蓝绿相间，偶见白瓷点缀其间，色彩艳丽，光泽如玉。

二

屋檐宽窄与房屋大小有关，与生活富足贫穷有关，却与幸福无关。

有的人，虽然住着宽屋大宅，锦衣绣被，高桌大椅，顿顿山珍海味，活得并不幸福。相反，很多小家小户，吃着粗茶淡饭，穿着简单温暖，幸福满满当当。

心宽则房宽，心宽天地宽。寝不二床，骑不能两匹。知足方能常乐。身处陋室，心游天地，亦能安乐。

屋檐再宽，既不能睡觉安床，也不能待人接物；倒是拒人千里或者不待见他人时，可以在屋檐下设张冷板凳，让人知难而退。

屋檐虽窄，却可以听风赏雨、看云观天，身处茅庐、心怀天下。

屋檐宽窄代表着房屋大小，代表着门第高低，代表着主人身份地位，代表着主人的富贵贫穷。朱门酒肉臭，茅屋为秋风破歌。不同的屋檐，家境不同，吃穿用度不同，生活质量不同，生活圈子亦不同。

屋檐代表立场，但不代表人格，不代表格局，更不代表操守德行。

人在屋檐下，不得不低头。人生充满着曲折，有高峰也有低谷，一旦跌落尘埃，到别人屋檐下躲风避雨，在别人地盘讨生活，就不得不低头。低头，是暂时的隐忍，是为了积蓄力量，是为了更好地昂首。建安七子之一的王粲，投靠刘表帐下，因貌丑不被重用，常在襄阳城东南角高坡上把酒浇愁。等到曹操攻取襄阳后，一篇《神女赋》技惊四座，引起曹操重视，予以重任，终于扬眉吐气。

人处屋檐下并不可怕，可怕的是没有进取之心、没有鸿鹄之志。身处逆境，能忍胯下之辱，能卧薪尝胆，方能改变命运，终将展翅蓝天下。

三

屋檐虽小，故事却多。屋檐不大，天地却宽。

中学时，看武侠小说，每每看到武林高手飞檐走壁、除暴安良，羡慕不已，希望自己也能做名侠客，快意江湖。《水浒传》里时迁盗甲的故事十分生动，至今记得。时迁趁天黑爬到屋檐的博风板下，等到夜深人静时，潜入房间，盗得徐宁的雁翎锁子甲。后来，看古典小说、听评书，时常会看到一句话，隔墙有耳，因为某个仆人、丫环，偶然经过屋檐下，听到某句话，便要了人命或引出无数曲折来。看来，高明的作家，撰写曲折的故事，屋檐下成了一个绕不开的地方。

四

屋檐是一种空间，也是一种距离。有时候，还会与度量衡挂钩。

中国人建房，大都是两坡，人字形，分前坡后坡。雨水从房顶上汇聚而下，顺着前后屋檐垂直落下，在屋檐下形成了一条笔直的线——雨水量出的线。这条线，就成为距离的起点，就像测量海拔时的黄海高程，是水平面的零点，或者基点。

过去，农村邻里之间宅基地的划分，就是以屋檐沟为标准的。每家宅基地的大小有一定之规，叫作"前三后一五"，即房前以前屋檐沟为基线往外三丈宽，房后以后屋檐沟为基线往后一丈五宽，在这个范围内属于自己的宅基地。超出的地方，则为公共空间。如果邻里之间因宅基地发生纠纷，很简单，拿起皮尺从屋檐沟往外一量，宅基地究竟属于谁，清清楚楚，明明白白。

五

肥水不流外人田。屋檐还起着收集雨水的作用。下雨时，雨水从屋檐滚落下来，沿着屋檐下的流水沟，汇聚在一起，既可以洗菜做饭，又可以洗衣喂猪，用处多多。

雨水是肥水，是有科学依据的。特别是夏日的雷暴雨，经过闪电和雷击，发生电离反应，雨水中的氧、磷、氮、钾等被电离出来，更容易被农作物吸收，促进生长。

集纳雨水最好的建筑式样就是天井式。我曾参观过很多老宅，大都是天井式设计，这也是中国古代建筑一大特色。起初，以为这种建筑是中国人天圆地方、天人合一的朴素哲学观在建筑中的体现。后来才知道天井式建筑，还有收集雨水、通风透光、藏风聚气等作用。

有一年夏，我在南漳县冯家老屋参观时，恰逢暴雨，雨水从天而降，顺着屋檐落下，滴落到四周的集水沟里，然后汇聚到天井正中一口七八米深的石质深井。可以想到，在过去，这户人家，足不出户，就可以在天井里洗菜浣衣，真是方便实用，不禁为古人智慧所惊叹！

六

屋檐是雨水的天堂。屋檐是雨水的舞台。屋檐三尺天地，雨水万般风光。

天上的雨水落下来，顺着屋顶的瓦沟一路往下，越积越多，等到汇聚到屋檐时，已经开始连成串、连成线地滚落下来。那雨水沿着一溜溜的瓦沟落到地面时，在半空中形成了一幕幕水帘，遮住了屋内的事物，亦让雨幕外的事物隐隐约约、朦朦胧胧，充满了神秘与张力。

雨水从屋檐上落下来，把屋檐下的泥土冲成一个个小水窝，水的窝，雨水的小小的家。这些水窝久了，就连成了一条沟，屋檐沟。雨水从屋檐上落下来，通过这小小的屋檐沟，往四面滚来滚去，找到低洼处，再往低处走，最终汇聚到小沟里、小渠里，再进入小河、大河、大江、大海。水往低处流，人往高处走。水往低处流，是使命，也是归宿。人往高处走，是目标，是追求，也是志向。人的目光只有越过屋檐，越过天井，越过四合院，才能走向更深更远的天空。

雨水从屋檐落下来，掉落在石阶上，日久天长，时光如锥，雨滴如钻，在石头上磨出一个个孔洞来。这些水滴穿出来的洞，是雨水日复一日的功劳，是时间和岁月的功劳。水滴石穿，绳锯木断。雨水在屋檐下，刻出了一个个既高深又简洁的哲学，让住在屋内的人，心生敬畏，心生感动。

七

屋檐是鸟儿的家，屋檐是鸟儿的天堂。

屋檐下最常见的鸟是燕子。燕子喜欢把巢筑在屋檐下，也有直接筑在室内梁柱下的。麻雀最多，总是三五成群，飞的时候轰的一声，落在地面抢东西吃时互不相让，甚至还会打架。麻雀脸皮厚，不像燕子，羞涩。如果有小孩子捧着饭碗吃饭时，总有麻雀站在旁边盯着，只要落下几粒米，就会飞快地啄起来；然后跳几步，仰着小脑袋，等待米粒下一次落下。

鸽子也经常到屋檐下做窝。鸽子颜色大多是灰色的，偶尔也会有纯白的鸽子。一对圆溜溜的红眼睛，特别可爱。屋檐下常见的鸟还有斑鸠、喜鹊、画眉、鹧鸪等。

夏天晚上，屋檐下还常常会有蝙蝠，倒挂在檩子上，支棱着翅膀，稍有动静就四处乱飞。我们老家把蝙蝠叫作盐老鼠，据说，是老鼠吃多了盐变的。大约因为蝙蝠的嘴巴和牙齿，长得颇有点像老鼠，并且叫声也像，便想当然地以为蝙蝠是老鼠变的。长大了才知道，蝙蝠是哺乳动物，并不属于鸟类。

八

屋檐是属于秋天的，是庄稼人晾晒果实的天地，是展示丰收的舞台。

屋檐下最常悬挂的是玉米棒。玉米从地里掰回来，剥去最外面的几层硬壳，留下贴在玉米上的一层柔软的包衣；拧几下，两个或四个玉米拴在一起，搭在屋檐下的檩子上，既通风，又不怕雨淋，很快就会干透。那屋檐下一挂挂、一排排的玉米棒，在阳光的斜照下，闪着金子一般的光芒，远远地看着，丰收的景象多么饱满生动，秋天多么饱满生动。

屋檐也是属于冬天的。每到寒冬腊月，腌制完腊鱼腊肉腊鸡腊鸭腊肠腊蹄，都会悬挂在屋檐下。经过风吹日晒，时间的味道慢慢进入其中，一阵风吹过，香气便溢满了村庄。春节，便在这满村的香气中，慢慢走来了。

原载《天津文学》2023 年第 12 期

岁月里的吱呀声

温 洁

时光的缝隙里，常常会有吱呀声响挤出来，不经意间叩响记忆的大门。床头柜上有本指头厚薄的《繁星》，早已泛黄的书页里流淌着光阴的故事，也流淌着一个小女孩对书的极度渴望。

大约40年前，有个扎着小马尾的女孩，背着妈妈亲手缝制的花书包，满怀对校园的憧憬，走进了兴隆寺小学。大木门掩着，她轻轻推门而入，大门发出的吱呀声响异常刺耳。

穿过走廊，墙上挂着一块古色古香的木牌，写着"一年级"。她走进那间老旧的木质结构房子，矮小，黑暗，阴冷，潮湿。可这对她来说好得如同天堂。

这是开学的第一天，黎明的一抹暗淡阳光穿透斑驳的屋顶，洒落在教室里。小女孩轻轻推开教室门，耳畔又传来吱呀声响。她斜着身体，索性把脑袋探进教室，里面还没有老师。三个长方形木块搭成的简易桌子，三排大小不一、形状各异的小木凳都是学生自己从家里带去的，一块黑板，就组成了这间简陋的教室。

天色渐明，突然传来了叮当叮当的上课铃声，一位头发花白的老师走进教室。她自我介绍，姓王，教语文，兼班主任，每天教识字和写字。20世纪80年代，乡村的孩子刚入学几乎都不会写字。小女孩似乎有了一点优越感，因为在去学校之前，妈妈已经教了她500多个常见汉字，她已经可以读简单的儿童书籍。只是，那时候，真的没有课外书籍，填饱肚子才是一天最大的心愿。

王老师很喜欢小女孩，让她在课堂上叫王老师，下课了叫大姨，因为小女孩的妈妈也姓王。王老师特别宠爱小女孩，让她当了班长，并让她一周内教会班上所有学生书写自己的名字。这个听起来挺难的事儿，却让小女孩很高兴。下课时，她顾不上和小朋友们做游戏，手把手教小伙伴写名字。周五的时候，她出色地完成了王老师分配的任务，放学时王老师当着全班同学的面奖励给她一本书，是冰心的《繁星》。这是她人生中第一本课外读物，她捧着书，同学们羡慕的目光聚焦在她身上，小女孩自豪极了。

童年像白纸一般的时光，因为有了《繁星》突然多了几分色彩。校园里的大榕树上，繁密的枝丫间，偶尔有小鸟栖息、唱歌，小女孩坐在大树下的长木凳上，捧着《繁星》痴迷阅读，空气里仿佛都散发着淡淡墨香。

小女孩两天就读完了《繁星》，又好奇地去向王老师借书看，可是王老师也没有其他书籍。她刚刚被点燃的欲望，就这样在秋风里摇曳。她不甘心，决定回家想办法。

她突然想起前几日在妈妈床底下看见的一个旧木箱，上面积满了厚厚的灰尘，那是妈妈的宝贝箱子，她从不敢打开来。这不，刚好周末，她按捺不住了，趁着妈妈去地里干活，轻轻打开了箱子。发出几声吱呀响动，里面静静地躺着母亲从小学到高中学过的课本，别无其他。

这也挺好，先把一二年级的语文课本拿出来偷着看吧。站在田野里，空气格外清新，风中夹杂着鸟儿婉转的啼鸣。小女孩捧着妈妈的旧课本，读着读着，目光飘向远方，她仿佛看见了那间极简陋的教室，还有她靠近窗户的座位。她想象着上学时间，站在窗边读书的滋味，耳畔仿佛又响起了吱吱呀呀的响声。就这样，不到一个月，她囫囵吞枣地读完了妈妈读小学时的那些旧课本。

十月的风带着些许凉意，一天晚上，小女孩鼓足勇气推开妈妈房间的门。吱呀声响回荡在整个昏暗的房间里，妈妈正捧着高中语文书坐在床上默读。她不想打扰妈妈，便匆忙转身。"有事儿吗？"妈妈问。小女孩安静地看着妈妈，看着妈妈手里发黄的课本，欲言又止。"来，过来，让妈妈抱抱。"小女孩儿静静地依偎在妈妈怀里，看看妈妈暗黄的脸，话到嘴边又咽下。

"有啥话就跟妈妈说吧。"

"妈妈，我想……买书。"

"买什么书？"

"课外书。"

"书名是什么？"

"什么书都可以，我想读。"

"我就知道你最爱读书了，妈妈那些旧书是不是都读完了？"

"啊？是的！"

"好，妈明天就去给你买。"

"谢谢妈妈！"小女孩匆匆转身离开，轻轻关上房间的门，熟悉的吱呀声再次响起。

数十年过去了，家里的书已经占据了四面墙，书柜里的书挨挨挤挤，有妈妈给买的各种课外书，也有自己买的喜欢的书籍；有作家朋友送的签名书，也有自己写的书。只是，现在书多了，读书的时间却少了。

岁月不减来时路，时光未曾负行者。那个小女孩早已长大，也当了老师，也时常给学生送书，时常和学生一起同读一本书、同写读书心得。那本《繁星》一直搁在床头柜上，陪伴小女孩夜夜入梦。我就是当年那个小女孩，如今是70岁妈妈的女儿，也是19岁女儿的妈妈，我们仨都如此热爱着书籍。

原载《教师报》2024年1月3日

失眠记

华 之

睡眠不会来，可还是睁着眼睛，巴巴地等，痴情得像一块望夫石。

于是，那些夜晚的细部，就像每天落在这个世界上的尘埃一样，被我用眼睫的小刷子仔细扫下来，收集在记忆的玻璃瓶里。

夜晚，躲在墙根下弱弱弹唱的蛐蛐，节奏是这样的：唧唧，唧唧唧，唧唧……从纱窗眼里窸窸窣窣挤进来的小蛾蟆，有时一脚踩空，扑通一下掉在靠窗的茶色案几上，估计摔蒙了，揉揉膝盖，挣扎半天才复又展翅，试着绕行几圈，然后快速飞走。窗框里慢慢移进一张白生生的月亮的脸，仔细看，脸上还有淡淡的斑，但丝毫不影响它难以言说的神秘和盛大之美。水样的月光透过窗棂，从床角滴沥到地上，居然有几何图形一样温柔又生硬的线条和折角。一辆汽车从窗外的马路上驶过，一道明亮的光柱，从屋顶飞速扫到墙上，倏忽又消失不见。半夜，外面还有酒鬼忘情的歌声，桀骜少年尖厉的嗯哨，摩托车几乎飞起来一样拉成直线的鸣响。身边的小女儿睡梦之中翻一个身，双脚蹬开被子，袒露出鼓鼓的小肚皮，嘴里哼哼唧唧说一句什么，挨着枕头一侧的小头发弯弯绕绕贴在汗湿的脸上。起身去卫生间，鱼缸里的小鱼们居然也没睡，还在悠然自得地吐着泡泡。途经客厅，蟹爪兰的盆边趴着一朵翡翠红的柱形花朵，修长的桃叶形花瓣琉璃一样薄脆、透亮，垂着长而娇俏的花蕊，开得无声无息、又招摇迷人。

这样的夜晚，真的是天地生动、万物有情。唯独被我苦苦等待的睡眠迟迟不来，一直不来。时间长了，身体终于先于意志垮塌，我感觉自己等不了了。

看医生，找偏方，买了安神的药来吃，配合运动、练习瑜伽，喝核桃壳里夹心木泡的水，泡脚，数羊，睡前喝牛奶，床头放一盘洋葱，听催眠音乐……各种稀奇古怪的方法都试了，还是收效甚微。我开始怀疑上辈子做了什么对不起睡眠的事，这一生才遭它如此嫌弃。

断断续续几年之后，吃安眠药终于也无法入睡了。每天晚上，脑子里好像一直有一个小人，在药力麻痹周围所有神经之后，依然披坚执锐英勇无畏地坚守着清醒的隘口。

于我，黑夜和白天再无界限，日月颠倒，一片混沌。而混沌之中，那个小人依然披坚执锐，东挡西杀，守着最后一块任何药物都无法涉足的清白之地。

人长期没有睡眠会怎样？就像一张纸，一直摊在灼烫的太阳下暴晒，最后干燥，脆薄，枯悴，用手轻轻一捅，瞬间支离破碎。

某天，一位朋友在路上看见我，吓得大吃一惊。她说我的眼窝深陷，能放进两只鸟蛋。我那时已无心说笑，只是恍恍惚惚点着头应付。她推荐一位老中医给我，说得吃中药调理，不能再忽视。

街巷偏僻处，找到那位须发皆白的老中医。他给我号脉，望闻问切，然后慎重地开出一剂药方，末了又给出一个奇特的药引：农家养的芦花白老母鸡的鸡蛋壳。

母亲为此专门回了一趟老家，买来邻居玉娥婶散养多年的芦花鸡下的蛋，叮嘱我每天早上用开水冲一碗鸡蛋茶，茶喝了补身子，蛋壳留着做药引。

吃了几十服中药之后，有一点作用了。草木们一点点积蓄力量，收复失地，拓宽疆土，每晚渐渐可以还给我三四个小时的安眠。但还是会早早醒来，听着窗外公路上车辆轰然经过的声音，看着一道道车灯光划过窗棂，直到窗户像煮熟的鸡蛋一样微微泛白；然后，人声、车声一点点躁动起来，像一只缓缓苏醒的巨大蜂巢。

母亲说：草木通人性，它知道你的病在哪儿，所以要坚持吃一段中药，能祛根。可草木何止是通人性，它们是完全舍了自己来救我的，是我的恩人啊。

想起小时候跟着几个堂哥一起上山挖药材，我挎着竹篮，背着小镢头，在芜杂的草丛里，细细辨认紫花地丁、柴胡、甘草、车前子、牛筋草。挖回来的药草摊在院子里晾晒，枝叶间细碎的小花数日不凋，一院都是山野的清香。

现在，我的书桌上养了两盆富贵竹，我专门在网上搜了栽培方法，定期浇水，换水，每月添加一次营养液。但它的叶子还是开始泛黄，完全没有竹子的勃郁之气。有时候，我感觉自己就像这竹子一样，温度环境稍不适宜，就不自在，睡不着觉，活得蔫巴巴的。

莫非我也是一株草，非要在山间田野、在干硬的黄土和陡峻的地堰下，在凌乱的杂草和密集的刺蓬间，才能找到安身立命的土壤？

外公去世三周年的那天，母亲又带我回到村庄。外公去世之后，外婆执意一个人住在家里。母亲虽然经常担心外婆，但老家有老院，有老妈，这让母亲的牵挂有了踏实的安放之地。

儿子儿媳，孙子孙女，远远近近的亲戚都赶来卸孝。白天设宴待客，晚上宾客散后，我们就住在外公家的老院里。母亲和外婆坐在床沿上叠着白麻布的孝衣，嘀嘀咕咕说着外公生前的一些事情。我坐在母亲身边，一边听，一边插嘴问白天见到的亲戚各自是谁，和外公有怎样的关系。

窗外依然是浓稠的黑，还是那盏橘子一样的灯，在小屋里静静散射着暖黄的光。灯下坐着三个相貌相似的女人，母亲像外婆，而我像母亲。灯光显影了生命河流里的一些细节，我们手里忙着琐碎的事情，感觉时间又闲又远。

不知道什么时候我困了，就偎在母亲身边躺下，枕着外婆陪嫁时的绣花枕头，盖着带有樟脑气味的缎面大花棉被，闭目养神。

隐隐约约听见几句母亲和外婆的对话——

妈，李家沟那个男的是谁？

一个老朋友。

他咋认识你的？

以前在村里当大队干部时，去县里开会，遇上就认识了。

我看他和你很熟的样子。

嗯……

妈，你想我伯不想？我最近做梦老梦见我伯。

……

母亲管外公叫伯。

母亲和外婆后来说了什么，我没有听清，就彻头彻尾地睡着了，连半点梦的残渣也没有。

早上自然醒来，头有点疼，欠下长长的睡眠账单，一时间还难以完全偿还，却已是神清气爽，像外婆养在窗台下那盆吃透了水的支棱棱的葱兰。

母亲说：你昨晚睡得真熟啊，还打呼噜，早上都没敢叫你起来吃早饭。母亲又夸那个老中医的医术好，药开得对症。我想了想，感觉应该是无意中加入了另一味药引——村庄的夜晚。

那个老中医说，人的心脏就像蛋黄一样，加入蛋壳当药引，就是为了把心保护好。

而在村庄那夜，是一枚鸡蛋又被放到了柔软的草垫上。那些密不透风的黑暗，像一层看不见的厚厚的壳，护佑着村庄里的人，让他们魂梦皆安。

我也猜测那晚外婆后来说了什么。她到底想不想外公呢？也许会想吧。人只有在离开之后又回来，才能知道自己到底拥有什么。比如说，那被我遗落在故乡村庄里的安眠。

原载《散文》2024 年第 12 期

诗在，黄鹤楼在

周百义

　　动画电影《长安三万里》结尾，高适回忆与李白交往的友谊，眼前不断闪现出两人在黄鹤楼相遇的情景。黄鹤楼是李白一生中多次登临的胜地，他曾以旷世的才华，在这里挥毫写下了奔放的心声。诗人的命运无疑与这座江南的名楼紧紧相连，李白流放夜郎之际，黄鹤楼在一场大火中焚毁，高适闻讯不无惋惜。他似乎也在安慰自己，深情地对随行的书僮说：

　　写黄鹤楼的诗在，黄鹤楼就在！

　　高适的话说对了一半，天才李白为黄鹤楼所写下的那些美妙的诗歌，已经嵌进了这座名楼，融入了江城三镇，伴随那滚滚东去的长江，浸润了大江南北。那江城五月，碧空远影，楼中玉笛，天边夜色，还有那要"捶碎黄鹤楼"的戏谑，都留在了汉语的字里行间。不过，从古到今，除了李白外，也还有无数文人骚客慕名来到这里。他们与李白一样，登斯楼时，凭栏远眺，万千气象，驰目骋怀，于是情动于中，思接千载，把酒临风之余，在此挥毫泼墨。他们或逞奇斗艳，各擅胜场，一展诗酒风流，或凭轩涕流，忧生愤世，写下那送别的惆怅、怀古的感慨、人生的憬悟、书写春秋代序的无奈。楼因城而立，城因楼而彰，楼因文才著，此中道理无人不知。但这些诗文，如果任由时人写在黄鹤楼的"诗板"上，如果不将其用一种介质储存下来，随着时间的流逝，便会成为那江上烟波、东流逝水，后人将何以得见？江山胜景，佳文妙诗，岂不与楼俱焚，与沙俱沉？因此，诗在，黄鹤楼在没错，但从传播学的角度来看，应当加上一句：

　　诗在，书在，则黄鹤楼才在。

　　黄鹤楼从东吴三国修建成楼始，几焚几建，已无详细数字可供稽考，也无专著载其始末。只到那明万历年间，武昌府终于迎来了这样一位读过书的父母官。此人姓孙名承荣，进士出身，江苏苏州府长洲县人，万历十四年金榜题名后，经观政历练，来武昌任知府。此人是读书的种子，知道文以载道，以文化人，重视文治教化的功能。或者他知道书籍的力量，主政期间，曾主持刊刻《楚纪》《武昌郡志》，于万历二十四年（1596）又主持编纂了《黄鹤楼集》。后来他的助手，举人任家相又续编了一辑，以上中下三部分示人。是书收集了从南朝到明代250位作者诗、文、赋、杂记360余篇（首）。其中最早的是南朝鲍照的五言古体《登黄鹤矶》、让李白慨叹"眼前有景道不得"的唐代诗人崔颢的《黄鹤楼》，还有王维、刘禹锡、宋之问、孟浩然、白居易、贾岛、杜牧，宋代的苏轼、陆游、黄庭坚、范成大、王十朋，元代的丁鹤年，明代的张居正、王世贞、李东阳、杨基、何景明等人的作品。当然，收录较多的还是李白的诗，其中有五古、七古及七绝诗共7首。他那首脍炙人口的《黄鹤楼送孟浩然之广陵》和后期的《与史郎中钦听黄鹤楼上吹笛》均收录在其中。李白27岁离川来鄂，自称"酒隐安陆，蹉跎十年"，入赘许家，盘桓鄂地，究竟多少次登临黄鹤楼，写下多少关于黄鹤楼的诗文，至今还是一个谜。一方面，李白当年写诗并没有留意保存下来，那些即兴题壁和写在诗板上的文字，不少转瞬即逝。何况后来他投奔永王幕府，流放夜郎，已是生死难卜，更不可能将诗歌带在身旁。所以李白死后，他的族叔李阳冰在《草堂集序》中写道："当时著述，十丧其九，今所存者，皆得之他人焉。"因此，现在我们看到的李白写黄鹤楼的作品，并不是他全部创作的成果。

在唐朝时已是名动寰宇的李白尚且如此，那些李白之外的文人墨客就更不用说了。如果不是那位重视文化建设的"孙市长"和他的助手"任教谕"，我们今天更是无从得知那些脍炙人口的飞花妙笔了。所以，举人任家相在《黄鹤楼集补纪事》中深情地写道："余不佞谓山川以景物著，而景物以赋咏章，两者常相待以为胜。"此言堪称卓见矣。作为武汉的市民和喜爱黄鹤楼的粉丝，应当以手加额，山呼万岁。

400年后，时至20世纪80年代，距上一次黄鹤楼焚毁100年之际，改革铙吹，东风尽放，武汉市政府决定重修黄鹤楼，希望能找到历年才子佳人咏叹斯楼的佳作，以助其盛。有关部门虽然从旧志上获悉前市长编纂过《黄鹤楼集》，但遍寻三镇，却不知所踪。最后，时任湖北省图书馆副馆长的徐孝宓从父亲徐行可早年的赠书中发现了这本书的踪影。据说，这是国内仅存的孤本。后来，又有人说在国家图书馆也发现了一本。即使此书不孤，但存世仅两册，也算是双璧了。此书在新黄鹤楼建成之际，先是影印出版，后来又经王启兴先生等点校整理，以《明刻黄鹤楼集校注》的名义刊行于世。

楼以诗名世，诗以楼长存。文物彰明，盛世重光，可谓皆大欢喜。可是，如果复盘这本《黄鹤楼集》的传播史，却发现这过程其实是一个很悲哀的故事。400年前，我们的先人为了留住历史的痕迹，公务之暇搜集整理，借手民之劳，付之梨枣，将有史以来咏叹黄鹤楼的诗文留在人间。但中原板荡，岁月播迁，从明清鼎革到洪杨匪乱，再到当代文化浩劫，这本记载江南名楼的诗文集竟然如风扫落叶，踪迹全无。如果不是一个藏书家的坚守，并且在20世纪50年代将这本书"捐赠"给了有关公益收藏机构，那么此书将如同那屡建屡毁的黄鹤楼，早已消失在时间的无形中。

当然，我们应当感谢这本书的收藏家。不过，我们绝对不应忘记收藏家在时代的洪流中跌宕起伏的命运，与《黄鹤楼集》的失而复得一样，其遭际也让人感喟万端。

关于徐氏一家向中国科学院武汉分院和湖北省图书馆、博物馆捐赠图书10万册、珍贵文物8000件的报道，已经屡见报端。从字面上看，徐家是自觉自愿"化私为公"。其实，本人近日阅读马志立先生撰写的《徐行可先生年谱》（崇文书局2022年6月版），字里行间，却窥见了明刻《黄鹤楼集》收藏家与捐赠者心境的曲折。

徐行可藏书50年，藏书之多之精居湖北之魁。日本占领武汉期间，有日本人曾高价向其购买文献，被他一口拒绝。他抄书、校书、编书、藏书，一生与书相伴，惜书如命，爱书成癖。1956年9月，他慷慨地一次性向中国科学院武汉分院捐赠图书500箱，约有6万册，其中多为线装古籍。1959年7月，在徐行可先生逝世的当月，徐氏11名子女联名致书湖北省图书馆，希望将家中尚存的200箱图书也无偿捐赠给国家。函中言语至诚，"敬求惠予接纳，使书得尽其用，且慰死者之心，则不胜感戴之至"。

毫无疑问，《黄鹤楼集》便在这两次捐赠图书之列。目前在湖北省图书馆看到的明刻《黄鹤楼集》的底本上，书前印有"武昌府经历司经历伍宇智刊"字样，钤有"曾归徐氏彊邨"印。"彊邨"是徐行可之号。

曾经视书如命的徐行可先生及其子女真的是"自觉自愿"并迫切地希

望捐出毕生所藏的珍贵图书，并且不接受国家的任何奖励吗？从常人看，似乎不合情理。但对此我缺少第一手材料求证，不做论断。徐行可在世时，向科学院捐赠的500箱图书，科学院曾经奖给他2万元人民币。后来徐行可又用这笔钱从北京买了一套善本《武英殿聚珍版丛书》共631册，又将其赠给科学院，算是投桃报李，基本扯平。这一次，徐行可子女不仅捐出了家中仅存的200箱图书，还向省博物馆捐出了7700余件徐行可生前收藏的文物，其中有书法、绘画、碑拓、封泥，绘画中仅明代大家董其昌的作品就有12幅之多，其价值目前看来不可以金钱计。

1959年7月20日，湖北省文化局回函湖北省图书馆，同意接受徐行可的捐赠，并且协商将徐行可捐赠给科学院武汉分院图书馆的人文社科图书划归省图书馆，称徐氏子女无偿捐赠图书和文物是"爱国主义精神"云云。

其实，1959年，年已70的徐行可身患重病，已囊中羞涩。他在致学者陈乃乾的信中写道："乃乾先生：恕病数月矣，近十余日呕吐不止……恕自去年三月辞去科学院百五十月薪，仅屋租不足自活，能否惠赐《通检》一册，是所企祷……"

徐氏原在科学院图书馆有兼职，当时不知何故已辞去，其家在汉有房屋多间，平时租于他人，以收租养活全家。但是，在徐行可去世几天之后，徐家子女却又积极地要求将图书和文物全部捐给政府，并且不索分文。

是否有隐情，不得而知。我没有就此向徐家子女求证。但在那个特殊的时代背景下，很多知识分子家庭都有不可言说的凄惶，则是公开的秘密。徐氏《年谱》作者马志立先生也没有道明因由，而只是引用了1959年9月2日的《顾颉刚日记》。日记中顾颉刚写道："闻公诸言，冒鹤亭（广生）上月逝世，年八十八。徐行可、钱基博亦皆逝，渠二人皆右派分子，含恨入地者也。"

读到此，经历过或者研究过20世纪50年代政治气候的人也许就不难理解，徐行可于山雨欲来风满楼之际捐出6万册藏书的无奈与背后的隐秘了。他的11名子女在父亲逝世当月又捐出余下的藏书，是否与某些运动的余波有关，则需要历史学家去探讨。

当然，塞翁失马，焉知非福。如果徐氏一家不提前捐出这些图书，那

10 年，这些书会不会也化为了灰烬？如果从当年很多知识分子家庭藏书遭到的厄运来推测，毫无疑问，《黄鹤楼集》也很难独善其身。

长安三万里，梁园何时归？如果我们梦回大唐，一定要告诉李白和高适："诗在，黄鹤楼在；书在，黄鹤楼才在；社稷安澜，黄鹤楼与书方能长在。"

吾以为，一本明刻《黄鹤楼集》与他的主人的命运，就是一座千余年黄鹤楼沉浮史的化身与注脚。中国的知识分子和他们爱的书籍，不管是李白，还是后来的钱基博、徐行可，都无法摆脱时代的左右。

李白在留居安陆、漫游黄鹤楼时曾写下《江夏送友人》一诗。诗的最后两句写道："徘徊相顾影，泪下汉江流。"书与楼，人与世，思之，何不如此。但愿，江水流日夜，这一页，已然翻过。

原载《中国新闻出版广电报》2023 年 9 月 13 日，
《新华文摘》2023 年第 23 期全文转载，
转载时题目改为《诗书永伴黄鹤楼》

辑

三

七夕，在阿里望天河

徐　剑

一

七夕那天傍晚，阿里天空很亮，离天黑早着呢，太阳高高地照在昆仑山和冈底斯山上，与夏日雪山相辉映，折射雪山起伏的曲线。

少年望星空在乡场，中年守七夕在京城，暮年呢，他最想在离天河最近的地方，望星空。

那天下午，太阳钟盘刚偏移四点，他出狮泉河，向南，从阿里首府往阿里天文台驶去。天文台建在离狮泉河30公里的山脊上，海拔5100米。数日前，他去札达县象泉河畔的底雅乡，曾途经阿里机场，驶上界上达坂，远眺天文台，方知此为世界上拍摄宇宙天河最佳机位。到阿里望天河，源于少年秋场上望星空的一场梦。

彼时，他还是一个幼童，听奶奶讲天上牛郎织女星的故事，宇宙、星空、天河，令他无限向往。他问奶奶什么时候能看到牛郎织女下凡人间，奶奶说七夕。他们划船过去吗？奶奶摇了摇头说，牛郎织女住在一条银河的两边，相望千里万里远，天河千丈万丈深，船是渡不过去的。那靠什么摆渡？

喜鹊的翅膀啊。奶奶说，搭成一座鹊桥啊，让牛郎织女七夕相会。

人走在喜鹊的翅膀上，会掉下去啊！他向奶奶提出异议。

牛郎织女是羽化成仙的天人，踏云驾雾，不会掉下来的。

我要看牛郎织女鹊桥会！

等到七夕吧。奶奶说。

立秋后，七夕便近了。云岭下的夜空晴得好，天似穹窿，深邃而纯净，像秋潭里的一湾清波，与天井里井水一样蓝。那天七夕将晚，奶奶在天井里放了几个草墩，点了一盏油灯，将她的爱孙揽在怀里。天渐渐黑了，星星从夜的腹部钻了出来，像天神撒下的一把钻石，一闪一闪的，更似夜空中一双迷人的秀眸。他问奶奶，牛郎织女星在哪里？也许是因为坐天井观天吧，局限了他的视界。奶奶指着最亮的两颗星，说那就是牛郎织女星。他第一次循奶奶所引，找到了牛郎织女星。后来他读杜甫的诗，"人生不相见，动如参与商。今夕复何夕，共此灯烛光"，想起与奶奶共话七夕的一幕，内心充满了温馨和感动。只是星星太小，距他也太遥远了，远得无法够着。

能将星星摘下来吗？他问奶奶。

除非你坐在秋后的打谷堆上，奶奶告诉他，那里离天河最近，是高天上的人间。

他向高原上的阿里天文台驶去，终于遂了高台上望星空的夙愿。车子在冈底斯山山脊上前行，盘旋向上，一圈一圈大迂回。山重水复间，天河在上，冰河在下，向着天文台驶去。最后等高线，居然像上苍之手，在穹隆银城上的涂鸦，大写之字一弯连一弯。登高台而观天河，吉普车盘桓于道，不啻是他少时绕着晒场上的打谷堆，转了好多圈。晒场上，刚收割的稻谷堆，垒成了像吴哥窟一样的佛塔，有十七八座之多，峙立夜天。在星可数月可鉴的夜晚，他和同伴开始围着这些宝塔转，终于在两个谷堆的间隙，找到相互攀爬的草墙。脚手并用，使出少年洪荒之力，终于登塔顶，就一头扑在谷堆上，仰望星空。

星星躲进夜幕里，他只好在稻谷堆上翘首以待，等它们一颗一颗，从天门中跳出来。

等星星出齐了，就朝他奔来。

风自西向东，稻谷的香气若有若无。家无余粮的他想，要是家里有这么多稻谷，妈妈就不用去山村借粮了。此时稻谷的香气，抓不着也留不住，只能存在心里。

虫鸣空旷，亦也聒噪，反倒安神。他躺在微热的谷堆上，头枕着手，望着星空。渐渐地，神游了，星星在天在四方，也在家；稻谷在地在天，在他左右，最后都装进了他的梦里。

二

他醒来的时候，确信是妈妈把他抱回了家。

那是他幼年的星空。

幼年愚智，不知天地也有所属，五气五元素相生也相互制衡，但能感受每颗星星的喜悦。它们三五一变，神秘跳跃，与他遥遥相望，而又临照他心。幼年懵懂，不明白星星与爱情有何联系，天上地上，十万八千里，为何与爱情有关？

转眼高中毕业了。那一年，16岁的他走出家门，步入军旅。在长途跋涉中，他开始明白，星与爱、牛郎与织女、银河与喜鹊的神话，是凡间俗子想要达成的一个心愿。这个心愿需要在遥不可及之间，寻找一个内外兼有的支点。

星空与大地上下照映，斗转星移改变着星象，也牵动着尘世。上古之人能划分疆土，也能划分星空；能为大地的物品命名，也能给天上的星星取名。他们仰观天文、俯察地理，把对星象的想象发挥到了极致，于是天上人间有了繁复的推演。

牛郎星和织女星，本不是同处一宿，它们只是夏夜中明亮的两颗星体，却要被人间画上一条银河，又搭建了一座喜鹊之桥，让牛郎与织女在七月初七的晚上千里相会。至于两颗星会不会在那晚相处在同一位置，他没法考证。

文化变神话，只需要一座桥。而万千计策之一就是宇宙的一座喜桥，它让自然与人、物与象、虚与实有了创意的高度。

喜鹊能在银河之上为牛郎和织女搭上一座喜桥，那他也趁此向喜桥借道了。

于是他有了行远的星空。

多年后，在西藏阿里，他见到了无与伦比的星空。阿里的星空通透洁净，星星锃亮有质，让人有伸手可摘的感觉。

望着满天星斗，他想到的还是那块坚强不息的土地。繁星如金色的青稞，从圆融的天仓撒下。它撒在高原上，高原的鸟兽有食，百神得祭，众生康宁。

在这里，在中国西部的生命禁区，他写下了《金青稞》《西藏妈妈》。他想，老有所养，幼有所倚，众生皆安。没有什么比生存、比生命更为紧要的事了。

在阿里的星空下，他看到了离天最近的老阿妈，她们三步一磕头，相信一线炊烟也能抵达所愿。

在这里，他也想到了仙逝四载的妈妈，她只相信行远能抵达所愿。星空下，他仿佛听到了妈妈的声音。

那个贫瘠年代，妈妈的祈愿真的是低入尘埃。当他穿着新兵"国防绿"回家告别时，妈妈说："到部队去吃一顿饱饭吧。"那是贫瘠土地上的母亲，在饥荒中最为低沉的声音。这低沉的声音把他瘦弱的身体托起，游离远方。

大板桥是昆明东郊的古镇，田坝里种稻谷，而山村种的是荞麦、土豆、玉米。那时，过了次年3月就开始粮荒，爸爸妈妈又得带着他到山村里借粮。有借必有还，借得6斤土豆，来年秋收要用一斤大米还回；借得3斤玉米，来年秋收要用一斤大米还回。

借粮是一种贴近土地的苦行，由此他也闻到了泥土的芳香。

在妈妈的辛苦中，他高中毕业了，快16岁的他站在古老的宝象河前，迷惘，不知路在何方。有一日，他坐在河岸边写写画画。一位个子高挑、讲着流利普通话的军官走过来，看到他第一眼就问，想不想当兵去？他赶紧说，当然想啊。

第二天，这位军官就到学校了解情况。学校的老师都说，他是年级里成绩数一数二的学生。就这样，他被带兵的排长要到了部队，走进了一座没有围墙的大学。

出发前一天，他戴着"雷锋帽"，穿着长而宽大的军装站在妈妈面前。妈妈躺在床上，泪流满面，根本就没有起来。她养的四个儿子像一窝燕子，头燕要飞走了，怎能不伤心。他不知道哪一句话可以安慰妈妈。第二天报到，妈妈去送他了，他站在队伍里，不敢看她一眼。他知道，只要回头看一眼，心立刻会碎掉。

很多年过去，妈妈八十高龄，所有的记忆都消失了，什么人都不认识，连自己的儿子都不认识，但是在弥留之际突然问他："徐剑，你什么时候转业？"这一刻，他拉着妈妈的手，泪水，哗的就流下来了。妈妈的记忆中还是她那 16 岁的儿子。

事实是，他 16 岁出去，61 岁归来了。61 岁的他，站在阿里的星空下，不知道哪一颗是妈妈。但是他知道，在千万颗星中必有一颗是妈妈，是她照亮了他的生命。他双手合十，托星空捎话："妈妈安息吧，孩儿已如您所愿。"

他躺在谷堆上很久。秋雨下过的打谷场上，雨水渗入稻穗里，白天太阳一晒，有一种蒸发感，身上暖暖的。此刻，他感觉自己睡在上天与大地的子宫里，静静地等待，等星星一颗一颗，从天门中跳出来。

人间、天上、银河，真有惊为天人的仙眷吗？一念秋风起，一夜胜千年，谁乎共此情？看着天上的月亮、星星，他躺在打谷堆上睡着了。一弯黄月如钩，也是一艘金色的帆船，载着他。离天已经很近，近到快够得着天上的星星了。他觉得身上仿佛长了双翼，其实那是谷堆上涌来了朵朵白云，为他插上了白色翅膀吧。

三

他醒来的时候，确信是妈妈把他抱回了家。

那是他幼年的星空。

雪风又给了他飞翔的翅膀。

车子终于抵达阿里天文台，天还很亮，离暮霭落下来，还有好长的时间。西藏阿里天文台、拉萨当雄羊八井宇宙线观测站，还有四川稻城宇宙线测量站，国家在这些地方投入大笔资金，安装了世界上观测星河的最佳位置和最好设备。

他 61 岁到了阿里。

那天太阳落幕时分，穹窿下，四野皆黯淡，唯有冈底斯山顶，一条巨瀑般的星河奔至眼底。昨夜星辰，今夜星辰，从天河极远流来，大的、小的、对峙的、重叠的、宇外一天河，地球亿苍生，每个人如同天上的星辰，一颗、两颗、八颗、十颗，在广袤无垠的太空里，并不闪亮，如此寂静。但是，当千万颗星，亿万星辰，组成九天之上的宇宙河时，那就是一道滚滚的巨星流啊。

在那里，坐在阿里的穹窿银城的土地上，他忽然想到自己刚完成的

《中国原子城》一书，写中国第一个核武器制造基地的故事，并献给中国第一颗原子弹爆炸成功 60 周年。书中，他发问：谁是中国的"两弹之父"？谁又是中国版的格曼夫斯？王淦昌、彭恒武、邓稼先、于敏，还是李觉将军?！然而书稿杀青时，他蓦地发现，中国举一国之力办大事情，每个人都如天河里的一颗星，闪烁着自己的光芒。

尘埃落定，历史化作碑碣般的文字，每个人都是这部史诗里的一个方块字，一颗天河中的无名星。从这个意义上说，每个在中国核武器制造基地里工作过的人，都是"两弹之父"，但又都不是。他们是无名的星辰，只有在特殊时刻，才会偶然露出星光。这让他想起了"两弹一星"元勋于敏说过的话："核武器是成千上万人的事业，一个人的力量是有限的。我只是一个小卒。"谁是中国的"两弹之父"，答案已不言而喻，中国原子城里的众生啊。

昨夜星辰昨夜风，今晚星光灿然。他 61 岁退休回到家乡云南时，在昆明开了一个文学发布会——"青稞怒放"。这一天，他看着故土的山水，仰望云岭的星空，水还是那湾水，山还是那座山，星空还是那片星空。61 岁与 16 岁的差别就是，青春已随流水逝去，而故事可以从 61 岁再开始。

因此他 61 岁的行程开拔了。

行走，让他看到、听到了那些惊涛骇浪的故事。当他站在阿里的星空下，仰头，繁星一片。顿感，他的爱在此也在彼。

"别来沧海事，语罢暮天钟。"去吧，天下有情人，到阿里观天河、共七夕，宇宙城里响起鹊语唱晚，犹如暮天梵钟。

原载《人民日报》（海外版）2024 年 8 月 10 日

纸有千秋业

杨海蒂

被誉为"大自然天书"的武夷山，拥有世界自然遗产、世界文化遗产双重头衔，其"千峰来朝，万山俯首"的最高峰黄岗山，位于江西省上饶市铅山县境内。很多人不知道，横跨江西、福建两省的武夷山，其实不仅出产茶，还出产纸。武夷茶叶哪家强？江湖尚无定论。而"武夷纸张"以铅山连四古纸为最佳，却是不争的事实，自古就有定论：明代高濂《遵生八笺》，将连四纸列为元代"妍妙辉光，皆世称也"的精品；明代宋应星《天工开物》，多处记载并高度评价连四纸。

所谓古纸，指历朝历代有史料意义和文化价值的纸张。

神奇的造纸术，作为中国古代四大发明之一，在中国文化史上具有重要的意义。从目前史料来看，江西造纸在唐代就有了最早记录，在明朝进入全盛时期，清代依然繁荣，并有铅山造纸的官方记录。清田园诗人程鸿益所作《铅山竹枝词》，便对竹纸的复杂制作工艺有过精彩描述：

> 未成荫竹取为丝，三伐还需九洗之。
> 煮罢篁锅春野碓，方才盼到下槽时。
>
> 双竿入水搅纷纭，渣滓清虚两不分。
> 掬水捞云云在手，一帘波荡一层云。

连四纸是中国手工竹纸的杰出代表，是传统社会的手工纸名品，质地洁白、细腻绵密、平整柔韧、防虫耐热、轻薄吸水、久不变色，素有"寿纸千年"的美誉。最好的连四纸，帘纹隐约又光华内敛，薄如蝉翼又韧性十足，堪称绝无仅有。旧时经书、贵重典籍、碑帖、契文、家谱、书画、扇面等多用连四纸，《康熙字典》《永乐大典》等线装古籍都用的是连四纸。"着墨鲜明，吸水易干"的特点，使连四纸成为文人墨客心目中极其优质的书画用纸，许多字画、印谱、拓本依托它得以传世。纸也是有命运的，天道之数盛极而衰，连四纸在清乾隆后期最为兴盛，到民国时期已大为衰落，不过也还销往商务印书馆等大型印书机构。及至 20 世纪 90 年代，连四纸因手工成本高导致生产一度中断。2006 年，连四纸制作技艺被列入国家首批非物质文化遗产名录，又被定为国家地理标志保护产品；2018 年，连四纸列入第一批"国家传统工艺振兴目录"。连四纸浴火重生，而今不仅销往国家图书馆及多省图书馆，还被许多书画家、鉴藏家订购。

据说，连四纸之所以好，首先是因为铅山的竹、水、空气好，这三个先天条件必须齐备，缺一不可。

出于对"江西文房四宝"之一连四纸的敬意，我登临武夷山国家公园（江西片区）时，顺便上鹅湖书院旁罗溪村的连四纸复原手工生产线参观过，所见所闻证实，所言不虚。

鹅湖书院？没错，就是朱熹与陆九渊兄弟"旷世之辩"、辛弃疾与陈亮"千古之晤"的鹅湖书院，坐落于武夷山下铅山境内。在鹅湖书院连四纸小展馆，我膜拜了用连四纸印制的《稼轩词抄》。

连四纸和武夷茶，曾使铅山民丰物茂、商贾云集。造纸业鼎盛时期，铅山有纸槽两千余张，而"万里茶道第一镇"河口古镇，昔日是与景德镇齐名的江西四大名镇之一。感受连四纸的纸上风云，揣摩连四纸的前世今生，我不胜唏嘘。纸文化本身是一个严密的体系，铅山人生活在这种文化情境中，体会到独自的生命欢悦。50 多岁的章仕康，是抄纸行当中的翘楚，为连四纸制作技艺的代表性传承人。据章仕康师傅介绍，他们完全按照古法造纸要求，使用全天然原生态的纸浆、纸药和纯手工制作的木制纸槽、环保优先的焙纸房，一丝不苟完成沤、蒸、漂、舂、抄、焙等近百道工序，全程靠手工、凭经验。

比技术高的是戒律。首先是原料的讲究，材料来源须完全天然、毫无污染。苎麻、树皮、藤皮、稻草、秸秆都可以造纸，但用毛竹造纸是最好的。连四纸的原材料，要在立夏前后十天左右、嫩竹即将长出两对芽叶的时候砍伐取用，务必把握时机，否则只能待来年。

得山水清气，铅山自古盛产毛竹，此可谓得天独厚。

上善若水。水在连四纸生产中也至关重要。铅山人认为，"水好"是生产好纸的关键，水质水温都是决定性的因素。冲、浸、漂、洗要求水量充足、水质清洁，打浆、抄纸则必须用无任何污染的山泉水。铅山水系发达，泉水溪流多发源于武夷山。比如发源于"华东屋脊"黄岗山的桐木溪，是武夷山最纯净的水源；比如辛弃疾命名的千年不涸的瓢泉，水源是顺着武夷山大峡谷从岩石间流下去的。"我见青山多妩媚，料青山见我应如是。"就是辛弃疾在瓢泉畔写就的。

如果说取材的时间节奏在于"快"，那么其制浆、漂白的精髓在于"慢"。从砍竹到打成纸浆，就有近70道工序；从纸浆到成纸，还有几十道工序——总共需要一年多的周期。"天下大事，必作于细"，制纸也不例外。天然漂白是连四纸生产中最为重要的工序之一，分为漂黄饼和漂白饼两个大的步骤，需经几个月日晒夜露的漂白，完全依靠自然的力量，不添加任何人工合成的化学制剂（据说也要用一味配药，采用神秘的水卵虫树制成），否则过不了几年纸就黄了。北京故宫博物院收藏的许多古纸、古画，迄今保存完好，而美国国会图书馆收藏的那些洋纸洋书，早已产生了"图书自毁"危机，就是有力的佐证。

连四纸整个制作过程工序之烦琐、条件之严苛，无出其右。煎料、蒸煮、清洗、晒料、过混、做"黄饼"、漂白、踩缸、灌浆、漂洗、松料、做"白饼"、漂白、抄纸……特别是材料要在锅里一遍又一遍过碱水，要在甑中一次又一次蒸煮，要在火墙上一回又一回烘焙，让我想起俄罗斯作家阿·托尔斯泰在《苦难的历程》中所言"清水里泡三次，在血水里浴三次，在碱水里煮三次，我们就会纯净得不能再纯净了"；一根根毛竹，也必须经过千锤百炼的苦难历程，才能成为一张张以"几乎无尘埃点或破皱处"为标志的连四纸。多么不易啊！

精益求精的技术工艺，独有的天然漂白秘诀，赋予了连四纸纸质洁白、永不变色的优良品质，使它具备了其他传统手工纸所不具有的独特价值，故而也使它成为手工纸中的极品。据铅山县博物馆钟文良馆长介绍，与铅山有关的文化名人，如蒋仕铨、汪东兴、郭沫若等，都曾经以使用连四纸为乐。

《考工记》认为："天有时，地有气，材有美，工有巧。合此四者，然后可以为良。"在我看来，这句话简直就是为连四纸量身打造的。

原载《光明日报》2023 年 12 月 8 日

百年背影

徐 迅

　　我赶到浦口火车站，突然想到，朱自清写下名篇《背影》整整100年了。这座火车站因南京长江大桥的建成，也早早退出历史的舞台……朋友告诉我，1912年，津浦铁路全线通车，朱自清1917年即在此乘车北上；1929年，孙中山灵柩抵此"停灵"；1937年，南京沦陷，日军占领此地……百年风云激荡，浦口，这座小小的火车站，不仅承载了人世一段美好的情感，遭受过一个民族的苦难，还承载了国家大爱，目睹了一个个或辉煌或暗淡的历史背影。

　　根据记载，朱自清写这篇散文的时间是1925年10月，如此，父亲在火车站留给他的背影，深深烙在他脑海里分明就有8年。8年，几千个日日夜夜，我不知道怀抱父亲"背影"生活的朱自清，心里有着怎样的惆怅与痛苦，但天下父亲说来都一样，哪怕儿子独立生活多年，哪怕儿子熟悉自己行走的路程，哪怕家中光景"惨淡"，以至于"变卖典质"还亏空，然而对于儿子的远行依然心怀戚戚、放心不下。就如朱自清的父亲，把儿子送进车站，还要帮儿子照看行李，忙着和小商贩们讲价钱，忙着嘱咐儿子路上小心，忙着嘱托茶房照应。叮咛再叮咛，嘱咐又嘱咐，等一切都"忙着"安排妥当，儿子让他走，他却不走，说他要买几个橘子……于是，戴着黑布小帽，穿黑布大马褂、深青布棉袍的胖胖的父亲，蹒跚地走到月台，穿过铁道，慢慢探下身子，然后又慢慢爬上来，用两手攀着，两脚再向上缩；肥胖的身子向左微倾，"显出努力的样子"……

　　每每读到这里，我总是鼻子一酸。这就是最常见的普通平凡而又伟大的父爱，一切都从儿女处着想，愿意为儿女牺牲自己的一切，无条件地做着儿女的奴隶——在浦口火车站的月台上，朱自清不仅流泪、拭干，然后流泪，一下子两次"泪水簌簌地流下来"。而且 8 年之后，他还是忍不住"在晶莹的泪光中"抓住父亲的背影，还原了这一幕……

天蓝云白，风和日丽。现在，我站在浦口火车站遗址时，月台上空空荡荡，不见熙熙攘攘的人流，不见叫卖的小商小贩，更不见父子相送的场面，寂静得只听得见几声鸟鸣，那段长长的铁轨仿佛也成了一节历史的幻影……轨道上青草覆盖，生长着绿茵茵的植物，几株高大的棕榈树笔直地站立在轨道上。有那么一刻，我感觉那就是一对对相依相偎的父子，疑心这是散文《背影》留给浦口火车站最为奇特而美丽的幻象，心里深情地把它们唤作"父子树"了……

洁净的街区，笔直的轨道……尽管再也无法看到父亲背影，但我还是看到他的儿子，看到那个深情凝望父亲背影的朱自清——一尊矗立在火车站广场上的铜像：他戴着眼镜，系着围脖，一袭青衫，手里兀自提着行李箱，显得风尘仆仆。而在他的旁边，一个座位空荡荡，皮大衣上凌乱地放着几个朱红的橘子。那些橘子红得鲜艳，红得热烈。他手里攥着一个橘子，像是在等着他父亲归来……

雕像铁骨铮铮，栩栩如生——只是他不知道，那朱红的橘子握在他的手里，就像一束熊熊燃烧的火苗，迸射着人间永恒的亲情。我与朱自清先生久久地对视，不知怎的，这回，泪水忽然模糊了我的眼睛。

原载《光明日报》2024 年 5 月 11 日

乌乡的清晨 （二题）

周蓬桦

门廊物语

门廊的用途时常被人们忽略，觉得它可有可无。说起来也合乎逻辑，因为院墙和木门才是连接点，无端地多出一截两米多长的门廊纯属画蛇添足。

我曾经在西北沙漠地带见过一些简陋的门户，推门便是宽敞的院落，让人感觉没有过渡，好像一脚就踏进了一幕短剧，剧情刚开始其实就结束了。院子的主人库尔班大叔说，他们这里在建造屋舍时不考虑修门廊之类的，由于风沙太大，门廊容易存土。十年前的那个春天，大风刮了三天三夜，门廊被堵得剩下一个窟窿，害得他像一只地鼠那样爬出来，东瞅瞅西看看，一脸蒙圈。他在院外转悠半天，发现整个村子都被沙土掩埋，四周空无一人，牲口棚和拴马桩都不见踪影，树枝光秃秃的。他仿佛走在梦境之中。

找不到牛，找不到骆驼，空中没有一声狗叫，天上也没有一颗星星。他摸索着来到村外，发现整条河流被沙土吞噬了，河道里只剩下一点点水。他找到一只瓦罐，费了很大劲才盛满了一罐水。他在第二天又来到河边，发现那一点水早已蒸发殆尽，而他就凭着前一天取到的一罐水，渡过难关，活了下来。说着，他举起右手给我看。我当即小吃一惊：为了找水，库尔班大叔的手在沙土堆里用力扒挠，食指与中指的关节坏掉了，它们无法正常弯曲，颜色呈黑褐色。

在沙漠里游走的日子，我时常遇到一些缺胳膊少腿的人，要么瞎了一只眼睛，要么走路歪斜着身子。我凑上前与之闲聊几句，就会像扯出线头那样扯出一串回忆——在长期的劳动与磨损中，他们忘记了许多往事，却会把那个受伤害的日子记得准确无误。

风灾以后，库尔班大叔拆除了门廊，甚至还拆除了木门，让屋舍简单到一目了然，哪怕风沙掩埋到窗台，也不至于从门廊里爬出来。他家的房子像一座中世纪的古堡，这样的房子住进去感觉踏实。如果一个人从沙漠地带远远走来，会觉得这户人家朴实牢稳、可资信赖。——写到这里，我想起与库尔班大叔有多年不见了，不知他身子骨是否健朗？让我无法忘怀的是，我在他家吃过手抓饭，还吃过沙葱炒蛋。当晚，还在他家的西仓房里住了一宿，听了一夜耗子咬粮囤的声音。我记住了一个细节：库尔班大叔在沙漠里拾荒时，捡了一麻袋铁皮罐头盒子，堆放在仓房里，大多已经生锈，他却舍不得扔掉。起初，我以为这些废品是为收购站准备的，一打听才晓得错了——它们是库尔班大叔用来储水之用，以应对袭来的风灾或者雪灾。

而乌乡地处白山深处，与沙漠的地理环境迥然不同，除了风俗习惯，甚至连一个小小门廊的用途都有本质区分。这让我瞬间验证了一个道理：一个地域与另一个地域存在巨大的差别，大到一个省份，小到一个村落。如果细加追究，可以推理到一个人与另一个人——这差别有的被处境牵制，有的被认知牵制，有的却被受伤的记忆牵制。

我来乌乡时刚刚立秋，但天气依然处于一惊一乍的暑热状态；只是一早一晚温度骤降，需要套上一件长袖的秋装。我那时尚年轻，还留着一头流浪青年的长发，穿一件被雨水洗得泛白的牛仔裤，肩上背着一只松松垮垮的蓝帆布包，内装手灯、指南针、水果刀、风油精，还有两听牛肉罐头、一小瓶二锅头。很明显，这是一位穷游旅者的行头。为了节省十几元钱，我是打算随时睡在荒野桥洞里的。

在乌乡的头一天，有些疲累，倒头在客栈里睡了一个长觉，醒来已是第二天的清晨。吃过简单的早餐，我顺着门前的河流散步，空气新鲜如露，白云悠悠。举头望见巍峨的山峰，一颗绿星似乎还未隐去，山溪在耳畔哗哗地响着。我留心观察乌乡的地理特征，凭借多年的旅行经验对眼前的一切做出一个判断。我发现乌乡的人家几乎所有木门都是敞开的，门廊深邃幽长，像半截隧道，一眼望不到院子里的物景。有的人家门廊顶上堆放着支棱的细柴，也有的门廊上站着几只鸽子或一只红毛公鸡。

我推门进入那户紧挨客栈的人家，顿时一股烟火气扑面而至。征得女主人的同意，我对这家院落进行比较细致的拍摄——这是我深入白山进行生态考察的规定动作，手持相机，怀揣一个蓝色的大本子，里面写满了人、动物与植物的生存现状，当然还有一些旅途见闻或奇遇故事。

眼前是一家典型的东北院落：木柴堆，谷草垛，几根白桦木横卧在院子的一角，偏房里有砖砌的炉灶，一口油亮的大铁锅是主人饮食口味的佐证，被烟熏黑的墙壁上，挂着各种炊具。主人是一位面目和善的老阿姨，她把整个家收拾得井井有条、干净整洁，院子里一株开花的石榴树十分养眼。她告诉我说，一大早，男人去白山采药材去了，什么车前子、蒲公英、白灵芝、野天麻、石苇草、刺五加、桦树茸之类的，这是整个家庭中一项重要经济来源。这些东西采回家，也不必花时间进行刻意加工，拿到集市上就能变现。

人们越来越喜欢原汁原味的东西，这是自然赐予人类的福利。

最后，我在长长的门廊里留心观察了好一阵子，觉得这家人的门廊颇有特点，简直打理得像半个会客厅——门廊里摆放了双人沙发和茶几，一面墙壁上的凹槽是观音像、财神爷、根雕和石雕，还有一坛人参酒。老阿姨说，她家老头子时常在门廊的沙发上睡觉，原因是有一年白山一带暴发了山洪，她们家的木门被洪水冲走了，房子也被冲塌，而石头砌的门廊却留下来，门廊上写有"五福临门"的牌匾也没有损毁。男人至今心有余悸，觉得砖瓦建造的房屋也不结实，琢磨半天，还是门廊可靠方便，如果山洪再度袭来，推开门就可以逃生避难，动作快点的话可以逃到山外。

老阿姨说，别说门廊了，家里任何一样东西都貌似不起眼，也谈不上值钱，但过日子样样有用，少了一片树叶也不行。当天夜里，我在本子上记下一句话：

"在乌乡，连一片树叶都没有多余的纹路。"

乌乡的行当

在乌乡，除了采集和种植，来钱快的活路不多。从前是狩猎，现在是养蝎子、蜜蜂、林蛙和野猪——茂密的林中有一处处养殖场，步入其中，会遇到弓身忙碌的饲养工，他们头戴遮阳草帽，或者身着野外作业工装。当然，较之野生采集，培育、养殖出来的东西价值要大大降低。

从前，乌乡曾经活跃着一狩猎队，他们在林海雪原中穿梭，练就了一身本领。他们从乡人嘴里获得了很多赞誉，也获得了让人拍案叫绝的绰号，什么"东北虎""雪里钻""草上飞"之类的。但随着时光的推移，狩猎行业没落了。很快，聪明的乌乡人完成了升级转型，组建了一支采参队，结果又成功了——采参让一部分人成名成家，成为乡人口中的人物。数年过后，野山参被开采得差不多了，采参队员们时常在森林里寻觅数日一无所获，以至于看花眼的乌龙事件频繁发生，令人啼笑皆非。这是大自然在与人类开玩笑。被捉弄够了的人们，只好两手空空地归来，休整反思，寻找新的行当。

"做不下去了，收摊子回乡吧。"一个个曾经炙手可热的行当，就这样消失衰落。

眼巴巴地凝望天空，从黎明等到黄昏，新的行当却迟迟不肯显现。但每天的日子却依然滚滚向前，具体而琐碎。无奈之下，人们只好重操旧业，拾起了丢弃多年的旧行当，咂摸半天，还是接地气的手艺牢靠。在那一个时期，乌乡的街道上几乎是一夜间冒出许多作坊，分别是裁缝店、榨油坊、豆腐坊、包子铺、铁匠铺、棺材铺……各种传统的老行当卷土重来，叮叮当当，把乌乡从沉睡中叫醒；往往天还蒙蒙亮，烟囱就以冒烟的方式开始了一天的劳作——炊烟里弥漫着一首首悲怆的老歌。

人们发现，来乌乡旅行的人渐成规模，饭店和客栈的生意开始红火，迎来一拨又一拨流量。那些柴窝里的鸡鸭、木栏里的牛羊、河道里的鱼，以及山脚下的野味，都在快速减少，大批量地填充了外乡人的胃囊。在乌乡人眼里，这些外乡人的突出特征，就是口味较重，吃相也不够雅，乌乡人不敢吃的东西他们统统可以拿下，如麻雀、豆虫、蛐蛐、蟑螂、蚂蚁等。乌乡人用夸张的语言形容："啧啧——这帮子人到了咱乌乡，眼睛瞪得像车灯，张着一副大马猴嘴，抄起筷子，把七盘八碗一起打包，直接往嘴里胡塞，真是见啥都馋！"口吻虽带讥讽，其实难掩自豪与喜悦。

乌乡的蝎子个头肥大，通体浑圆透明，其尾部发出一种唑唑的声音，像超声波，老远就能听到。乌乡的山蝎很快远近闻名，专家说口感和药用价值皆在高品质。远方的商人慕名而至，与乌乡人签下订购合同，拿到城里去卖一个高价，实现互惠。一只小小的生物，会改变这个地方的风水走向，这话不是没有道理。乌乡人正找高人策划，打算把蝎子做出名堂，全力打造"山蝎之乡"。

果不其然，游客们很快盯住了乌乡的野生蝎子，一盘油炸山蝎，成了餐桌上的招牌菜。一时间，乌乡的山野间出现了庞大的捉蝎队，人们手持自制的铁钳、小镊子，搜遍山中的石缝碎草，翻开潮湿的瓦砾，进行地毯式搜索，将一只只肥大透亮的蝎子从藏匿处夹出来，放入玻璃瓶，倒手卖给乌乡河畔的一溜子餐馆。生活在处处摩拳擦掌，人们似乎看到了一个新行当在乌乡出现。尽管捉蝎的过程中，一些捕手被蜇得吱吱哇哇，有人甚至还为此丢了性命。听说上级已经针对捕蝎事宜下达了叫停令，对野生山蝎做出了保护规定，但人们会趁黑夜偷偷进山。

那一天，我参加了一个乌乡青年的婚礼，在喜宴上，人们小声说话，似乎喜事中混杂着感伤的基调，新郎母亲的表情也郁郁寡欢。小心打听，才知道这家男主人在一周前刚刚离世，三天前办过葬礼。而婚礼早在一个月前就通知了七姑八姨，找阴阳先生掐算好的日子也不好更改。青年的父亲正是一位捕蝎高手，据说那日黄昏他遇到一只罕见的大蝎，够得上蝎子王级别。其父在捕捉过程中摔跤滑倒，仰面朝天。那厮甚是凶猛，趁机上来就是一口，蜇伤了捕手的左腿，整个腿很快黑了。入夜，人们找到捕手时，他已经昏倒在草丛里不知过了多久，毒液已经游遍全身。

喜宴上，端上一盘油炸蝎子，人们三下五除二就扫荡光了。我当时从心头萌生一种奇怪的感觉，觉得此种速度，明显带有复仇的意味。

原载《散文》2024 年第 3 期

消逝的电波

李　皓

　　35 年过去了，我的耳畔还经常回荡着两种声音：军号声和电波声。它们在山谷里的回声格外悦耳，有着不一样的美感。当时听来没有太多的感觉，而今回味，则有无尽的眷恋从心底浮起。

　　坐了一夜的军列，我们一群新兵在黎明抵达钢城。半个小时后，军车来到一座大山的山脚下。远远地，我们就听见锣鼓喧响，高音喇叭播放着《我是一个兵》等雄壮的歌曲。大家都明白，部队大院到了。接兵干部告诉大家：这座山叫大孤山，是千山的余脉，眼前的这个山沟叫羊耳峪。

　　1989 年 4 月 4 日上午，我第一次听到了真正的军号声，那种明显区别于电影里冲锋号的声音。这声音是嘹亮的，微微有些刺耳，但有一种震撼人心的神秘力量。从此，在起床号、集合号、熄灯号等军号声中，我们翻开了人生崭新的一页。

　　新兵军训无疑是极为艰苦的，从齐步走、正步走、跑步走到站军姿、整理内务，自己动手洗衣服，学习针线活儿，缝缝补补、拆洗被子，站岗放哨等等。一切都是崭新的，一切都必须经历。在炎炎烈日暴晒下，一动不动站军姿；在疲劳至极的夜里紧急集合，行军 10 公里……这样的时刻，我开始思考自己投笔从戎是否有些草率，开始没日没夜地想家。

　　让我最为享受的时光是办黑板报。当战友们走向训练场，指导员突然点名让我留下，按照他的要求先写出稿子，然后用各种彩色粉笔在黑板上写写画画，"炮制"一期图文并茂的黑板报。这大约需要半个上午或半个下午的时间，虽说这活儿也并不轻松，但相比于汗流浃背的体能训练，我更享受"吟诗作画"的氛围。

　　3 个月后，"漫长"的新兵连训练结束了，我们都戴上了列兵军衔。我们又有了一个新的名字：学兵。

学兵不同于军校学员。军校学员毕业了就会走上干部岗位；而学兵是指学习军事业务技能的战士，学成后以战士的身份服务于部队的各种军事岗位。我所在的学兵七队全员学习报务员专业，其他学兵队还有标图和操纵员专业。从此，羊耳峪不再只有军号的声音，还有"嘀嗒，嘀嘀嗒，嘀嗒嘀嗒"等发电报的声音回荡。

对于报务员而言，电键就是武器。一个小小的电键在手，其战斗力超过无数枪炮和千军万马。然而，想熟练自如地操作电键发报，那可不是一日之功。

我们先是从跪姿学起：中指跪在按键上，拇指和食指捏住按键，然后抖动手腕，一下子一下子敲击按键，使得电键发出"嘀"和"嗒"的声音。一天里好几个小时的练习，我们的中指第一关节和指甲之间的部位开始化脓、裂口。即使这样，练习也不能停止。边练习，中指伤口边结痂，然后再化脓，再结痂，如此往复几次，中指第一关节处留下一个圆形的疤痕，多年无法消除。有的人，这个疤痕甚至伴随一生。

抖腕的手有了节奏感，对于电波的听力敏感而熟稔，飘荡在山谷里的电波声像音乐一样充满了美妙的旋律。这时候，战友们大都会有一种小小的成就感，我们会挑剔抗战电影电视里发电报的手部特写，觉得那些演员太业余了。

我不再撕心裂肺地想家，开始爱上这个叫羊耳峪的山沟沟。

都把报务员比喻成顺风耳，那么这个形似羊耳的山沟，是不是在无形当中成全了我们的青春梦想和抱负？一群志在四方的年轻人在这里度过了一段难以忘怀的日子，大山无言，风声入耳，军旅生涯在此高调起跑。秋末冬初，我们背上各自的背包，在大孤山脚下与战友洒泪而别，奔赴真正的高山海岛，践诺保家卫国。

多年以后的一个黄昏，我在钢城一个朋友的陪同下，再次来到羊耳峪。可惜的是，当年的军营已不复存在了。我默默地环顾着羊耳峪，欲哭无泪，哽咽着。

原载《新民晚报》2024 年 8 月 18 日

药　丸

虞　燕

　　要是吃了那颗药丸就好了——母亲总这样说。她的叹气声不重，尾音却拉得长，像是被从肺里慢慢钩出来，幽幽地散在空气里，最后，一声一声抵在了屋顶。

　　那颗至关重要的药丸没有如期发放，母亲去村里保健站要过一次，恰逢保健站全员出去打预防针。吃了闭门羹之后，她忙于生产队的活儿，托奶奶领取，不知什么原因，奶奶也未达成，这事便搁下了。母亲存了侥幸，我还幼弱如邻家的小猫，药丸晚几日吃应该不打紧，且她认为保健站的人总是有见识晓分寸的，准会在某个期限内完成发放。母亲怎么也想不到，很快，她将见证，一颗被忽视的药丸怎样证明自己的存在价值——以一种残酷而决绝的方式。

　　我在某个夜里突然发了高烧，病毒猛兽般伏击了稚小羸弱的身体，一周岁多的小人儿蜷在床上，全身的皮肤似被用力搓擦过，红殷殷中透着微紫，热汗放肆地从每个毛孔冒出来，不断冒出来。母亲只好脱去我濡湿的小衫，那一刻，她的女儿活像一只刚被蒸熟的小动物。我还不会清楚表达，光知道拼了命地啼哭。岛上医院对着急惶惶的家人，轻描淡写地下了诊断：普通感冒发烧，打退烧针吃退烧药。父亲怀疑是那个专找儿童的传染性疾病，医院不以为然，理由是，彼时并非那病的高发期。

　　一种疾病被误诊，症状迟早得出来踢场。我在看似退烧后开始抽搐，继而鼻子发黑、呼吸微弱。医院束手无策，下了病危书，在父亲签了自担生死风险的保证书后，院方才继续挂针救治。待稍稍好转，父母亲立马带着我出岛治疗。辗转于宁波、上海等地，各医院均确认了父亲的怀疑：这种病毒专门欺负小孩，它经由我的口咽和消化道潜入体内，在胃肠内疯狂复制，然后入侵运动神经细胞。医生给了最终"判决"，治疗过迟，运动神经细胞受损严重，难以逆转。而一颗口服的疫苗糖丸在此时被着重提及——那颗我未及时服下的药丸，它能在肠道细胞间繁殖，使其产生抵抗病毒的抗体，以达成可靠的预防。

从此，那颗药丸化作了空气，它浮在窗棂墙壁上，附在衣物被褥中，溶在一日三餐里，隐于言语和叹息间，看不见摸不着，却无处不至、无时不在。

从记事起，我便知晓了那样一颗药丸，一颗与我的命运息息相关的药丸。它不断变异，生出钩子，结出寒冰，一下一下地钩刮母亲的心，一遍一遍输送刺骨的寒气。它甚至长成了母亲身体的一部分，如影相随。它更使母亲活成了复读机，反复斥责保健站的失职、庸医的无能，还有，自己的疏忽。唠叨和长吁短叹，蛮霸地侵占了她的生活，绵绵无绝。

我喜欢彩色弹子糖，黄色粉色绿色橙色白色，大大小小，滚圆甜蜜，打开透明包装袋，一股诱人的香气绕着鼻子起舞。我常常纠结先吃哪个颜色的，一颗一颗摆在手心。母亲说，弹子糖跟药丸长得像，味道也差不多，又香又甜；弹子糖可以随时吃，可以吃很多颗，而药丸一旦错过，就永远不必吃了。母亲把半包弹子糖推至一边，说："你要是吃了那颗药丸就好了。"她背过身，好一会儿，叹出一口气，头低垂着，肩慢慢塌下去，好似那口气是被狠狠抽出来的，以致抽空了她的身体，使她的脚步都变得那么虚浮。

弟弟看向药丸，大概以为是平日里常见的弹子糖，兴奋地一把抓过。母亲哄他松手，郑重地将药丸放在陶瓷调羹里，用凉白开溶开，让他一点一点服下。弟弟舔舔嘴唇，对药丸的甜味恋恋不舍。母亲则在空空的调羹里又倒上了凉白开，轻晃几下。弟弟巴巴地凑过去，喝完，再倒，喝完，再倒……寡淡无味的凉白开终使弟弟开始抗拒，母亲瞬间严厉起来，任弟弟再哭闹也无济于事，硬喝也得喝，不浪费一丁点，才能发挥最大的作用。末了，母亲捏起调羹贴近鼻子细闻，确定已无任何气味才罢休。那个调羹看起来光洁如初，像刚被细细清洗过。

弟弟的药丸，是母亲上保健站"吵"来的。母亲掰着指头数日子，就怕错过服药丸的时间。越临近，她越不安，上了发条般每天念叨数遍。可念叨没能让她获得片刻安宁，相反，渐渐地，焦灼和忐忑变成了一条毒蛇，缠住她、噬咬她，而保健站那头仍然毫无动静。终于，一向顺服的母亲气呼呼冲了去，身体和声音都打着战，质问为什么又没有如期发放药丸。她的女儿已经那样了，难道还要误了儿子？保健站的答复是：年龄未到。母亲急红了眼，自己的儿子多大，竟然还要别人说了算？她明白跟那些人一时讲不清，遂跺着脚吼了一声："那你们欠我女儿的那颗，总可以还回来了吧？"

后查实，是大队里上户口时搞错了弟弟的出生日期，阴历记成了阳历，又将错误的生日报给了保健站。母亲这才想起，怪不得分配下来的粮食也一直是缺的，发下的粮食斤两跟儿童年龄成正比。她心有余悸，粮食少了便少了，药丸却不可出一点差池。年龄的失误可直接造成药丸失约，她决不能让儿子栽在一颗同样的药丸上。

母亲不敢松懈，双眼恨不得粘在弟弟身上，弟弟从摇摇摆摆走路到奔跑如飞，她的心始终被一只无形的手捏着，唯恐它随便一甩，心会摔得四分五裂。她时常从梦中惊起，黑暗中摸着床上的一对儿女，再点上美孚灯，看上一番才复又躺下。后来，母亲开始做同一个梦，梦到去窝里捡鸡蛋捡鸟蛋，而每一次，都有一颗蛋是碎的。她说我就是那个碎了的蛋。别的蛋会孵出小鸡幼鸟，碎蛋只能孤单地窝在一角，成为异类，未来渺茫如同烟波。

那时，母亲还相信，碎蛋是能修补好的，或者说，她竭力给了自己一个希望。上海的医生提过，等我长到七八岁时可尝试动手术。这句话像茫茫大海上骤然显现的岛屿，让人觉得只要奋力泅渡，终能到达。而等待的日子多么漫长，父亲和母亲挨过一天又一天，好不容易我六岁了，他们实在等不及，再一次将我带往上海。对于上海，父母亲怀着宗教般的恭谨和虔诚，那个城市决定着他们女儿的命运能否就此翻盘。

灰暗的生活仿佛掀开过一角，光亮远远透进来，但终究跟乍现的岛屿一样，极有可能仅是海市蜃楼，只给人以虚妄的幻想。经过会诊，上海的医院认为动手术的意义不大，意即这孩子这辈子就只能这样了。母亲靠在雪白的墙上，久久不动。终于挪过来，抱起我，呆呆盯住地上某处。回码头的路上，父母亲也没说一句话，只是木然地往前走，往前走。

另一种药丸出现得毫无征兆，它在我们从上海回来后不久，好像特意为慰藉父亲和母亲赶到。供销社主任与父亲相熟，那日掏出张报纸，指给父亲报上一则广告，说专门针对你女儿那种病的。父亲接过细看，是一种中药熬制的药丸，由湖南的中医研制，写得挺中肯、不浮夸。想及中医的悠久神秘，父亲当即抄了地址，兴冲冲去邮局汇了款。

一瓶药丸自湖南出发，翻山越岭，漂洋过海，历经半个多月，到底抵达了浙东沿海的偏远小岛。药丸呈黑棕色，个头如小核桃，乍一看，像一粒粒粪蛋挤在透明容器里，满满一大瓶。打开，浓郁的中药味倏然散逸，一时间似乎连吸进的空气都有了苦味。这样的气味让母亲心安，她以为，药味越浓，疗效越好。

按照说明书服用，一天一颗。药丸颗粒大，不可吞服，母亲每次都碾碎了拌上白糖，盛于调羹，嘱我嚼一嚼再咽下。白糖那点甜根本奈何不了稠浓的苦，苦和难以形容的滋味在嘴里恣肆漫开，我整个脸皱成小笼包。父亲和母亲紧张地蹲在我面前，生怕我吐出来。他们的五官也聚拢在一起，也被苦到了似的。父母亲一边安慰鼓励，一边利诱，承诺好吃与好玩的。我咽下后，他们的脸明显舒展开来，像揉皱的纸一下子被熨平。调羹里自然不能剩下碎末，得再加点白糖，用舌头舔净。大半天过去，那股苦味仍在我嘴里徘徊，连打的嗝都是苦的。

母亲忆及当年，总说我吃药时如何地乖，"咕"地咽了下去。黑不溜秋的药丸难吃到让我刻骨铭心，之所以每回顺从地服用，不忍辜负父母亲殷切的讨好眼神为其一；其二，我对康复后的自己也有所期待，如家人亲戚描述的，吃完一大瓶药丸，我就可以独自出门遛弯，可以跟小伙伴们一起跑跑跳跳，可以爬山摘野果子了。

其实，大家都明白，此药丸替代不了也弥补不了彼药丸造成的缺失，已遭受破坏的运动神经元、脊髓细胞岂是药物能修复得完好无损的？母亲说，人心是一寸一寸死的，她早已不奢望我可以健康如初，只盼着通过中药调理，后遗症能减轻一些，在往后的生活里，我行动起来可以不那么困难。

自我服用中药丸起，父亲和母亲便想象着药丸缓缓进入我的食道，驻留于肠胃，在被吸收后产生某种神奇的物质，它们查漏补缺，自动奔赴身体里的受损部位，偶尔刺激到某块肌肉，便使其恢复了一点功能。他们对我入微观察，一旦我的惯常动作或坐姿跟平日里稍有不同，就十足激动地让我重复做，以检验幅度、敏捷度等有否强过以往；还不时捏捏我的脚趾、弹弹脚底板、敲敲膝盖，神情庄重得像举行某项重大的仪式。

药丸终究还是辜负了父亲母亲，它们一颗颗奉命从瓶子出使至我的肠胃，千辛万苦地到达了目的地却没有完成使命，它们对业已形成的运动障碍无能为力。

药丸吃光后，那个透明的瓶子有时被摆在灶台，有时搁在窗台。它依然沉甸甸的，装满了母亲的叹息。

原载《散文》2024 年第 3 期

待你夏津话桑麻

李鲁燕

我的家乡位于鲁西北的夏津县，这是一座由大大小小的公园串联起来的小城。有古色古香、雕梁画栋的鄃城公园残余着奢华，百亩湿地红荷蹁跹、白荷潋滟、蒹葭苍苍，会盟、九龙湖公园小桥流水、飞瀑连连，大云寺朱红的建筑与鎏金的佛像留给人间几分庄重与沧桑。

最美的，给人安静的，是黄河故道森林公园上千亩的林海，它让奔波的心灵在走近它那一刻，松弛下来、干净起来。

春日里来赏花，赏万物萌动。

二月到杏坞园看杏花。一树，是暖暖的春意；千亩，则是春天的浩荡。

微凉的风吹着，身上的冬衣还不曾褪去，杏花已窈窕地开了。在稀疏的枝影间漫步、徜徉，片片轻盈的花瓣在枝头颤动，闪烁倏忽的眼神儿。它们用风里的香与你交谈，它们把影子投射在沙地上、投递在你身上，成为一幅画，斑驳、清香。你走在每一条小径，不会孤独、不会寂寞。它们静静地开着，决不打扰你，而又适时地，告诉你，它就在那里。风来，它们撒下一树的花瓣，风又来，它们又撒下一树。而你来，无论从花叶间来，从枝丫间来，还是从一条阡陌小路上来，总会有一片花瓣，落在你的衣襟上、鬓发间……

三月来夏津看梨花。香雪园里是皑皑白雪，它舍了雪的冷冽与孤绝，那么大朵大朵的，那么一树一树的，递来沁人心脾的香。晴天，它们明亮地照耀着，含蓄，又落落大方地举起干净的脸庞；雨天，你会知道什么是"水灵"，什么是"楚楚动人"，那一树树带雨的梨花，因雨雾、因露珠，而潋滟白色的水光。千亩新绿中，朵朵如玉雕琢的花朵让你忍不住怜爱，忍不住捧起一枝，忍不住，想将这大片的美据为己有。

四月来看槐花。千亩槐树随沙丘连绵起伏，绿色的枝叶高低错落、翁郁苍翠。阳光穿过枝叶，如一缕缕金色的丝线在枝叶间缠绕。遍树是串串粉绿、粉白的花蕾馥郁、芬芳着。清凉的风吹过，树叶"沙啦啦"响，像挂着一串翠绿的雨，你坐在树下，空气清鲜、树影婆娑，蝉声仿佛在世外喧嚣。而你，是那轻摇羽扇或拈花一笑、隔岸观火的人，那世间的琐碎，被细密的槐林隔绝了。

初夏来森林公园你可以吃到甜津津的葚子。当一枚枚白如水晶、红似珠玉、紫如玛瑙的果子缀在枝头，当打葚子的人甜笑着接住一树树如蜜的雨滴，当琥珀般的葚酒举至眉前与心仪的人对斟畅饮，当葚茶泡入杯中净心滋胃，当从那一棵棵几百年树龄的古桑下走过，许愿、见证它们巨大的树冠安静俯视大地，看它们伸出依然年轻的枝丫为我们变出甜美的果实，我们坐在树下，听一片又一片叶子交谈前尘往事，不得不感叹，这世间的惬意和大自然的神奇。

秋季来森林公园尝百果吧。红彤彤的柿子举起灯盏，金灿灿的鸭梨笑弯眉眼，苹果站在枝头眺望，葡萄拥挤着用好奇的眼神儿探望，山楂浓妆艳抹，石榴傻乎乎地咧嘴憨笑……所有的植物如人，在春天积攒，在秋天奉献。

深秋来临，北方的植物多数落叶，所有的树都安静凋谢，那些美丽的叶子，成为地上厚厚的一层毯。迈步上去，它们厚实、稳重，闪着温润的光。漫山遍野，金色的枝丫并不哀愁，它们如醇厚的岁月，在沉淀故事，在画一个更圆满的年轮。

冬季，并不萧条，也不苍凉。阳光落在树枝上，漆黑的树枝闪着光。如果你看到那些或有力、或柔韧的树枝托起一片片雪花，而雪覆盖了大地，却不能遮蔽每一棵树的苍劲，你就知道，在这千亩的茫茫林海，适合放空、适合洗心。不必说林海翻起清新的波浪爽心悦目，不必说金色的阳光与金色的叶子怎样相得益彰地温暖完美，不必说枝干都有春天萌芽的清脆回音，单单因为这一千亩，一千亩大规模繁衍的生生不息的绿荫，单单因为这里鸟语花香、空气怡人，静谧安闲得让你忘记世上的纷争与劳碌，你就该来看看。

那么多那么多坚韧的树，那么绿那么绿的绿色的海，它们伸展着年轻的枝丫，守望着这片美丽的土地，等待着美好的你。

原载《齐鲁晚报》2024 年 8 月 1 日

父亲的拥抱

班进斌

快回家去！快回家去！

汽车刚到站，车门刚开启，我迫不及待地扒住车门跳下汽车，像一匹兴奋的小矮马，急切地朝着家的方向狂奔。我要以最快的速度，把这个激动人心的消息告诉父亲。

上午我到学校打听高考录取情况，老师告诉我，我考上大学了，录取通知书昨天已经寄回村里。来不及和老师告别，我撒腿就往汽车站跑，搭上了驶往家乡小镇的班车。

出了小镇，我双脚如同弹簧般在山路上蹦得又高又远。两边群山纷纷后退为我让路，山林随风摇曳跳起集体舞，一群喜鹊绕着我上下翻飞，叽叽喳喳地欢叫着，就连知了也热烈地吟唱着"知——了，知——了"。它们都在以各自的方式祝贺我，拥抱我这个山沟沟里的伙伴。见到父亲，我也要给他一个深情的拥抱。我心里暗下决心。

翻过一座山坳，我望见山路拐角处有一个熟悉的身影朝我走来。我定眼一看，没错！微微驼背但仍然昂头挺胸、步履蹒跚却又坚定笃实，这就是我父亲独一无二的姿态。

"爸——"我加快脚步飞奔过去。

父亲这时也看见了我，他踉踉跄跄地向我跑过来："录取了！录取大学了！"父亲右手攥着一个大信封向我挥舞。他似乎激动得忘乎所以，呵呵地笑得合不拢嘴，眼睛眯成了一条线，沟壑纵横的脸上洋溢着抑制不住的兴奋，恰似一朵怒放的山茶花。

我张开双臂扑过去。就在我即将要拥抱到父亲时，父亲双手将大信封往我前面一递："看，录取通知书！"声音亢奋得有些颤抖。

我为这突如其来的举动愣住了。本想和父亲来个大拥抱，但他伸过来的双手几乎抵住了我的胸口。我双臂在空中画了半个弧，无奈地垂了下来。接过录取通知书，我在激动之余不免又有几分遗憾。我是多么渴望父亲的拥抱啊！

　　小时候，我特别羡慕隔壁家的小南瓜。他父亲经常给他讲故事，有时甚至和他一起玩捉迷藏。他父亲经常亲热地将他揽入怀中，而他也可以随心所欲地钻进他父亲的怀抱里撒娇。他们好像无时无刻不在向人们炫耀他们的父子情深。每当看到小南瓜被他父亲拥抱时脸上露出的甜蜜幸福的笑，我就好像吃了一箩筐的野山梨，心里酸溜溜的。我心里十分好奇，钻进父亲的怀抱里，是什么样的幸福感觉呢？冬天会不会很温暖，春天是不是很舒坦？

　　那天放学后，看见父亲心情格外好，我磨磨蹭蹭地靠近父亲。正当我幻想着父亲那只鸡爪似的枯手要将我拥入怀中时，耳边突然响起了父亲厉声的吼叫："在这里做什么，做作业去！"我猛然抬头，父亲用老鹰一样犀利的双眼瞪着我。我不禁打了个寒战，拔腿就往书桌跑去。

　　小学五年级时，大哥考上了大学，父亲鲜见笑容的脸一夜之间变得阳光灿烂，比村头的木棉花还要鲜艳夺目。送走大哥上大学，父亲脸上的笑容立刻换成了严肃的表情——明明刚才还是阳光明媚，眨眼间就乌云密布。他严肃认真地对我说："你要用功学习，将来像大哥一样上大学。"读书，读书，又是读书！父亲一天到晚就只知道要我用功读书。"可是，爸爸！除了读书，我也想像小南瓜一样享受父爱！"我在心里冲着父亲狠狠地吼着，悻悻然地白了父亲一眼。

　　那年夏天，我在村头的小溪里放鸭子。小溪紧临着村里的晒谷场，当时正是夏收时节，十多户人家正在晒谷场上晒稻谷。那十几只鸭子可能是饿坏了，趁着我不注意，在那只青头公鸭的带领下，集体冲到溪边的晒谷场上，嗖嗖嗖地铲吃着谁家的稻谷。突然，一个五大三粗的汉子冲了过来，手持一根扁担朝着鸭群猛地拍打下去。被打的鸭子飞起来躲过一劫，其他的鸭子却奋不顾身地冲到另一边去吃，气得汉子哇哇大叫，拿着扁担不停地朝着鸭群又拍又扫。我心里很是害怕，但担心这样下去鸭子会被他活活打死，急忙冲上去护住鸭子，把鸭群赶到小溪里。汉子见状，抢起扁担朝我一扫，打中了我的额头。我"啊"地叫了一声，应声倒地。

父亲不知道从什么地方冒出来，扶起我，咆哮着朝汉子猛扑过去，一头把汉子撞翻在地……

我虽然痛恨那个汉子，但我多么希望父亲把我扶起的那一瞬间，抱一抱我——就像小南瓜的父亲搂着小南瓜那样——然后帮我擦拭掉额头上的血迹。我曾经觉得自己生不逢时，叩问苍天为什么偏偏让我摊上一个木头似的父亲。但那天他在关键时刻如神兵天降护犊解围，却如有一股春风吹进了我的心田，让我感受到了父爱萌芽的力量。

初中毕业那年，我没等到父亲的拥抱，却挨了父亲一顿暴打。这是我上初中以后头一回被父亲打骂。那年我没考上中专，县高中录取了我。可我不想读高中。家中家徒四壁、负债累累，穷得已经到了崩溃的边缘。父亲的病情日复一日地加重，他不分昼夜地咳咳咳，夜里的咳嗽声震动得漏着斑驳月光的屋子摇摇欲坠。大哥大学还没毕业，而母亲犹如一匹瘦弱的老马，如果某一天这匹老马轰然倒下，这个家也就垮了。我不忍心父亲有病不治，不愿意看到母亲被沉重的家庭负担折磨得死去活来，铁了心要去打工。

天刚蒙蒙亮，我带着收拾好的衣物，像一只见不得光的老鼠溜出家门，贴着墙根往院外走去。我蹑手蹑脚地打开院门，但见父亲叉着腰站在院门中央，脸色阴沉得可怕，就像暴风雨来临时低沉沉的乌云翻腾滚动，双眼像死盯猎物一样盯着我。我知道情况不妙，但还是故作镇定，努力地挤出笑容，心虚地朝着父亲笑笑，说："出去一下，找同学。"说着就想从他身旁钻过去。父亲猛地张开双手拦住我："你小子，想干什么？"我耷拉着脑袋站在原地，等待一场狂风骤雨降临。父亲粗暴地扯下我的背包，狠狠地摔在地上，冲着我吼道："高中为什么不读?!"

"我不读，打死我也不读!"委屈让我平添了顶撞父亲的勇气。父亲见我竟然敢冲撞他，更是气得浑身发抖，他抄起墙角的一根木棍，抡起来就打我。我抱着头跑开，父亲满院子追着我……

后来是父亲押着我，到了县城读高中。大清早，父亲帮我提着水桶，我挑着担子，我们默默地走出了村子。父亲舍不得花钱坐班车，从村里到县城五十里路，我们走了整整八个多小时。父亲身体不好，走一程歇一会儿，我们走走停停，停停走走。路途漫漫，时间长长。父亲有一搭没一搭地和我说话，我沉默以对，眼睛只顾盯着脚下的路。到达县城高中，父亲对我说："在学校里，不要和别人攀比。我们家穷，但咬咬牙就挺过去了。记住，要好好读书，书中自有黄金屋。"

父亲的话，我记住了。高中三年，每当我快要坚持不住、想要放弃时，耳边就会响起父亲的话："书中自有黄金屋。"我考上大学后，父亲的病似乎好了一些，他显得更精神、更神气了，腰杆子也挺得更直了。

大一那年初夏，我接到村里来电，说我父亲病危。我请假赶回家，一进门就感觉到空气似乎有些凝重。平时家里门前冷落鞍马稀，但那天我家里竟然聚集了好多亲戚，他们或站着，或坐着，或蹲着，个个表情严肃，神色哀伤。他们在小声地商量着什么事情，我走进家门，他们都木讷地看着我，沉默着，没有人和我打招呼。

我冲到父亲的房间，父亲安详地躺在床上，身上盖着一层薄薄的被单，身体挺得笔直笔直。

"爸——"我不顾一切地扑到父亲身上。

父亲没有应我，也没有睁开眼睛看我，他的身体冰冷、僵硬。我知道，那个欠我一个拥抱的父亲，再也不会拥抱我了。

原载《钦州日报》2024 年 5 月 27 日

我动态中的大姐

张艳琴

　　大姐比我大八岁，我是她背着长大的。

　　在我出生后不久，父亲就不见了。可能是因为我们还小，妈妈也不告诉真相，只有她才知道这个男人为什么离开，而我从小起就对父亲没有什么概念。后来我大点儿了，从别人口中得知，他是个"负心汉"。当时家里情况特别困难，母亲要靠一己之力养活我们三姊妹，必须出去劳动才能解决一家人吃饱饭的问题。家里没有多余的劳动力了，可母亲劳动的时候我怎么办呢？所以带娃的背篼，大部分时间落在了不是母亲的大姐肩上，在母亲劳动的时候，大姐就要背着我，这样母亲才可以干更多的农活儿。

　　大姐已经快九岁了，早就到了上学的年纪。妈妈凑了十块钱，让大姐先上一个月的学。大姐上一年级的时候，不得不背着我去上学。当时的我是才几个月大的宝宝，哪里会乖乖地在她背上待着，在姐姐上课的时候，我老是哭闹，老师就把姐姐赶出去好多次；甚至说，你不要来上学了。就这样，大姐总共上了八天学，从那以后，大姐就辍学了。大姐辍学这件事，母亲很是难过和无奈，觉得是自己亏欠了大姐。可生活只能这样，又没有什么好的解决办法。

　　大姐看到母亲因她辍学的事难过，反过来安慰母亲说道："我本来就不喜欢上学，上学很无聊。我喜欢和妈妈一起劳动，自由自在的。"大姐的懂事，让母亲更加难过，母亲说："等小妹大点儿，妈妈攒够钱，就让你去上学。"后来，大姐背着我和母亲一起去山上地里，我睡着的时候，母亲就把我放在一个洗干净的装过尿素化肥的编织袋上睡着，就在她们旁边。这时候母亲干活儿，大姐就去割猪草。把猪草割满后，大姐又学着母亲的样子干活儿。大姐到十岁的时候，对农村的大部分农活儿已经轻车熟路，什么季节该种什么、什么时间该收获、什么时间去追肥，她都清楚，她已经成为种庄稼的小能手了。

后来，大姐没有去上学，她和认识不到一个月的男友去外地打工了。那时的她年仅十六岁，她的男友也是个外省人，对我们来说是个不知根不知底的人。大姐没读过几天书，可以说目不识丁，再加上当时村子里和她同龄的女孩儿有被拐卖的，母亲担心大姐也会被拐卖，然后再也回不来了。姐姐的离开，对妈妈来说是个很大的打击，她难过到几天卧床不起。养了十几年的孩子，第一次这样猝不及防地离开了家。从小到大，我们一家四口从未分开过一天，对我们来说，最远的地方和最大的地方就是赶集的场。大姐去了外省，母亲想去找，可她该怎么找，我们不知道外面的世界有多大，岂不是大海捞针啊。

一个多月后，寨上有个大爷说，乡政府的邮电局处，有一封我家的信。母亲想，谁会给我们写信呢？大姐又大字不识一个，不可能写信，肯定是弄错了。过了一个星期，母亲去赶集卖东西，村里的大爷就说："你家的信，怎么不去拿呢？我看还在嘞。"母亲在集上卖了东西随后就去了邮电局。母亲也不识字，就问邮电局工作人员，问是谁写的信，才得知是大姐写的信。那一刻，母亲别提有多高兴！拿着信，直往家里赶，找了一个识字的大叔读信。

在信中，大姐告知了她现在打工的地方，还说她的男友、我现在的姐夫是个不错的人；他们已经找到工作了，等安定下来，发了工资，就给家里汇钱；还留了她打工地方的电话号码，说以后可以不写信，让我们给她打电话。妈妈很是想念大姐，所以等到第二个星期赶集的时候，就去邮电局打电话，直到听到大姐的声音，母亲又是哭又是激动，和大姐还没有说上几句话，也没有说够，就被后面的人催，匆忙挂断了电话。加上拨电话的时间，三分多钟，就支付了十块，一段很昂贵的通话。但母亲很是开心，很是满足，她之前的种种担心可以缓解下来了。

过了一两个月，大姐真往家里寄钱了，她还跟母亲说，让我和二姐一定要念书，她会寄钱回来和妈妈一起分担，让妈妈不要太担心。真的，我和二姐能顺利上了小学和初中这两个阶段，全靠大姐往家里寄钱和妈妈一起分担。在我上小学五年级的时候，大姐回来了，不仅带着老公回来，还带着个娃娃回来——她身上又多了一重母亲的身份。年仅十九岁的大姐，已经是位妈妈了。可大姐还是很疼我，总叫我小妹小妹的，在她眼里我如她的"宝贝"一般。小的时候，是她带我长大，所以就有了一份特殊的情感吧。

再后来，大姐去了广州打工，去的还是个外资企业。和她打电话的时候，她常常跟我说要好好读书，在他们厂里，文化水平决定你所处的工作阶层，你想不辛苦工作，现在就要好好努力，多吃学习的苦，以后出来少吃工作的苦。我知道，大姐是成熟了，对我说的话也是将来很受用的话。大姐常常像母亲一样和我说话，说来说去就是好好吃饭、好好学习这些话。话不多，内容也质朴。她是这个世界上除了母亲最爱我的人。我上大一的时候，母亲因意外去世了，大姐就很少回来了，她说，母亲不在了，回家的欲望就没有那么强烈了。

有一次和她视频聊天，我就问："大姐，你天天发朋友圈、说说，那些字你是怎么打的？"大姐回复说："我认识的，我就手写，不认识的就语音输入，这样又可以认识一些新的字。"大姐真的很聪明，如果不是当初条件不允许，她坚持读书的话，一定能学有所成。现在她不仅能玩转微信，还懂得玩抖音，还有模有样的。我几个表姐表妹都说，说她没文化，简直没人信，发的那些内容真的让人佩服，就算是复制粘贴也要一定的知识呢。

现在，大姐依旧在广州，我们在不同的城市上班，只有通过手机，我们才能够知道对方的最新状况。在有的人看来，看到别人天天发朋友圈动态很烦，但对于我姐，我很欣赏。我的大姐就是动态中的大姐。

原载《散文选刊》（原创版）2024 年第 8 期

准格尔草木（节选）

鲜 然

款冬

一直说早开堇菜是准格尔的早花植物，并不算准确。严格意义上说，款冬才是。它的花和蒲公英近似，只不过蒲公英先出叶后开花，而款冬开花的时候是看不到叶子的。同蒲公英的花瓣相比，款冬的花瓣看上去更细更毛茸茸一些。待花后出叶，叶子是宽大的心形，就完全不像蒲公英了。

《楚辞》提到款冬，这样说："万物丽于土，而款冬独生于冰下；百草荣于春，而款冬独荣于雪中。"

的确。第一次见款冬是在暖水的水泉沟内。早春，除了还有零星的积雪未融化外，视线里一片枯黄。本以为不会有绿植，却看见在溪流边缘，枯草里，积雪中，一丛丛的黄色花挺立在花梗上，非常醒目。当时以为是蒲公英、春寒料峭，能开花也很意外，就拿着相机拍了几张。此后心上一直惦记着，总觉不对，一直没看到叶子嘛。后，翻看相机照片，确定不是蒲公英。是什么又不清楚，就四处问，得知它是款冬，蜜炼川贝枇杷膏里的药材。哇！

第二年再去看它。还在老地方，还是好几丛，没有叶子，花梗直接挺出来，非常柔美的样子，叫人不忍触碰。发现，和蒲公英还有个区别是，蒲公英的花茎纤细，它的矮胖。

然而，它们终究是很少见到了。对于草木，我不是一个专情的人，做不到春寒料峭中为了一种草不断去往野地。而所谓野地，因人的逼近，也在一日日后退迁徙。现在，当年的泉水沟已很难见到轻浅涟漪的景致了。

曾经无人的沟川通了公路，拉煤车来来往往，不见断绝。不往远处深处幽闭处走，款冬几乎不见。若问野地和耕地哪个重要？用近处的眼光看，当然耕地重要。用长远看，一个是植物链的生态保护，一个是粮食的需求，都具有同样的意义和价值吧。

作家孙甘露仿本雅明写过一句话："上海是我存放信件的地方。"我也仿说："暖水是我存放款冬的地方。"然而，不见款冬已经好些年。曾经，款冬成丛的地方，涧水已消失，款冬也不见。作家比我幸运，就算满大街的邮箱全部消失，还有个收件地址。我却什么也没有了——存放地面目全非，存放的东西也早已不见。留下的，只有心中镜像。慢慢地，这个镜像也将变得模糊。

款冬，是冬天款款而来吗？还是，以春花款待，欢送冬天？款冬，是多么好的名字啊，无论风物如何殊异，这名字只要还在，就能固守残存的记忆。款冬，慢慢遐想：款，而冬；无论怎样，都是很美的意境。

羊柴

八月第一天，起风。有凉意了。

风里，羊柴现出一些颓势，已过盛花期的样子。其实它有无限开花的习性，花期很长。确切说，它不怕风蚀，只是正在歇息期：上一轮花花正在收尾，新一轮花花在新生枝的顶端，还是小花蕾。

羊柴还有个名字叫蒙古岩黄芪，是库布齐沙漠东部特有物种之一。为多年生落叶半灌木，适应性强，抗风沙，能在极为干旱瘠薄的半固定和固定沙地上生长。加上根蘖串根性强，是很容易一株成丛、继而成林的防风固沙的绝好植物，也是优质饲草。种子扁平，表皮粗糙，直播不位移，用作水土保持时，常飞播，出苗率高，不怕适度沙压。

七月初就念叨着出去看花，这这那那地，总不能。好几次途中见它在路边盛放着，紫红色的一团又一团，一晃就过去了。不知怎么心里就着急。觉得自己什么也没干，时间就过去了，想起自己一事无成过了半生，非常地挫败。

终于，他说，带你去看花。欣欣然。

蒙古岩黄芪蒙名陶尔涝，它的一个别名叫踏郎，大约由此而来。

踏郎，踏郎……以汉语念它，仿若一种舞蹈，踢踢踏踏动作起来，进入摇摇摆摆的神游。我是花儿，花儿也是我。起心动念，只循着自己的心思。

虽是两轮花之间的间歇，依旧有花儿开得好。有蜂在花间忙碌。小小的一种蜂，身体纤细，移动快速，待手机刚刚对准，就飞走了。飞走了又不甘心，转一圈再回来，换另一朵花。

八月第一天就起风，风带着凉，已有秋意。蜂们也正忙。

念了一个月，我站立花前了。花与花的时光，漫然无序，又有规则可循。

让蓼子朴成片生长

总能看见它。荒漠、滩地、流砂地、梁峁上、黄沙地……

一直以为是草本，近几年才知是亚灌木。他们叫它黄喇嘛，也有叫秃女子草的，不知名字怎么来的。它是旋覆花属植物，又名沙地旋覆花，可大致知道它的样貌，类似旋覆花，黄色，舌状花瓣。只不过，它的花朵有些趋于管状，也小了许多。

它是非常好的固沙植物。它的野生苗以地下茎横走，遇沙被埋就能到处生根分枝，一株变无数株。黄沙里暖意融融的浅黄，仿佛明亮的笑意。但我更愿意让它成为一株纸上的草木，在河流的冲击地，黄色的河水映着清清浅浅的嫩黄，一如情人在耳边低语，说他会成为一棵植株，守候在身边。

在黄沙梁遇见它，一棵草木和一个人相对，就像两个孤独面对面：双边孤独。

在梁峁上看见它，无数朵黄色花风里摇曳，我的心神也摇曳不止，却什么话也没有。

在戈壁一样的砾石滩上，它是好几株，不远不近的小群落。荒芜和干枯提醒我，注意到自己的老年斑和体乏无力，对自己的怜惜是，席地而坐，拍一张同框。还是无话。

说什么呢？说情义难得，当珍惜？还是，说当断不断，反受其乱？

还未进入老年，就已开始回忆。想要认领一个身份，却不知，选择喇嘛式的修行，还是一个女娃子的嬉戏？在准格尔的方言中，有时候是会把小女娃子叫作"秃女子"的，一种亲昵而带着调侃的称呼。

有个人和我说，它还有个名字叫"绞蛆爬"。因为叶子圆状线形，边缘稍稍反卷，还是，源于药草，可解毒？面对我的猜测，这人说，绞蛆爬就是内蒙古中草药材中的名字，是否有解毒功能就不知道了。

——我不知道要不要让它成为我的纸上植物了。蓼子朴倒是蛮好，像个人名。用这个名字栽种在纸上，就是像模像样的邻家小哥哥，近乎虚无的乱想。温暖的人、事、物总是稀缺，难得一遇。遇见了，纵然是晚点的火车，也能平复归心似箭的心了。

喇嘛在寺中，穿一件黄衣裳。秃女子在街上，姗姗而行。绞蛆爬在中药店，等着被内服或外用。不管风来还是雨来，沙地旋覆花都不管那么多，一味开出许许多多黄色花。那么蓼子朴呢？

蓼子朴嘛，我要学习他，一个假想的爱人，此后余生爱得恳切，宽阔，踏踏实实。

关键是，成片生长的爱呀。

原载《草原》2023 年第 12 期

辑

四

竹之梦

叶 梅

每回到资溪，我都不由为武夷山脉西麓这片汪洋般的绿色所惊叹不已。层叠丰饶的葱绿、嫩绿、墨绿，养就的一派水碧山青、浮翠流丹，人在其间，时刻被绿色所环绕，吸纳着自然的清香，都道是"纯净资溪"。得"纯净"一说并非容易，靠着资溪人对山川林木多年不变的挚爱和呵护。我曾得知为了护住青山绿水，当地人拒绝了多个可能对环境造成污染的项目进入，他们懂得发展的前提是大保护，几代人的坚守换来了今天的绿色盎然。放眼山野，除了葱茏的树木花草，更有大片翠浪翻滚的竹林，它们在科技不断进步的今天，为资溪人编织起了"竹之梦"。

这个春天，出门在外的资溪人有不少回到家乡。往日里，家里造的小楼大都空着，大门上了锁，窗户像沉默的眼睛，代替他们守望着家园。院子背后的竹园，门前的香樟树、银杏和山楂却都耐得住寂寞，无论主人去了何方，它们都忠实地站立着，兀自伸展枝叶，该开花的开花，该结果则结果，有时也会将枝条伸向隔壁的院落，向邻近的树木和竹林打声招呼。乡邻们的好些人家也都如此，一幢幢漂亮的小楼，点缀在绿色静谧的山野之间，楼房的主人却去了远方。

不足10万人的江西资溪县，有4万多人在全国各地做面包，有人评价说这是一项香甜的事业。的确，心灵手巧的资溪人将面包糕点做出了远近闻名、十分可口的味道。这门手艺是从外地学来的，当年由两位退伍军人带回家乡，开始做一个小面包坊，继而将手艺一传十十传百，后来不仅在当地做，在全国各地做，甚至还做到了国外。一代人走向远方，他们的孩子在异乡长大，掌握了新的知识和技能，而今陆续踏上了回乡的路。年轻一代有的子承父业做面包，有的另辟蹊径新创业，就像他们的父辈一样，敢问路在何方。

于是，有了零污染种植养殖，有了别出心裁的乡间民宿，更有了与竹相关的产业……森林覆盖面积高达 87.7% 的资溪，是重点毛竹产区之一，被称作"中国特色竹乡"，遍布山野的毛竹总蓄积量有上亿根。如果为资溪的竹海写一首诗，可以是小桥流水，更可以是宏大叙事，那毛竹、慈竹、观音竹等多达 100 余种的翠竹，即使是看惯竹林的南方人也数不过来。资溪人对竹的喜爱溢于言表，当地的年轻人小汤大学毕业来到此地，如今逢人就说竹，说毛竹的生长，最快 24 小时就可达 1.5 米，30 天后可达 20 米，这是因为毛竹的每一个竹节都有一个居间分生组织，每根竹子有 35 ～ 50 个竹节，就相当于装了近 50 台发动机带动快速长高。这是多神奇的植物啊。

令人喜爱的竹，原产地本在中国，从古至今由竹延生的文化源远流长，但对竹的认知并没有止境。伴随数千年竹海的武夷山脉有了"智汇资溪"的行动，他们思竹养竹，实行竹林地流转，推进毛竹林科学化、集约化生产，使竹资源培育由"量"向"质"转变。在经过引进国内竹藤科学家和数家竹产业龙头知名企业之后，定位打造全国户外高性能重组竹集成材基地，初步形成从毛竹下山到精深加工全产业链条。《诗经》唱曰："瞻彼淇奥，绿竹猗猗。有匪君子，如切如磋，如琢如磨。"资溪人就是希望在不断琢磨中早日打造出竹梦小镇。

走进资溪竹产业科技园，小汤说，这里所有的一切都是竹的制作，可以说是"一切的竹，竹的一切"。竹的浑身都是宝，随着现代科技的发展，竹的用途开发朝着低碳零污染的方向发展，可分作若干种类。这让人想起出生于眉州的宋代文豪苏东坡曾经有过的感叹："食者竹笋、庇者竹瓦、载者竹筏、炊者竹薪、衣者竹皮、书者竹纸、履者竹鞋，真可谓不可一日无此君也。"眉州那地方也是著名的竹产地，可见苏东坡日常的衣、食、住、行，每一处都与竹相伴，难怪他的诗词中也常有竹的身影。

在资溪也能见到一丛丛修竹的千变万化，传统的竹板烙彩画、竹花瓶烙彩为全国竹艺术创新而多次获奖，并受到收藏界的青睐。"以竹代塑"的倡议和引导已见成效，大量竹制生产生活用品实行"六进工程"，即进景区、民宿、酒店、馆所、商超、街区，全县新建的许多场所全部使用竹材料装修，使用竹办公家具，乃至竹梳子、竹牙刷、竹剃须刀、竹筷、竹吸管，甚至电脑的竹键盘、竹鼠标。小汤提起一块砧板，板上有清晰的竹节，经过处理的这块家用的竹砧板极为坚硬，经得起美食家的任何刀功。

野竹自成径，绕溪十里余。从大觉山流下的小溪旁，竖着"幽竹紫云"的木牌，溪畔人家无不倚竹而立。春分过后，勤快的主人纷纷晾晒笋干，午间用腊肉炒了鲜笋，邻舍间相互将菜碗端到一桌，就着自酿的米酒，说一番家常。这时便说那从笋长成的竹，到了如今，又变为拉丝、竹板、桌椅、家居生活用品，还有竹的下脚料生产出一种活性炭，桌上热气腾腾的火锅便是用了它。

这次到资溪，几乎每天夜里都能听到一场雨，但到天快亮时便放晴了。春雨就像调皮的孩童，一时跑近，又一时跑远，间接响起春雷，那是在黎明将晓的时候，告知春天的来临。早起的资溪人踏着雨水浇湿的乡间小道，去往田野、车间或作坊。那一幢幢小楼的窗户敞开着，就像睁大的眼睛，欢悦而又充盈。主人回乡，使得乡间所有的事物都多么惬意呵。临走的那天，当地朋友说还要带我去看一棵竹，我看时间不早，怕误了火车，他却坚持说这棵竹值得一看。于是随他去了大觉溪旁的排上村，大田里，一些穿着胶靴的村民正在栽种新品种的玉米苗，村头一棵高大的枫杨树，树身挂满了细藤，树下有冒出的尖笋，却没有见到竹。朋友笑指树说，你抬头看。

这一看却令人惊诧万分，原来这棵粗壮的、枝叶繁茂的百年老树的树心却是空的，它的枝干只是从那半尺余厚的树皮上再生，而空洞的树心里竟然伸展出一棵秀劲挺拔的毛竹，与老树融为一体，果真是应了那句"胸有成竹"。不觉揣摩那竹根在地下默默地掘进，自会遇到百般难阻，但它巧妙地择地而行，与这枫杨树根交织会合，长成了一道奇观。资溪人的竹之梦，也正如春雨催发的春笋，在人们的努力中卓然生长。

原载《人民日报》2024 年 5 月 1 日

难忘那一条鱼

韩小蕙

又到中秋，又见月圆。

每年一到这金风飒飒的时段，一见到那皓月的银光铺上千家万户的餐桌，我就想起了那条鱼。

50多年前，就是这临近中秋的一天，张文秀师傅带着她的徒弟小孙，拉着我到她家吃饭。整个细节还记得太清楚了，就像昨天才发生的：

17点20分下班，尚未黄昏，张师傅先带着我俩去菜市场，花1.27元买了一条胖头鱼，又花0.14元买了一块豆腐。然后，一路晚霞红晖，把我俩带到酒仙桥十一街坊她的家。

房子不大，是厂里分配的宿舍。她的丈夫潘玉宝师傅和俩女儿，已经被打发出去了，家里空出来，专门招待我和小孙。小孙叫孙秀华，是和我同时进厂的小女工。

我俩还都梳着小辫子，都是刚满15岁，初中没毕业就被提前分配进厂，做了三分厂第三实验室的涂膏工。班里原有12位师傅，都是1956年和1958年进厂的女工，至我俩到来的1970年，已是30多岁的"老师傅"，都是俩孩子的母亲。

我们工厂是很让人骄傲的国营保密大厂，是20世纪60年代国家花大代价建起的现代化电子工厂，代表着新中国工业的前端水平。它位于北京东郊酒仙桥，是那一大片电子工厂的龙头老大，现今闻名遐迩的"798艺术空间"，当时比邻工厂，属于跟班的小弟。

厂子如此辉煌，工人们的地位也是颇高的。绝大部分是女工，学历都在初中高中以上，工资也比北京其他工厂的平均工资高一些，比如我们厂二级工的工资是每月41.71，其他厂都是三十七八块，要高出好几块钱呢，按今天的收入折算，得有好几百块的差距。张师傅当时是三级工，每月挣49.03，加上她家潘师傅的工资，两口子的月收入有近百元，在20世纪70年代算是很不错的了。但他们上要赡养四位老人，下要哺育两个女儿，还要时不时接济老家的亲戚们，这样的情况下虽不贫困，但日子也过得紧紧巴巴。那时中国老百姓的生活，不像现在这么随便挥挥手就请人吃饭了，起码在我们工人群里，请人到家吃饭，是一件惊家动屋的大事。

我们拎着那条胖头鱼，托着豆腐，高唱凯歌进了张师傅家。她去公共厨房忙活，不让我们动手，小孙陪着我说话。小孙是分配给张师傅带的"亲徒弟"，已来过这里多次，举止透着随意。我则多少有些拘谨，因为平日里跟张师傅接触并不多，那时我的生活方式基本是有活干活、没活读书，还没从"黑五类子女"的阴影中走出来，非常不适应与人交往。

张师傅也不是爱说话的人，而且她还老说自己脾气倔，对看不惯的不公事，能立马拉下脸来批评，绝对不跟不合情理的事同流合污。

我坐在屋子里有点儿芒刺在背的感觉，因为我觉得我和小孙是后生晚辈，怎能就这么当甩手掌柜的等着吃？可是张师傅又轰我们，说她要给我们做一个拿手的胖头鱼烧豆腐汤。小孙也把我拉回屋，轻声说："你知道张师傅干嘛要请你吃饭吗？她是觉得快过中秋了，你一个人在家，怕你孤独……"

呀，我心里立刻开了锅，有一股酸水流进嗓子眼，便大声咳嗽起来，以撑起自己的软肋。是，我是一个人在京撑着门户，父母去农村和五七干校了，哥哥姐姐到广阔天地当知青了，只剩下我做了户主，不然这个家就散架了。

不过，我的日子过得飞快，白天上班学习，午饭和晚饭都在厂里的食堂吃，不吃早餐，起床梳洗后直接骑自行车奔向东郊。刚巧我不馋，食堂的大锅菜吃得我心满意足，周日随便一凑合就过去了。主要还是因为那时我的"聪明花"开了，满脑子里都是托尔斯泰、巴尔扎克、狄更斯……外加方程式、因式分解、化学元素表……五花八门，杂七杂八，简直分不清是"玉"字还是"王"字，反正饥渴的我如同八百年没吃过饭的饿鬼，见着书就张着大口囫囵往下吞，哪儿还有时间去想吃什么饭？

什么是"聪明花"呢？这是厦门大学的林丹娅教授跟我说起的。她说每个人的脑子里都有一朵"聪明花"，但何时开花或一辈子开不开花，则各人不同。比如有的孩子小时候顽劣不爱学习，整天攀东墙跳西墙招灾惹祸，让家长操碎了心，可是忽然有一天他的"聪明花"开了，从此就变成疯狂好学的优等生，你不让他学都不成。我当即跟丹娅说，信然，我的"聪明花"是在进厂第三天开放的。那天我站在宏大的车间里，看到一条条红的、绿的、蓝的、紫的各色管道彩虹一样编织在一起，看到一颗颗紫的、蓝的、黄的、绿的、红的小指示灯珠玉一般闪耀个不停，脑子里"轰"的一下，觉得自己是那么渺小，什么都不懂，什么都不会，如同一个白痴一样，真不成啊，真不成啊！从当天晚上开始，我买了 6 本一套的初中数学，开始疯狂地"啃"起来；上下班的路上，则背化学元素表和古诗词；晚上临睡前，读世界名著……

苦吗？一点儿也不，能得到知识的一点点微光，真是满盈盈的圆月墩墩实实的幸福。师傅们不是很理解我，有的还来问我学这些干什么，是不是不愿意做一辈子工人。我眨眨迷蒙的双眼，回答说还真不是，只是觉得自己不能什么都不懂。大概她们都可怜我不会做饭，好几位师傅都叫我星期天去家里吃饭。其实我早在 12 岁那年，就已学会了做饭、炒土豆丝、熬豆角粉条、蒸馒头、烙饼、包饺子……这些北方饭都不在话下，只是这不都得浪费时间吗？

这回是水牛倔强被强按头，再不来张师傅就要发脾气了。可是我心里真不安，尤其接受不了一共才挣 49 块钱的张师傅，非要花一块多钱给我买一条鱼。要知道那时食堂里，带肉的甲菜才两毛钱一个，乙菜一毛钱就能打发一顿饭了。

张师傅端着砂锅进屋了。乳白色的鱼汤满满腾腾，大片的豆腐游走在红绿相间的鱼肉、青菜之间，让我想起了丰收的田野，红的果、绿的菜、黄澄澄的麦子和稻子，成熟的"熟"是多么漂亮的一种景象啊。张师傅又端出一锅焖好的白米饭，是圆粒米（东北好米），当时是要凭票供应的，每家仅在过节时供应少量几斤——这就意味着他们全家过节就得吃机米（籼稻）了。唉，这份滚烫，一遍又一遍从我心头滚过，我越发忐忑了。张师傅见我的样子，轻描淡写地说："也没什么好吃的。今天是带你认认门，以后一个人有什么难事儿了，可以随时来……"

她起身去把窗户打开了。我看到，夜幕已经降临，苍黑湛蓝的窗框中，刚好走进来一轮明月。还没到八月十五，月亮还在上弦的轨道上奋力跳跃、奔跑，充满了激情。那皎洁的银光，给我们的饭桌上铺下了一张圣洁的餐布。

那一餐饭，那一条鱼，那一锅圆粒米饭，还有那一轮奔跑的明月，变成一幅浓墨重彩的印象画，永久印在我的印象里了。后来我也还到其他师傅们家中吃过饭，也都永久印在我的印象里了。那时的我还进厂不久，年轻不更事，因此还远未认识到它的景深之无限——以后在长达8年的工厂生涯中，我对厂里的师傅们、对中国的工人群体，有了越来越深刻的认识：这是一个最具古道热肠的群体，相互间彼此依存、互援互助，用今天的时髦话说，是真正的"命运共同体"。工人们文化水平虽然不高，社会地位虽然不高，经济条件虽然不好，但他们团结友爱，心中有着别人，彼此相互关照，不论谁家有事了，不用招呼工友们就去帮忙了，即使拿不出钱来也要去帮个人场。他们把这视为自然。漫长又短暂的一生就是这么自自然然地走过，没有轰轰烈烈，没有豪言壮语，却时时刻刻都沐浴在春风中。

我就是在那圣洁的8年里，学会了热爱、热心、热情，学会了忠实、忠厚、忠诚，学会了明事理、明是非、明善恶，学会了尊重人、关心人、帮助人，还学会了其他许多许多……以至于离开工厂近50年了，后来上了大学，进了新闻单位，变成了大报的记者和编辑，但我仍怀念着我的工厂，还是最愿意说自己"是工厂的"。

酒仙桥月半轮秋，印入平生岁月流。

中秋佳节年年过，思君不忘心悠悠。

原载《光明日报》2024 年 9 月 13 日

绿叶对根的情谊

刘江滨

　　立冬过后有了一次河南行。乘车行驶在高速路上，看到路两边的树木依然绿着，白杨却半树已空，唯树顶有少许叶子残留，卷卷的，远远望去，仿佛树梢栖落着一只只墨绿色的鸟。只不过，这些"鸟"怕是过不多久就会杳如黄鹤了。

　　一叶落而知天下秋，"秋风吹渭水，落叶满长安"（贾岛），秋气肃杀，树叶始凋。其实在南方春天也有落叶，"芳林新叶催陈叶，流水前波让后波"（刘禹锡），老叶总被新叶顶下来。如今在北方，入冬之后，大部分树叶还顽强地与树枝不离不弃。随着天气日冷，除了松柏等树种外，大多树叶渐次飘零，至寒冬腊月全部落光，只剩下光秃秃的枝丫。

　　叶子是树的头发。树叶从春天萌生枝头，青翠欲滴，到夏天一树繁茂，蓊郁蓬勃，仿佛美少妇一头黑发如瀑，风吹雨梳，摇人心魄。秋冬季节，叶子逐渐枯干焦脆，泛黄打蔫，进而飘落；树的头发日渐稀疏、斑驳，乃至空空如也。

　　然而，落叶也是树木自保的一种方式。太阳南移，气候寒冷，叶子凋落，树木不再需要额外输送水分，将养分存蓄于树干之中，等待着来年的温暖降临，完成又一次生命的轮回。

　　古代诗人对四时更替十分敏感，尤其是睹落叶而伤怀，如"悲哉秋之为气也，萧瑟兮草木摇落而变衰"（宋玉）、"悲落叶之劲秋，喜柔条之芳春"（陆机）、"早秋惊落叶，飘零似客心"（孔绍安）等。作为自然的一分子，人的感情感受与自然事物同频共振，天人合一，实属正常。如果把每一片叶子视作一个生命体，那么，它的飘落就意味着消失，怎不令人生出伤逝之叹？美国作家欧·亨利的小说《最后一片叶子》，那位患病的女画家琼珊，就是把窗外的树叶与生命联系在一起，以为叶子落光了自己也就死了，结果那"最后一片叶子"一直顽强地挂在枝头，给了她活下去的信心。当然她后来才知道那片不凋的叶子是老画家贝尔曼为了拯救她画上去的。叶子终会凋零，不会凋零的只有人心。

落叶带给人们的不全然是伤感，还有美与趣。

秋末冬初，如果坐在树下，能看到一枚树叶悄然飘落的过程。假如这是比较阔大的梧桐叶，那么它的飘落就有了姿态，虽然悄无声息，但也在完成一个庄重的仪式——与树枝依依惜别，打着旋儿，缓缓地在空气中浮沉，像跳着优雅的舞蹈，静静地滑落，最后悠悠地匍匐在大地母亲的胸膛。这不禁让人想起泰戈尔那个秋叶静美的比喻。是的，静美、恬然、优雅的告别，就是一种大美。

一觉醒来，昨夜的大风吹得落叶纷纷，地上褐灰黄红、色彩缤纷。在我眼里，这些落叶不是垃圾，而是风景，是大自然的馈赠，看到它们被清洁工扫去，还觉得可惜。有时我会到公园或者郊外的树林里去，落叶在地上积了厚厚一层，好像铺了一张地毯，走在上面，软软的、柔柔的，脚感舒适，舒心畅意。也有的孩子或者年轻人，以落叶为席，或坐或卧，甚而打滚翻腾；还有的双手捧起一把撒向天空，制造一场"树叶雪"，看叶子纷纷扬扬飘落。这不是落叶给人带来的快乐吗？

然而，叶子长在树上的时候，有多少人欣赏它呢？有句话叫作"好花还得绿叶扶"，绿叶和花朵相比充其量只是配角罢了。人们出门旅行或到公园游逛，拿出手机相机疯狂拍摄姹紫嫣红的花朵，却对满树满枝的绿叶视而不见。而叶子到了变黄变红时，才吸引了大家的目光。如唐代诗人杜牧所作："停车坐爱枫林晚，霜叶红于二月花。"大概是因为此时的树叶具有了花的属性，花的样态，花的色彩。而落叶就不同了，它虽然枯萎、干瘪，长着褐斑甚至残缺不整，却有自己独特的美，一种无欲无求、恬淡安然的美。它比长在树上的时候别有一番美的姿态，以另一种方式展示它的妩媚与顽韧。

每每看到落叶，我总会回溯从前的旧时光。小时候，家在农村，到了冬天，小孩子常干的活儿就是串树叶。拿几条长长的粗麻绳，一头有针，一头拴个木棍打横，跑到树林里，用针扎住一枚叶子，撸到底，不长时间就串满了一根绳。几根绳串满，就提在手里或挎在肩上带回家，当柴烧。

串树叶，实际上带有小孩子游戏的性质，既是干活，也是玩儿，故而让人兴致盎然。再大些是用笆子搂落叶，三下两下就装满了箩筐。树叶暄腾，和麦秸一样不经烧，但每家都不会轻易丢弃。

"落红不是无情物，化作春泥更护花。""落红"说的是花，其实亦可如此说落叶。在莽莽苍苍的森林里，叶子落在地上，层层叠叠，月月年年，历经风摧雨蚀，泥覆土盖，渐渐变为腐殖质，化为有机肥，给树根输送营养，正如一首歌所唱的"这是绿叶对根的情谊"。而"叶落归根"，就是这样一种大自然的循环，人们由此常常以人生相譬。在昔日的农村，除了将落叶当柴烧，更多的是沤肥。把收集到的叶子、杂草抛撒到猪圈里，再在上面铺一层干土，任猪踩踏滚卧，假以时日，起圈出坑，就是上好的肥料。在如今的城市里，落叶的去处之一是发电厂，以最后的燃烧为人们送去光明。

叶子从萌生、繁茂到凋零，从无到有，又从有到无，循环无极。树叶落光了，明年春天又会有一抹新绿拱出枝头。

原载《人民日报》（海外版）2023 年 12 月 22 日

瓯海声色味

侯 磊

来过几次浙江温州了，去过北面的永嘉、西面的文成、南面的瑞安，甚至来过温州市区小巧精致的七都岛，瓯海却是往来温州机场赶路时匆匆略过。此次来到瓯海，所忍不住想讲述的，是瓯海的声、色与味。

这厮每扮南戏那！

瓯海之声，首选南戏。

在来瓯海之前，我去参观过南戏博物馆，也听过南戏改编的昆曲。我的戏曲老师唱过根据南戏剧本改编的昆曲《宦门子弟错立身》，并以此获过奖项。他为我讲过南戏的往事。

宋代已经形成了较为完整的杂剧演出，剧目有《赵贞女蔡二郎》《王魁负桂英》《王焕》《乐昌分镜》《韫玉传奇》《张协状元》等。宋室南渡以后，宋杂剧传到南方形成了南戏，北方的直接成为元杂剧的前身，这些都成为后世昆曲的雏形。关汉卿带有喜剧色彩的名作《望江亭中秋切鲙》中有支曲子，是反派杨衙内被女主角巧取了金牌、势剑和文书后，合唱一支"马鞍儿"，以表现焦急且滑稽的场景：

> 想着、想着跌脚儿叫，（张千唱）想着、想着我难熬，（衙内唱）酪子里愁肠酪子里焦。（众合唱）又不敢着旁人知道，则把他这好香烧、好香烧，咒的他热肉儿跳！

唱完之后，杨衙内还就众人的滑稽而抖个包袱，抓了个哏：

这厮每扮南戏那！（众同下）

生活在元大都，关汉卿在杂剧中谈及南戏，足以说明他是懂南戏的。南戏流传的是戏文。《永乐大典》曾收录戏文三十三本，仅存三种戏文，被编印为《永乐大典戏文三种》：《张协状元》《小孙屠》《宦门子弟错立身》。《张协状元》署名九山书会才人编撰，《小孙屠》署名古杭书会编撰，《宦门子弟错立身》署名古杭才人编撰。另有全剧散佚、仅存二十三支残曲的《董秀英花月东墙记》，出自九山书会中一位名叫史九敬先的才人之手，后来元代戏曲家白朴再据此情节写了同名全剧。而我关注的点在"书会"与"才人"。

元大都当年有玉京书会，关汉卿为该书会领袖，杨显之、白朴、岳伯川等均为其成员。南宋时的温州地区有永嘉书会、九山书会等。永嘉并非指现在的永嘉县，是指南宋时温州地区的永嘉郡城。九山为环绕郡城的松台、郭公、海坛、华盖、积谷、黄土、巽吉、仁王、灵官九座山，今温州市有九山街。书会并不是现在的读书会，而是中国自古以来以经学为本、研习儒家经典的集会。书会里的文人，当时称为才人。

每逢书会之时，先挂起孔夫子的画像拜祭孔子，双手持书籍于脑门前，焚香顶礼以敬书。众人以吟诵的方式，在前辈学者的带领下诵读儒家经典。往往是《孝经》开篇，读《论语》《孟子》《大学》《中庸》，或读《道德经》，也会诵读一些千古名篇。这种吟诵自明代而来，使用平上去入的洪武正韵大明官话，以北京国子监的官韵为准，各地多少会夹些地方的土音。读书之后，才是唱曲娱乐。这种形式至今仍在热衷国学、性好复古的人群中流传——仍要系统学习咬字和入声字的发音。

读书之余，也会坐而论道，谈谈心得。论道不是辩论，是站在古人的学说基础上做进一步阐释。上午读古书，下午接着读古书，直至四五点后疲倦了，休息方开始唱昆曲、京剧、地方曲艺，晚上月亮出来了，会对着月亮弹着古琴唱琴曲。韩国直至20世纪50年代，尚有"李朝遗老"，头戴笠帽，身着韩服，诵儒家经典，作中国旧体诗词。因此，书会以读儒家经学为主。《武林旧事》卷六中"诸色伎艺人"条目中有书会一词，但并不能说明书会属于勾栏。

永嘉地区书会的才人们在读书之余，编剧娱乐，拍曲清唱。南戏是剧本，所唱的腔调则是各地的腔调，较为流行的是海盐、余姚、昆山、弋阳四大声腔，其中以昆山腔流传最广，方为今日昆曲之前身。

至今，全国只有七个国营的昆曲剧团。昆曲不分流派，各个剧团都传承演唱六百年历史的昆曲，只是风格和擅长的剧目不同。永嘉昆曲传习所与北方昆曲剧院已先后将《张协状元》及《宦门子弟错立身》搬上舞台，并演出至今日，还有自己独特的剧目。

当年永嘉地区的书会雅集的位置在今温州老城区内，直至今日尚有夏承焘那一代的老先生们所传的温州话吟诵。温州多山多绿地，如果现在找个地方雅集，九山公园一带是个好去处。傍晚，我来到九山公园，远远看见九山书会的牌匾挂在一座仿古的老戏台上。那戏台非常巨大，建筑精良。我想上去用昆曲或弋阳腔的腔调唱几段南戏的戏文，但愿古人们能听见吧。

绿

如果要把瓯海定名为一种颜色，那一定要用朱自清1924年2月8日写于仙岩梅雨潭的篇名来形容：《绿》！仙岩是瓯海有上千年历史的景区，朱自清来此写作时，正担任浙江省立第十中学的语文老师。梅雨潭是个有瀑布的水潭，周围一圈山、水、石……都是绿色。整个瓯海都是绿色的，路中间的绿化隔离带都像一片小树林。

瓯海西南部有崎云山、大罗山，境内流淌着温瑞塘河和戍浦江。四处崇山峻岭遍布茂林修竹，水倒映着山景，石头布满青苔。空山不见人，但闻水流声，满眼全是绿色。那绿色如新生的竹笋般快速增长，没多久就能长两米高的巨笋，砍下笋尖照样可吃。（北方的饭馆中多是使用罐头笋，坚硬的笋根也要泡软了切进去使用，搞得鲜笋成了稀罕物。）山林中隐藏着造纸作坊，水碓、纸槽、腌塘、水车……与青山秀水渐成风景。

最令人感慨的，是南方的山，与北方的山真是不同。

北方的山是一丛一丛拔地而起，凶险而突兀；开车沿盘山路上了一座山，翻下这座山，再上一座山。山就是嶙峋的巨石，除此之外什么都没有。在瓯海，整片山都是绿的，连绵起伏，永不断绝，如缓慢的波浪。人生活在大山的怀抱中。山中星星点点地藏着市县村镇，走着走着就开始一片生活区，学校、医院、市场什么都有。只要能开车，生活依旧方便。随处哪一家小店小馆，都有各自的滋味。山中的人既不土气，也不露富。很多老人都着装体面，男人穿着浅蓝色的长袖衬衫，皮鞋西裤，说话声如洪钟。一位普通的在街头吃枇杷果的村妇，也可能拥有几栋临街的小楼，仍旧如常地拎着兜子买菜，在菜场划价，踮着脚走路回家，下厨时不嫌烦琐地翻炒着粉干。另有人可能承包了百亩山林，植树造林外带开度假村，却整日里一双笑眼，每天想的都是要把茶喝透。而他们更神的一点，是行山路如履平地，远比城里人要结实健康。

山中藏满了古村落，更有不知多少没有挂牌成为某个级别文物保护单位的古寺、老屋、石牌坊……在蒙蒙烟雨中更加锐利得透亮。老房子的瓦是黛色，如煤；墙是深黄，如土；水是绿色，如树。这是浙南大地的三原色，一切是最自然、最接近大地的。一切都那么古朴而又和谐，山中日月长，更梦白云乡，不知身在何方。

生腌

瓯海之味，最独特的，还是生腌。远古时海边的人生食瓜果蛤蚌，这个习惯流传至今日。醉虾醉蟹，泥螺蛏子，鱼生牡蛎生，最为独特的，是血蛤。

血蛤又名泥蚶，在潮汕和温州都有。潮汕血蛤多是把掰开去掉一半的壳摆在盘中，酱汁浓郁，只是缺少了掰开壳子的感觉。温州人口味清淡，轻油轻芡，注重本味，极少放辣的东西，只加酱油、醋，或是胡椒粉、米醋、糖、盐、蒜、葱之类，简单省事。

第一次见到血蛤时，它不张嘴，我便不知如何下嘴。北京不靠海，自古没有海鲜，北京人也不识海鲜，连细分贝类的词汇都没有——所有的贝壳都叫蛤（gě，普通话正音念 gé）蜊。血蛤却念"蛤（há）"，其烹饪是入热水烫几秒后，放入酱汁白酒腌制，再剥开壳连肉带血直接吃，以保持鲜嫩和特有的血汁。

第一次吃血蛤时，得知血蛤是用小钳子从蛤蜊屁股掰开，见到红色的血肉，可以一口嘬进去，像法国小说里所写吃牡蛎的样子。我冒失地问：

"这血汁，是葡萄酒腌的？"吃掉一个，柔软甜香，此时被身边的朋友告知，我吃蛤蜊时它还活着，只是被醉晕过去了。"那红色就是血，所以叫血蛤。"我吓了一跳，随后得知是开玩笑。蛤蜊是软体动物，没有血液，血红色的是体液，也不用葡萄酒腌制。它不觉得疼。只要新鲜干净，便可大胆地生吃。

由此，我敢吃生腌，品尝出生螃蟹的膏黄是那么柔软细腻，还透着润滑，能把螃蟹壳子里的每一丝肉都剔出来。生虾用手一挤便是嫩肉。蛏子是要它吐尽泥沙后，放到盐水、白酒中浸泡冷藏。这时环顾有生腌的饭馆，能看到不锈钢方盆里，还在酱汁里泡着两只生龙虾。

翻阅不少永嘉方志，我始终在想，温州瓯海这片位于浙江南部的土地，到底属不属于江南？或者说，浙南文化属不属于江南文化？当然，不同时期江南的概念也不一样。从瓯地远古时代的记载来看，浙南是瓯人与吴越文明的产物，那么温州文化是江南文化在浙南的延续，因为地理、血统和环境的复杂，它变得更坚韧、更开阔、更诗意。

原载《光明日报》2024 年 6 月 14 日

柳青在米脂的足迹

张艳茜

在米脂，我时常迷失方向，因为无法找到可参照的地理标识。身边滑过的是相似的馍状山丘，相似的黄土高坡，相似的层层梯田。早春季节，还不到播种的时刻，梯田里，相似的空空荡荡，让人一览无遗。很少的树木、很少的绿色，就像风沙中站立的衣不蔽体的孩子，令人心生爱怜和疼痛。半山腰，梯田与梯田的罅隙之间，依山坐落着相似的圆拱土窑洞。再往深处走，在狭长的沟道两侧，或是川畔，分布着五孔或是七孔的窑洞。那些窑洞的窗棂，还有那些窑洞前狭长的院落里摆放的石磨石碾，也都大同小异。

然而，这处处相似的米脂，这贫瘠厚重的黄土高原，却在不同的历史时期，养育出一代又一代与天地同生共长的仁人志士。他们的名字，即使轻声说出来也有响遏行云的力量——叱咤风云的农民起义军领袖、"闯王"李自成；为和平解决"西安事变"做出重要贡献的民主斗士、教育家杜斌丞；提出"精兵简政"口号，在抗日根据地作为"十大政策"之一普遍贯彻实行的爱国乡绅李鼎铭……他们在各个时期的惊人之举，令人无法不肃然起敬。他们就是米脂显著的人文标识，使米脂成为与众不同的米脂，成为中国独一无二的米脂。

还有一位与米脂结下不解之缘的文学大师，他三次走进米脂。米脂以厚朴的胸怀，给予了他创造一个时代的文学辉煌的最初的机遇和营养。

1928 年，一个 12 岁的少年，从他的家乡吴堡县张家山来到相邻的米脂县。这个小小少年名叫刘蕴华，这个名字自然再普通不过了。15 年之后，小小少年成长为备受世人瞩目的一名作家时，人们永远记住了他另一个响当当的名字——柳青。柳青的这段成长道路，是在米脂启程的。

少年刘蕴华是被他的大哥——北平大学辍学返回陕北教书的刘韶华——带到米脂东街小学就学的。在1926年就加入中国共产党的大哥，对12岁少年的影响非同小可。认字不全的小小少年，手捧中文版《共产党宣言》刻苦研读的情景，永远定格在了米脂的山山水水。这是柳青人生道路上一次关键的选择。

吕家硷是现在米脂县桥河岔乡一个普通的村庄。当年这个村庄是米脂县民丰区的一个乡。1943年，一个27岁的青年，在参加了延安整风运动后，响应《在延安文艺座谈会上的讲话》中发出的"到群众中去"的号召，意气风发、兴致勃勃，胸怀远大理想和抱负，背着背包来到了深藏在米脂县山峁之中的吕家硷乡。这时候，人们依稀从这个青年人瘦小的身材和炯炯有神的眼睛里，辨认出他就是15年前那个唱着《赤色少年歌》，参加过米脂反帝抗议集会和游行的小小少年刘蕴华。这个再次来到米脂、担任乡政府文书的年轻人，就是之后被永远载入中国文学史册的作家柳青。

2008年早春的一天，沿着当年柳青深入生活的足迹，我来到米脂县的吕家硷。乡间老人吕绍章与我谈起当年的柳青印象：个头不高，总是面带微笑，肩背着一个灰色挎包，包里装着一个本子，听到人们讲话，就会不时地拿出本子记着。已经77岁高龄的吕绍章，当年是一个只有12岁的孩子。孩子时，他就住在现在整齐干净、有七孔窑洞的家里。家门前的川道，那时候流淌着清冷冷的河水，闲暇时，柳青常常和孩子一起在上游拦一个小水坝，然后，让孩子打开积满水的水坝，冲到下游的柳青身上——痛快洗澡。

吕绍章老人讲述起童年的美好记忆，祥和的表情泛着幸福的光晕。孩子时候的老人哪里知道，当年下乡吕家硷的柳青正经历着一场严峻的考验——艰苦的环境，艰难的生活，令学生出身的柳青一时难以适应。没有星点的油水、天天白水煮洋芋、大半年不带重样的腌白菜、上顿接着下顿的粗糙高粱米，还有昏暗狭小的土窑洞、与世隔绝的山窝窝，形单影只的，找不到人可以交流思想。这让最初胸怀高远、要做一番大事业的柳青，内心充满孤独、寂寞和迷惘，时常有一种被"放逐"的感觉。两三个月之后，大病卧床，经历了一场激烈的思想斗争，在放弃还是坚持之间，犹豫、彷徨的柳青认真地为自己做出了抉择，"在革命队伍里知难而退是莫大的耻辱"。坚强的柳青站立起来时，他不再是吕家硷的一个旁观者，他将自己真正融入农民之中去。白天一道下地耕锄，吃在一口锅里；晚上叼着农民的旱烟锅，与农民一起开会聊天，困了就和农民睡在一条炕上。

文学素材的积累就是在柳青的角色转变之后，深厚情感积累的结果。以米脂婆姨、劳动模范郭凤英为素材写下的散文《一个女英雄》，发表于1944年的《解放日报》；长篇小说《种谷记》也在这个时期酝酿创作之中。1945年10月，柳青奉命东进，随军赴东北开辟新区。他的背包里装着厚厚的一摞《种谷记》的手稿。

1948年10月是柳青第三次来到米脂。这一次历经八个月的深入采访，使他得到了最生动的素材，为他创作后来发行上百万册、引起中国文学界极大轰动的长篇小说《铜墙铁壁》打下最扎实的生活基础。"深入生活""三贴近"，这些在今天文艺作品创作中大力提倡的口号，柳青早已在半个世纪前就在超前实践了。米脂的生活，可以说是他创作人生的大转折。

1952年，柳青深入到陕西省长安县，并在长安县皇甫村落户达14年之久。长篇小说《创业史》可谓是柳青继米脂之后深入生活的精彩续篇。

童年时与柳青一同玩耍过的吕绍章老人，如今与两个儿子住在一排七孔窑洞的中间一孔里。我想象中的其乐融融的大家庭，其实是分作三家过的——两个儿子和一个老人各自独立生活，这不免令人心生感叹。

柳青在《创业史》里描绘的"农业合作社"，今天早已成为过去。但，柳青锲而不舍的创作精神，却不该成为历史。

我正要离开吕家硷时，隔壁吕家硷小学的校长兴冲冲地赶来。他热情地将我引到学校里，他说，最值得他和学校历届学生骄傲的，就是著名作家柳青曾经在吕家硷生活过，他把这段历史写在了学校的宣传栏里。他说，我们会让柳青的精神永远激励我们的后代。

那一刻，我仿佛看到一个身披黑棉袄、活脱脱一个老农形象的朴素作家正走在我的前面。

原载《文化艺术报》2024年7月5日

火把映红的乡愁

余继聪

离开家乡，在外地学习、工作、生活的楚雄人，都有一种火红火红、火热火热的乡愁，都有一种"火把节情结"。这与家乡楚雄每年农历六月二十四的彝族传统盛大节日火把节有关，与火红火热、熊熊燃烧的一束束、一捆捆、一塘塘"火把"有关，与家乡秋冬季山野里漫山遍野成熟的火红火红的火把果有关。

家乡山区乡村人家，家里大多都有一个火塘、一个土灶，或者在灶房里，或者在厢房里。简易的火塘、土灶，就是用几块砖头或者三块石头支起来的，常常在火塘上支架着一个三脚架，支炖着的陶锅砂锅铁锅，熬煮腊肉红豆汤。支起炒锅，爆炒腊肉火腿土鸡蛋和青蚕豆青豌豆。也喜欢在火塘里烧烤新鲜洋芋、芋头、苞谷、蚕豆、豌豆吃。在火塘上、在柴火灶上，慢慢悠悠炖出来的腊肉红豆汤很好吃，在上面爆炒腊肉火腿蒜苗，也香得很。

在外地的游子们，身心寒冷的时候，就常常会想到家乡温暖的火塘和火塘里烹煮的香喷喷的罐罐茶。在火塘上炖的腊肉火腿红豆汤，烧烤的新鲜苞谷和洋芋，都是家乡的味道，都是浓烈的乡愁。

火把节点燃的火把很高大。有些村寨的火把高得像稻草堆一样，给人以温暖充实的感觉。每当柴木、松明子火把熊熊燃烧起来，一束束火把，一串串火苗，整个乡村就激情高涨，热闹红火，欢腾起来。

家乡人爱过火把节，到火把节那一天，成千上万的彝族和各族乡亲，穿起新衣服新鞋子，聚集在一个个场子中、一面面山坡上、一个个山坳里，燃起熊熊的松明子松柴火把，围着红红艳艳、明亮温暖的火把，紧紧拉起手，围成一个个巨大的同心圆，弹三弦琴，跳左脚舞。家乡人说"弦子一响，脚板就痒"，说的就是乡亲们爱弹三弦琴、爱跳左脚舞、爱过火把节。

火把节，也会有村寨组织演唱云南地方特色戏剧"花灯戏"，尤其《包二回门》《闹渡》甚是好看。也会有耍龙灯、舞狮子等节目，更是欢快热闹好看，痴迷喜爱、流连忘返的观众围起来一圈又一圈。

家乡人爱赶火把街。山坡上、山坳里的火把街，往往是临时性的，是随着火把节、三月会等一个个民族节日的到来，而临时形成的山野乡村小街子。临时搭建一个个棚子，或者架起一个个大帐篷，给远近的乡亲们售卖生产生活用品、日用百货，同时让乡亲们有机会售卖一些当地生产的核桃、甘蔗、腊肉、麦芽糖、核桃糖等土特产品。这样的土街道，长满青草，形成一层草坪草皮，因此叫作"草皮街"。

火把街，有各族乡亲们爱吃的"羊汤锅"美食街。在草坡上，用松枝、麻栗树枝搭建一个棚子，在棚子里围起一个简易火塘，在火塘里烧起柴火，用三脚架或者几块砖石，支起一个个锅底覆满黑黑烟尘的陶锅铁锅，就可以熬煮山羊肉了。这样熬煮山羊肉的大锅，家乡人叫"羊汤锅"。

童年时生活于乡间老家，农历六月里，稻谷抽穗扬花喷香的日子里，总是很盼望过火把节、赶火把街。虽然买不起多少东西，但是，去凑凑火把街的热闹，看看火把街上琳琅满目的百货商品、土特产，看一看撒火把、跳左脚舞的欢快场面，对我们乡村孩子，对乡亲们来说，真的是极大的享受。火把节期间，天气往往闷热，往往下雨，我们在火把街兴奋地玩到深夜，兴致依然很高，还不想回家。玩累了，店家都收拾起了货物摊子，我们一帮乡村孩子，就躺在人家的售货摊架上，幸福地睡到天亮。

秋天里，家乡山野里的一簇簇火把果就成熟了。火把果熟透时，微微有点酸甜苦涩，我们童年时候会采摘来吃。摘回家的火把果，放在簸箕里，端到房顶屋瓦或者院墙上晾晒干了，收藏起来，或者磨成火把果面。经过白霜露一露、冻一冻，在冬季温暖的阳光下，晾晒干了，火把果的苦涩味道就会更淡一些，甘甜味道就会更浓一些。火把果磨的果粉里，掺上一些小麦面，用泉水和出来，就可以炕粑粑吃了。用柴火，在土灶大锅里，慢慢翻烙、翻炕香黄，香甜得很。这样的野果火把果烙炕出来的饼子，真的别有一番滋味。

身在异地他乡，总是很怀念家乡欢快热闹的传统盛大节日火把节，怀念家乡节日里红红火火、熊熊燃烧、温暖舒适的火把和火塘，总是很怀念家乡山野里那一枝枝像红玛瑙一样甘甜美丽的火把果。

原载《楚雄日报》2024 年 7 月 26 日

内心有光，方能温暖世界

顾晓蕊

十九岁那年，我到电厂上班，成为一名汽机检修工，认识了师傅章大山。那时对新员工实行以师带徒，他是我入厂后遇到的第一位师傅。

章师傅也就三十多岁，他中等身材，脸阔眉长，平时话语不多，很爱笑，看上去淳朴又温厚。他是检修队伍中的能工巧匠，干起活来细致扎实，有股子拼劲和钻劲。

他每天很早来到单位，到现场巡查设备，边用抹布擦拭机器，边侧耳细细倾听。他能凭借机器运转的声音，判断其运行状况，及时发现缺陷进行报修。在检修期间，他边干边跟我讲解，耐心地传授技能和经验。

那一年除夕，遇上紧急抢修工作，忙完已是暮色沉沉。走出厂门时，漫天雪花飘飞，街头华灯闪烁，映照着一地白雪。我低声嘟哝道："这活不好干，可真累啊！"

"电厂检修工是设备医生，守护的是城市的眼睛。你看那一盏盏灯，多像一双双温情的眼睛。"他轻轻一笑，很认真地说，"有灯光的地方，就有关爱，有亲情，有家的温暖和团圆。"

这个朴实诚恳的男人，忽然冒出一段很有诗意的话，我先是觉得好笑，继而又一想，心中生出很深的感动。

进入盛夏，遇到风雨来袭，雨落如帘如瀑，绵延了数日。那些日子，章师傅没来上班，一周后，他回到工作岗位。

在现场干活时，我无意间碰到章师傅的胳膊。"哎哟……"他发出一声痛苦的低吟。我扭头望去，只见他捋起衣袖，手臂上有大片血痕和淤青。

我忙向他道歉，忍不住问道："师傅，你怎么受伤了呢？"他缓缓说起事情的经过。

前些天省内多地暴雨倾落，多座村庄陷入一片汪洋中，成了孤岛，他作为绿野救援队的队员，主动请战参与抗洪救援。他和队友驾着救生舟，一趟趟地穿梭在被淹没的村庄，解救被洪水围困的村民。

就在这时，忽有一位妇人疾声大呼："快来人啊，救救我的孩子！"

章师傅闻声望去，原来洪水湍急，一个男孩被水流卷走，只露出个小脑袋，在水面沉浮挣扎。他顾不上多想，从小舟上跳进水中，朝男孩的方向游去。

章师傅扯住小男孩，奋力朝回游，将男孩托举到救生舟上，但他却被激流冲向远方。在洪水中漂流的他，幸亏被一棵树拦住，身上多处擦伤。队友们合力将他救起。他顾不上歇息，接着投入抗洪救灾。

他说得云淡风轻，我却听得心潮翻涌，不禁追问："这有多危险，你难道不害怕吗？"

章师傅微微一笑，说这算不得什么，作为一支民间救援队伍的一员，他和队友们曾多次参与紧急驰援，在地震废墟中搜救被困人员、在山林中扑灭滔天大火、在茫茫风雪中营救走失游客、投身山洪泥石流救灾一线……

就像一道闪电，划过我的心空，我难以用言语来形容，那一刻的惊诧和震动。

对于每个人来说，生命是如此珍贵，人生仅有一次。而有这样一群人，却毅然逆流而上，用爱与真情，在山川大地上书写人间大义。

我脑海中飞速闪过一丝疑惑，又按捺不住好奇地问他："冒着生命危险，冲向一个个救援现场，你坚持这样做，究竟是为什么呢？"

章师傅凝思片刻，而后望向我，清澈的眸子里泛着亮光，轻轻讲起一段往事。

工作之外，他还是户外运动爱好者，喜欢爬山探险，徒步在青山碧野之间。多年前的一个春日，他来到位于太行山脉的一段峡谷，走进郁郁青青的山林。

那是一片原始野生丛林，他漫步其间，仿佛闯入梦一般的幻境仙苑里。林间古木奇树高耸入云，清泉溪水淙淙流淌，到处盛开着一蓬蓬的花朵，空气中弥漫着芳菲之气。

他原打算走一段路就原路折返，却被眼前奇峻秀美的山景迷惑，不觉间走进密林深处。天幕逐渐暗沉下来，待他惊觉想要返回时，发现自己居然迷路了。

有着丛林探险经验的他，知道黑夜迷途深山意味着什么。在这荒僻的山林中，猛兽潜藏、毒蛇出没，随时会遇到危险。想到这些，他的内心被恐惧缠绕。

他在幽暗的丛林中，艰难地探寻出去的路，却宛如陷入迷宫。就在他感到万般疲累和无助时，突然瞥见前方林中闪烁着一缕幽光。那一抹温暖的微光，仿若一个隐喻，让陷入绝境的他看到了希望。

他迎着光往前走，来到一间小木屋前。他轻轻地敲门，有位老人开门将他迎进屋内，窗口的桌上摆放着一盏点燃的油灯。老人留他暂住一晚，说第二天一早送他下山，还热情地为他端来热饭菜。闲谈中他知道了老人的故事。

老人是位护林员，之前他和妻子一起守护山林，后来妻子去世，他将妻子埋在她生前最爱的这片林子。再后来他退休了，依然选择留在这里，当了一名义务护林员。

老人说守护这片林区近半个世纪，遇到过许多像他这样在深山迷路的人。每当黑夜来临，老人在破旧的木屋里点亮一盏油灯，也是为了给处于迷茫中的人以指引。

次日清晨，当绚烂瑰丽的朝霞洒落林间，将山林涂抹成一幅绝美的油画时，在老人的引领护送下，他从深山中走出来。

此后的许多个夜晚，他回想起那次迷路的经历，心底涌腾起一股暖流，激荡撞击着他的心扉。他觉得自己应当做些什么。恰好看到绿野救援队在招募队员，他报名参与应急救援技能培训并通过考核，成为正式队员。他一次次深入险境，化身救援使者……

他平静地讲述着，我却听得热泪潸然，心中弥漫着感动和遐思。

人生本是一场艰难的跋涉，然而只要有光亮，便不会在黑暗中陷入绝境，总能找到前行的方向。如果生活里没有了光，那就做个内心有光的人，照亮自己的同时，亦能温暖世界。

原载《脊梁》2024 年第 3 期

伟大的作揖

白荣敏

闽东北多山，人们依山而居、逢水架桥。小时候常听大人们对小孩说一句话：我走过的桥比你走过的路还多！换作在闽东北山区，小孩也可以用这句话对人自夸。先人们选择山中平地落脚建家，但要跨出村落，都会遇到桥。有的村落直接挂在山腰，要去对面山，必须要有桥，所以对于山区的孩子来说，桥是伴随童年一起长大的。到了结婚年龄，新娘子出嫁那一天，要准备许多的鸡蛋和红包，途中遇桥，鸡蛋抛桥下，红包分发给守候桥头的人。

最初的桥，无非就是解决通行问题的建筑。碇步、独木桥、石板桥，都是极简单、最原始的；木梁桥、石梁桥以木质、石质材料为梁架设，高级一点；再高级一点的是石拱桥；而木拱廊桥，是桥家族里的贵族、桥皇冠上的明珠，是老百姓写在山水间和文明史上的惊叹号！

我常想，人类的伟大之处，是在求生存和便利的同时不忘创造美——克莱夫·贝尔称之为"有意味的形式"。煮食物的器皿，演化为精妙绝伦的青铜鼎；从劳动号子开始，有了音乐和诗歌；结绳的"结"，进化为文字……每当面对这些人类文明的创造，叹为观止的同时，会被深深地震撼。这里面有磨难、悲伤、绝望、执着、希望、智慧、创造、欣喜、情感的力量、人性的光辉……木拱廊桥，是桥的极致之美，是桥梁中最"有意味的形式"。

因为桥梁上建有廊屋，廊桥在闽东北、浙西南又叫廊屋桥。大体说来，廊屋桥由两部分组成：由木拱构成的拱架和拱架上的廊屋。拱架代表着建桥者的工巧和智慧，而廊屋则洋溢着当地人民的善良和温情。

寻访闽东北廊桥，那一天我们去寿宁县坑底乡司前村杨梅洲。

车从县城出发，山路弯弯，过了集镇后往峡谷开进。汽车在陡峭的崖壁间盘旋，很难想象目的地是一个长满杨梅树的"洲"，那么美好。车终于停在一处山崖边，我们下车走石砌古道，下到谷底，但见一汪翡翠之上，一条虹桥高挂。

这就是杨梅洲桥了。不见杨梅，也不见"洲"，荒山僻野、陡崖深涧之中，廊桥傲然跨溪。溪不知名，水像染了颜色，让人怀疑上游染坊溃泄。两岸绿树茵茵，也像染过。大自然的绿色中间，灰褐色的桥身告诉我们，它是人类的手笔。资料显示，杨梅洲桥长 42.5 米，是两省之间的距离，桥那一头就是浙南的泰顺县。这个跨省虹桥始建于清乾隆六年（1741），乾隆、道光、同治年间多次修缮。现桥 1939 年重建，距今 85 年。85 年风雨侵袭，桥身外表溢满沧桑，但身躯依然硬朗雄健，桥头抵住悬崖，桥身向中间坡度拱起，以彩虹的姿势凌空飞架。

下到桥下溪滩，抬头仰望，可见桥身大木交错，但主要部分还是三组平行交织如十指相扣的长木组成，称为"纵骨"；纵骨相扣之处有木头垂直穿插，称为"横骨"。纵、横之间别压穿插，编织成稳定的桥梁基础架构。纵骨中间一组与水面平行，称水平拱骨，最高；两头分别与两边靠岸的一组交织，各自向岸边下斜，抵住桥堍。所有纵骨扣成一个巨大的拱形手掌，拜向天地之间。

木拱廊桥是闽东北人民面对天地自然，一个伟大的作揖。

"山险而逼，水狭而迅"（冯梦龙《寿宁待志》语），自然环境恶劣，太多的艰辛教会了人们要敬畏和关爱，敬畏天地、关爱自然。当年，造桥所用鸿梁巨木，虽就地取材，须建坛焚香致祭，长跪祈求，方能伐木。还说清乾隆五十六年（1791）那次重修，在立起的纵骨上安放中间水平拱骨的第一根大梁时，工匠们迟迟放不下肩上梁木，呼喊满山涧。此时山上猛然一声霹雳似的虎啸，工匠们悚然一惊，肩上的抬杠一起滑落，落下的大梁两端恰好放进预设的位置。

在中国传统营造活动中，几乎都会伴随着一些重要的宗教仪式与民间信仰行为，造桥更不例外。这些仪式有的祈愿工程顺利，有的祝贺圆满完工，有的祈求男康女泰、六畜兴旺，乃至期望风调雨顺、国泰民安，也表达对自然和神灵的敬畏。但"焚香伐木"和"虎啸桥成"故事告诉我们的似乎不止这些。砍树必须获得神灵的允许，上梁也要获得造化的帮助，神灵和生灵的加持，使杨梅洲桥披上神秘的色彩。我不知道故事的叙述者是不是要告诉我们：桥本身也是生灵之物，还是神灵的化身。

桥上建廊屋，是闽东北、浙西南木拱廊桥的独创，从建筑角度，拱式结构需要向下的荷载才能稳固，因此，桥上的廊屋非但不是负担，反而增强了桥身的稳定。很多木拱廊桥桥面用石块铺就，也是为了增加桥身的负重。这真是妙极，充满着智慧！而同样令人叹绝的还有廊屋本身。这桥上的廊屋，分明大大拓展了桥作为交通的属性，廊屋里可以休息、娱乐、交流，甚或交易。当地朋友告诉我，有别于浙西南廊桥，闽东北廊桥的廊屋还是封闭式的，就是说桥面和屋顶之间，浙南廊桥是敞开式的，而闽东北廊桥廊屋两侧多了栏板。

多了栏板，目的就是为待在廊屋里的人遮挡更多的风雨。以前，许多人需要这样的廊屋，过路的脚夫、无家可归者、露宿街头者、乞丐等等，那些没有家或者暂时没有家的人，廊屋收留了他们，栏板则拦住了他们身外的凄风苦雨。

可以想象，在闽东北，木拱廊桥廊屋里那一幕幕乡民生活的场景，洋溢着人间的温情。

想到"老人桥"，在福鼎市管阳镇，系明万历年间为纪念和奉祀一位邱姓老人而建。老人为人善良厚道，对淳朴民风的教化做了大量工作，特别以宁人息事见重于闾里，几十年如一日为人排难解纷，被公认为"和事老人"。但没想到在一次解决两妇人争执时被一悍妇破口大骂、恶毒侮辱，老人抑无可抑，散发狂笑，一跃投潭，终年八十有二。乡人哀悼之余，鸠工建桥于老人丧生潭面，供奉老人神牌香位于桥上廊屋之中。

以前面对老人桥，我常想，供奉老人牌位，在岸边建个神龛即可，为何非要建一座木拱廊桥！这里面似乎藏着一个隐秘而幽深的人文密码。后来我明白了，与其说，建桥与老人赴水有关，不如说，乡人们是以他们认为的最隆重的方式、最高的礼节纪念值得尊崇的人物；逝去的老人和他身上的光芒，他们认为只有木拱廊桥才能接得住、担得起。

老人桥拱起的桥身，是当地百姓对公序良俗的维护、对和谐安宁的期盼、对善行美德的作揖。

那几天，在闽东北寻访木拱廊桥，我坚定地认为，如果要为一个地方确认从人文孕育以来的胎记，那么，闽东北这个地方的文化胎记，非木拱廊桥莫属。

故，木拱廊桥又被称为人间彩虹。彩虹，多么绚丽，像希望在升腾。但大自然的彩虹易逝，而人类智慧和情感的结晶永存！

原载《福建日报》2024 年 8 月 15 日

草绿色的夜晚

窦娟霞

草绿色的柳条、草绿色的蚱蜢、草绿色的蝈蝈、草绿色的胖胖的菜虫在草绿色的包包菜上啃噬出来的有着细黑色边沿线条的草绿色的齿痕、草绿色的睡衣、草绿色的被单，以及草绿色的万物，和它们的草绿色的起始和根须，都是草绿色的，好像连发丝都成了草绿色了。

于是，相继地说起童年，说起少年，说起放牛，说起放牛的时候把赶牛鞭放在草地上，赤裸的小肚紧贴在草绿色的大地上，用稚嫩的笔尖在废旧的纸的碎片上绘画出来的草绿色的盆兰，以及那羞涩地骑在牛脊背上的脸色酡红的稚气未脱的少女，轻轻地咧开着嘴羞羞地笑，笑得洁白而温暖⋯⋯

在那关于草绿色的讨论里，所有的物象都清澈见底，所有的人都回到了童年，所有的雨水都恰到好处，所有的孩童都以乳汁喂养，所有的阳光都只晾晒被单和鞋子，所有的苹果都只生长在八月、也成熟在八月，所有的露水都环绕与晶莹在静谧的四合院周围，所有的姑娘都穿着草绿色的塑料凉鞋在山坡上扑打着蝴蝶，所有的爱都带着真诚的祝福和悲伤，所有的，所有的雪花，都会在最后落向大地的时候轮回到旧路、深情地把来时的路再走一遍⋯⋯

其实，那只是一个再平常不过的夜晚，然而，不知道为什么，所有的一切，都成了草绿色的了。

黄土高原起伏的曲线，在经历了一天的动荡以后，终于安静地跌入了夜晚，缄默了的口鼻，和枕头一样沉默。沉默着的口鼻，也都是草绿的颜色。枕头上面绣着一对还没有长大的鸳鸯，那鸳鸯的心意，想必也是草绿色的吧。草绿色的欢喜，内里也夹杂着草绿色的期许吧。那草绿色的青草的草气味道，让我似乎又一次尝到童年时期的破瓦窑里，那年轻时候尚还匪里匪气的三叔给哈曼曼、哈利合和我，以及他自己，用四块垒起的红砖头烧烤出来的清甜的草绿色的玉米棒子的味道。红嘴鸦在生长着草绿色小圆叶子的洋槐树叶间鸣叫，草绿色的蜻蜓的眼睛盯着我们，那么远，又那么近。

黄土高原黄褐色的温软泥土，被雨水淋湿了一遍又一遍，阳光以最细腻的部分轻触着麦田，那时候的麦子，不知道什么叫忧伤。飘荡在缓慢日子里轻薄的尘烟，在天空缓慢地书写着水波荡漾的清明尘世。女人们的笑容和头发都是真的。全部的人们，在许多年里，也只生一场病，也只是轻轻地咳嗽。做母亲的，只需将一段黄褐色的草根在沸腾的炉火上的老铁锅里沸煮得翻滚几个来回，让生病的孩儿服下，那病便也就好了。借此，他的健康的青春，也从此一如草绿色的庄稼一样，在这个尘世间莽莽撞撞地生长了。

那时候的人们不懂得寻找意义和光芒，一切，都自然而然地在他们身上、在万物的身上。阳光与风，鲜花和草叶，和善良无关，和定义无关，和一切人类所自觉去捆绑与被捆绑的道德和律法无关。它们自由地生长，它们自由地生长在廊檐上、在土墙角里、在麦垛下、在任何包容而滋养的地方，以一枚祥和内守的心自我生长、灵泽天地、水润古今、不灭清辉。

再高昂的山峰上，也有泥水滴就的草窝，再低洼的谷底里，也有努力向上生长的草绿色的生命。做一些什么，让这个世界变得更美好，就像那天真的生命带着人类最初草绿色的奋进和蛮力。

老子坐在水边沉思的时候，我想，他的苎麻织就的宽大衣衫的襟袖，一定是带着青草草绿色的清甜气息的吧。一只草绿色的蜻蜓小巧淘气地飞起落下，并不留下伤口和齿痕。他的头顶上，也一定是那一面被万千年风霜磨洗得清白草绿的高天皓月吧。仁山智水，朴拙人性，他的心和他的教化、他的行迹，只以一颗心的宽和与厚朴，自由舒展地行走在宽阔的道路上吧。他所行走过的道路圣洁而斑驳，有着草绿色的芬芳、草绿色的昭彰、草绿色的道义。

只一人，其余便是青牛，便是古石，便是碧落，便是烟雨，便是荷池，便是焰火；只一言，便是思想，便是方法，便是经文，便是救赎，便是修持，便是道路。

通往函谷关的道路很长，人们得要经过多少草绿色的小径，得要领受多少大自然草绿色的清新和启悟，才能登临那扇大门，而进入属于自己的草绿色的心灵圣殿啊。在那一个一如大自然般清新丰厚、朴拙广阔的世界里，没有困惑，没有你我，没有焦灼，没有争锋，没有史乱，没有杀伐。一切都是安然祥和的样子，一切都是昌盛峥嵘的样子，一切，都是"我"本来的样子。

"道可道，非常道；名可名，非常名。"在那个人类的思想和气质还都是草绿色的青春时代，我们都没有名字，我们都是一家人。猫是猫，狗是狗，皇天是皇天，有皇天之德，后土是后土，有厚土之恩；猫有猫性，狗有狗性，菽也只是菽，粟也只是粟……皇天是清澈的透蓝色，后土是清甜的草绿色。人，也是人，人有人性，人有人德。

带着清甜露水的新草细长的叶子，葳蕤淑范的草绿色的蒹葭脊上披着如霜如月的白痕。姜黄花叫"邼"，《诗经》有曰："厘尔圭瓒，秬邼一卣。告于文人，锡山土田。于周受命，自召祖命，虎拜稽首：天子万年！"蔓荑不叫"蔓荑"，叫作"芩"，曰："呦呦鹿鸣，食野之芩。我有嘉宾，鼓瑟鼓琴。鼓瑟鼓琴，和乐且湛。我有旨酒，以燕乐嘉宾之心。"萝藦叫"芄兰"，狗尾巴草叫"莠"，曰："无田甫田，维莠骄骄，无思远人，劳心忉忉。无田甫田，维莠桀桀。无思远人，劳心怛怛。"

啊，万物，草绿色的植物，草绿色的溪涧，草绿色的文字，草绿色的鸟类的眼眸和鸣叫，草绿色的泪水，草绿色的誓言，草绿色的爱情，草绿色的愤懑，草绿色的回望，还有，草绿色的万物的光芒与昭彰。

美人不迟暮，木叶不凋零，明月不昏晦，人也不分离。星空和大地一样明澈，雎鸠谦卑温软地鸣叫，交交黄鸟止于棘，鹑鸠翩翩在空中飞翔，肃肃鸨羽，集于苞栩，七月流火，九月授衣，春日载阳，有鸣仓庚……

白云，碧水，坳口，骤马，青牛，花影，琴瑟，露水，色季拉山上的那擎着七色美丽格桑花的细长的花茎，还有，远山顶上对望着的沧形草上的露珠，南迦巴瓦峰上的野兔和幼獾，看到草绿色的荆棘结了果。甚至鱼纹，甚至古陶，甚至黄金，甚至古老的文字，以及坚硬的骨头，都恪守着它的本真和本性，各乐其业，各司其职。天地万物只有一个标准，那就是自然之德、自然之仪、自然之心。草绿色的大自然的青春时代和草绿色的人类的青春时代，以及草绿色的人类思想的青春时代，是多么地令我神往啊……

我想，我这样一个平凡得不能再平凡的人，在我疲惫的灵魂的某一个神妙时刻里，一定是和世间万物里这一应最青春的部分、最生命的部分深有灵犀，不然，我是怎么会如此沉着而精微地感知与热爱着它们呢？

清风放牧的羊群，掩映在草绿色的天空下，广袤沙漠形成丝绸般光滑的曲线，令多少怀揣着绚烂梦想的年轻人渴望又赞叹不已。哪怕是一匹苍凉年迈的老马，在古道西风的夕阳之下，也在以一滴万古忧郁之泪水，昭彰着它对于自己也曾以青春飒爽的身影，在草绿色的原野上无羁奔驰的无限怀念和向往。

柴堆燃着它的焰火，星星发出它的光亮，第一只斑鸠的鸣叫声里涵蕴着月亮的清辉。所有的母亲的手掌上，尽皆是她的婴孩的气息。宇宙的无数个黎明重叠，重叠再分离，分离却又相遇。水洼润泽着奔跑的麋鹿。一只蝉奋力蜕下了它旧的囚衣。木柄不恨它自己一生只能顺从于一把斧子，而斧子也并不嗔怪自己使命的狰狞。北斗星的柄勺回转在无数次的使命和遗忘之间。草绿色的麦子和草绿色溪水的波纹，流抚而过。万事万物都想跨过冰冷的雪山和莽莽的黑夜，找寻到生命最最青翠的草绿色的路途，回家。它们，都想回家。

新雪落在旧雪上，新阳叠在旧阳上，新草倚在旧草上，新水铺在旧水上。毛茸茸的草绿色的树叶，热闹了整个春天。一个年轻的姑娘，从村子里带回来的，只有好消息，把手洗净，安静地给心上人做一碗羹汤。草绿色的叶子，从树干中钻出，草绿色的牵牛花的茎蔓，教会了我们怎么做人。它们密密地连接，紧紧地团结，向上向前方延伸，用细嫩的根须紧抓住大地，却又毫不悲伤，而是欣欣向荣地向着这个世界，以粉红色，以青白色，以红黑色，以天蓝色，以夕颜，以朝容，以牵牛花，以喇叭花，以打碗碗花，向这个世界展示和倾吐它的美丽和芬芳。

人生，或者说活着，在某个特定的时域内，在这样一个特定的夜晚里，在这一方幽淡的夜空下，是的，就是今夜，就在此刻，我忽然只想理会这万事万物，包括我自己的心绪。哦，这醉人的草绿色，还有这醉人的草绿色的夜晚。

原载《散文》2024 年第 5 期

记忆深处的狗尾巴草

彩　虹

　　周末带着孩子回趟老家，田间地头的野花野草长得恣肆，不知是物种的变迁还是自身缺少观察，有好多野生植物都是小时候不曾见过的，好在有"识花君"总能帮你寻章摘句道明出处。而让我倍感亲切的莫过于那长势蓬勃的狗尾巴草。在一片洋芋地里，因为有塑料薄膜覆盖，洋芋的茎蔓跟杂草的长势平分秋色。我随便拔了三四朵狗尾巴草就是绿茸茸一大捧，煞是好看。像小时候那样，将茸茸的"毛尾巴"扫在脸上、扫在胳膊上、扫在腿肚子上，那种痒酥酥软绵绵的感觉瞬间唤醒了我童年的记忆。

　　这种草的学名叫作"狗尾巴草"，但那茸茸翘翘的毛穗子更像是猫咪的尾巴，而我们当地人则叫它"谷莠子"，大概长得像谷子一样的缘故吧。就这种狗尾巴草，我们的"谷莠子"，更像是我童年时代一个绵软温暖的自然符号。那时，用毛茸茸的大尾巴编一副绿色花环戴在头上，真是又凉快又潇洒，光看着地上的影子觉得都像秦腔戏里的玳瓒公主，再编一个戒指戴在手上，似乎真就嫁给了什么王子。稍微长大点，狗尾巴草不再是花环和戒指了，而是作为牲口的草料来帮助我完成劳动任务的。狗尾巴草绵软细腻，对牲口的口感和我薅草的手感都特别友好。

　　我们这代人的童年，基本都以干活为主学习为辅。学习基本没啥压力，能考六十分就算好学生。考不及格多留两级也无所谓，反正迟早是要干农活的。虽说学习没要求，但干活有任务，不论早晚，每天得背回来两篓子驴草，有时候也得铲猪草。驴子吃得粗糙，以冰草为主，如果能有些绵香醇厚的狗尾巴草，那就是驴子无上的口福。猪儿则吃得精细些，以苦苣、蒲公英、灰灰菜为主。那些也都是人能吃的野菜，只不过嫩的时候人吃，长老了才成为猪草。

关于铲驴草，我最佩服的人就是我娘。在看似光秃秃的田埂上她总能铲出一大堆冰草来，一趟背不完，得两趟三趟地往家里背。驴子有的草吃了，我的任务也就减轻了，可多可少，因为娘已经帮我超额完成了任务。只是，娘还要干更重要的农活，很少有时间去铲草。娘铲草从来不多跑路，随便一条田埂或者一片山坡就行，趴在坡面顺势而为，右手拿铲，左手拾草，手速快得像收割机。被娘铲过的田埂，就像剥了一层皮，但只是铲草并没有除根。而我铲草时，总是跳来跳去，田埂上那些若有若无的冰草我是铲不到的，须是又长又粗的老冰草。那样我才能徒手薅草，也就是连根拔掉。遇上土质硬的田埂，拔草的时候手又捏得不紧，一把薅去，手指会被拉出一道道血口。疼是真疼，但篓子不能空着回去。撮一撮细土撒到伤口上既能止血，也能止疼。迫不得已的时候也用铲子铲冰草，但铲破手也是常有的事。如果有幸在撂荒的地里或者谁家粮食地里碰到狗尾巴草，那简直就是踩到了狗屎运，可遇而不可求。因为狗尾巴草一般生长在松软的土壤里，茎叶肥厚绵软，对我薅草的小手非常友好，温暖感十足。所以狗尾巴草对我来说，就像白素贞的千年灵芝一样地珍贵。

记得有次我约堂妹一起铲驴草，经过一片高粱地时，突然发现高粱缝隙里全是狗尾巴草，也就是我们所说的"谷莠子"。我简直不敢相信自己眼睛，拉着堂妹指着"谷莠子"草给她看。堂妹心领神会，一猛子扎进高粱地拔起草来，随后我也钻进去拔了起来。不到半个小时我们就满载而归。

晚上，娘给驴子铡草的时候看到满满一篓子"谷莠子"草，顿时大惊失色，斥责我在哪里"害的人"。我说是党家湾湾里的一片高粱地里拔的。话音未落，我的屁股挨了火辣辣的几鞋底。娘拉着我去给高粱地主人赔情道歉，我怯怯地躲在娘的屁股后面，生怕自己的屁股又被打开了花。好在那家主人非常善良，没有追究没有责怪，还说他套种的谷子本来太稠了，一直没顾得上破苗。

"吃一堑长一智"，从那以后我不会把"谷莠子"草和谷子苗搞混淆了。而且我也知道高粱地套种的谷子不是为了打粮，而是为了种草，因为高粱和谷草是冬天喂牲口的最佳搭配。

时至今日，我一看到狗尾巴草就想起那家主人的宽容，心里暖融融的。因为就算人家的高粱地里真有"谷莠子"草，而我在别人家的草地里薅草，也是在别人家的羊身上薅羊毛了！

原载《甘肃经济日报》2024 年 9 月 12 日

今生今世

寇　洵

母亲走后不久，父亲搬到了城里。母亲不在了，父亲触景伤情，再也不愿一个人住在老家，就到城里租了一间房子。

父亲租的房子在城北一带。那一带是回民区，有一条小巷子，是饮食街。巷子口有几家卖牛羊肉的。我回家经常要从那里穿过。那条街一天到晚熙熙攘攘的。我不喜欢热闹。母亲走了之后，我习惯一个人静静地待在一个地方。我以前不是这样的，母亲走后，我像变了个人。

父亲租的房子在一楼。这间房本来是房东的儿子用来做婚房的，但房东的儿子把婚结在了外面，房子就空了下来。这间房收拾得干干净净，连屋里的家具都齐整了，父亲搬过来时，没有怎么费事。母亲走后，父亲干什么，似乎都提不起精神。

父亲过来时，把母亲的遗像也带来了。父亲把它端端正正地摆在客厅正中间的桌子上。我从外面回来，一眼就看到了母亲的遗像。几乎在同时，我的泪就下来了。我不敢看母亲。我重重地跪在了地上，跪在母亲的遗像面前，泪水长流。我的心抽搐着。好半天，父亲过来，硬把我拉了起来。

房东是一个五十来岁的老太太，她很同情父亲。父亲情绪低落，有时候一直不开火，她就把做好的饭端过来。她劝父亲想开一点。

父亲烟瘾很大。母亲走后，他的烟抽得更厉害了。白天，他蹲在屋檐下，默默地抽着烟，呆呆地望着远处。夜里，他睡不着，半倚在床上，一根接一根地抽烟。烟头的火光明了又灭，灭了又明。

下雨了，我听到哗啦啦的响声。我开始怕下雨。父亲说，梦见下雨，就意味着要流泪。母亲走后，我越来越怕看见雨天。但秋一深，雨就落得勤了。我想起山上的母亲，她躺在那里该冷了，我哭了。

父亲租的房子后面是一座山。山叫九龙山，很高，也很大。我有一次回去，父亲带我去爬了一次山。我们从坡根一直往上爬，爬到山顶上。站在山顶上，往下看，县城就在眼底了。我没有心情看山下的县城。我往高处看，高处是高远的蓝天，天上浮着白云。白云之外，天空空空荡荡。我长久地看着那虚空处。看得久了，我觉得母亲就在上面。母亲正在看着我。我恍惚觉得，我看到了母亲的面容。母亲还像从前那样。

父亲搬家后，住到了城北的锯木厂。锯木厂有三四间石棉瓦房，父亲住在中间的一间。锯木厂有很多木料，多的是桐木、杨木，堆得像小山一样。我常常过去坐到那些木料上。想起母亲的点点滴滴，我忍不住泪如泉涌。

锯木厂对面是南山。傍晚时，南山雾霭沉沉。我有很多次看见，南山举着夕阳缓缓放下。我看着落日一点点沉下去，我总觉得母亲也从那里消失了。我的心也跟着沉了下去。

锯木厂东边是一个山头，有一条土路通到山顶上面。山上是野地。有一天夜里，我独自走到那里。在空旷的野地里，我抬头看到天空繁星密布。我盯着其中的几颗，它们朝我眨着眼睛。看得久了，我觉得那是母亲的眼睛。母亲在天上看我。

夜深时，我躺在床上，听到北风从门缝里挤进来，在屋里发出呼啸的声音。这声音尖锐而刺耳，我想起小时候的夜里，也是这样。唯一不同的是，那时候我每次睁开眼睛，都能看到灯下的母亲。母亲在那里缝缝补补。煤油灯暗淡的光芒把母亲的身影放大到墙上，占半个墙面那么大。母亲在墙上缝补。她在墙上纳着鞋底。那厚厚的鞋底，是母亲一针一线缝出来的。我看着墙上的母亲，不知道什么时候睡着了。我想，那时候我的梦一定是香甜的。

母亲走后，我有很多次从睡梦中惊醒。我一会儿看见在小河边浣洗的母亲，一会儿看见在山坡上伫立的母亲。在村路上送我的母亲，在家门口眺望的母亲，做好饭菜等着我的母亲，像从前那样、在我的生活里的母亲。有一次，我在梦里看到母亲流泪了，忽然间我意识到母亲已经走了。我急得大哭。我被吓醒了。那种醒来后的失落是前所未有的。醒来后，我才想到，母亲是真的走了。我再也看不到她了，我再也看不到母亲了。我在黑暗中默默地流着泪，流着。

我要离开小县城了，父亲把我送到车站。父亲去买好车票，把我送到车上。车开走之前，父亲一直站在外面等着。车快开了，父亲走到车门口，冲我招招手。车开动了，我回头看见，父亲跟在后面。他那么瘦小，那么单薄。我忽然想到，我只有一个父亲了。

原载《西安晚报》2023 年 12 月 6 日

米脂，爱情的圣地

孙庆丰

一

米脂，千年古县，窑洞古城。

历史风云千年激荡，隐去了多少秘史和传说。有人从窑洞中读出了苦难，我却读出了爱情的隽永。

黄梅戏《天仙配》中有这样一段唱词：寒窑虽破能避风雨，夫妻恩爱苦也甜。如此说来，一座窑洞古城，不也是一个爱情的圣地吗？

米脂自古出美女，此事已是天下皆知。然鲜为人知的，是米脂缘何出美女。抑或有人会持此种论调，答曰：米脂山好水也好，一方水土养一方人。

泱泱中华，幅员辽阔，锦山秀水，灿若星辰，却不见哪些地方的美女，能够美过米脂的姑娘。这，无疑给一座千年古县，亦可称作千年美女县，蒙上了一层神秘的面纱。

神秘，本身就是一种美，让人心驰，让人神往。然而米脂姑娘的美，不是那种世俗意义上的美，而是一种超凡脱俗的美。她们是天使在人间的化身，集勤劳、善良、博爱、坚韧、忠诚等中华传统美德于一身。

她们用至善至美、至真至纯的爱情故事，演绎着一座千年古县的沧桑风雨，人间的多少喜怒哀乐，全都收纳于那些密密麻麻的窑洞之中。

一座窑洞，就是一个旷古的传奇。一片窑洞，就是一部厚重的史书。

二

千年的风，吹拂着古老的墙壁，每一声来自历史深处的回响，都是一个让人敬畏的爱情故事。

米脂，这片被美眷顾的土地，我想，最初的最初，在这里落户的，一定是一对恩爱的夫妻。他们男耕女织，勤劳睿智，用爱，建起了米脂的第一座窑洞，也播下了第一粒美丽的种子。

善良，就是人间最美的种子。此后逃荒或为了躲避战乱，当路人看到窑洞的上方有乡愁的炊烟升起，或借宿，或讨食，夫妻都是以诚相待，惹得路人无不叹曰：此心安处是故乡，心一旦有了栖息的场所，又何必再去流浪。

人流云集，窑洞复加，兴旺的烟火遍地升腾。窑洞，就成了古代米脂一道绝美的风景。

远去的历史，无法还原的真相，哪位先人发明了窑洞，或许已经很难考证；能考证的，就是这些承载了世代米脂人繁衍生息的窑洞，一直是这片土地安居与幸福的图腾。

"寒窑虽破能避风雨"，就是安居；"夫妻恩爱苦也甜"，就是幸福。而创造安居与幸福的，无疑离不开美好的爱情。爱情美好了，人才会优生，千年以来，才会出现这样一种现象：纵然窑洞闻者少，米脂美女天下知。

三

一场无声的雨，在古城滴落，多像是那些深藏在窑洞里，被岁月掩埋的，幸福的哭泣。

哭，在米脂，很多时候并不是悲伤。哭泣的米脂姑娘，看上去比平时更美，因为她们的心底，充盈着被爱情滋润的、清一色的幸福。

倘若你看到一个米脂姑娘哭了，请不要打扰她，就像看到一朵荷花沾着露水，只可远观而不可亵玩焉。

那么多的窑洞，不知承载了多少幸福的泪水。爱情的信念，在人心深处也越来越坚贞。

亦如那些窑洞，千年以来，风吹不动，雨打不动，一座挨着一座，手挽着手肩并着肩，仿若一对对知心爱人，于无声处，彼此诉说着对爱情的忠诚。

米脂人的爱情，与物质无关，只要能有一座窑洞栖身，纵然家徒四壁，那又何妨。一双手加一双手，一颗心加一颗心，就是希望和美好，就是安居和幸福。

窑洞，从来不是苦难的象征；凝结的，是古代先人的智慧。房子再牢固，没有牢固的爱情，何来美好的生活？寒窑虽破，能避风雨；夫妻一心，其利断金。

窑洞，一部多么珍贵的爱情宝典、生存哲学，护佑着一座千年古县，爱情的美德代代相传，文明的薪火生生不息。

四

一座座窑洞，一页页泛黄的史书。每打开一页，都是一个可歌可泣的爱情故事。

爱情的主人公，多数都是凡人，平凡到历史都把他们遗忘了。只有这些窑洞，甘愿成为他们忠实的记录者、传播者。

所以，它们不惧千年的风雨，依然坚实地挺立到现在，就是想告诉后世的米脂儿女，他们的祖先，曾经如何用爱创造生活，创造了这华夏人类居住史上，让全世界都惊叹的窑洞文化。

勤劳睿智的米脂先人，抑或早早地就洞穿了，人与自然和谐相处的生存哲学。他们就地取材，建造窑洞，不破坏环境，不毁坏生态。这，不正是一种自觉而朴素的生态理念吗？

尤其是，窑洞所具有的冬暖夏凉、健康环保这种天然属性，本身就是一种生态传奇。可想而知，健康的生活居所，加上夫妻恩爱的情感，他们爱情的结晶，想不美都不行；他们的寿命，想不长久都不行。

窑洞，作为古代中华文明一种特有的生态符号，其建筑学、社会学价值不可估量，其魅力绝对独树一帜。

否则，历经千年的风雨，这些窑洞缘何屹立不倒、坚实如初？亦如这些从贫穷中走来的米脂人，对待生活总是乐观向上、勇毅前行。

五

再大的风，也不能吹散，一片土地倔强的傲骨。坚实的窑洞，就是米脂人性情的写照。

就算现在生活好了，许多人都搬离了窑洞，但隔三岔五去看看窑洞，已经成了新时代的米脂人，生活中不可或缺的一部分。

每当人们注视着那些窑洞，俨然就像在与时空对话。在流转的光阴里，每一座窑洞，都是他们血脉相连的亲人。看一眼窑洞，浮躁的心情瞬间就能笃定；看一眼窑洞，浑身就有了向上的精气神。

如此，窑洞其实也有生命，看似一种凝固的建筑，灵魂却早已抵达了不朽。仿若，这些窑洞时刻都在用温和的眼神，注视着这些后世的米脂人，冥冥之中告诫他们：即使生活再富足，也要保持勤俭持家的传统。

祖先的寒窑，纵然物质一贫如洗，文明的美德却何其丰腴，宛若暗夜里点亮的火把，照亮了一片土地美好的征程。

如今，这些散落在大地上的古老文字，或许只有米脂人才能读懂，它们以倔强的风骨，所彰显出的一片土地最美的建筑形态，有祖辈的美德，浩荡的文明，也有人间最美的爱情。

据说，时下有许多外地的情侣，慕名前来窑洞古城朝圣。在他们心中，米脂，已然是一个爱情的圣地。

原载《散文百家》2024 年第 6 期

瓦松如莲

廉彩红

瓦松，着实让人猜不透心思。说它低调吧，它站在高高的房瓦上，睥睨众生。说它高调吧，它颜色黛青，不娇不艳，身高不过一拃。

在乡下生活时，我常常望着房上的瓦松沉默良久——它们从种子到发芽到长大，得多久？它们又能活多久？似乎没有答案。

奶奶说它是长在房上的莲。莲是观音菩萨的坐骑，观音是大慈大悲的，和观音相关联的一定有慈悲心，瓦松当然也有。

奶奶笃信不疑。当年的我，对奶奶的话不置可否。

隔着两三家的麻妞家的二小子，皮肤瘙痒，生疮长癣。麻妞采用村里中医的建议，采了瓦松，搭配几样中药天天给二小子熏洗，竟然痊愈了。这让奶奶更坚定了瓦松慈悲的观念。

我坐在院子里，抬头看到黑色的瓦片如鱼鳞一样铺在屋顶，起伏如水。青灰色带红边的瓦松，这里一簇那里一簇，是鱼鳞画上极妙的点缀。大概瓦松才是主角，若没有瓦松，瓦就失去了灵气——瓦过于实诚和烟火了。瓦踏踏实实地守护着人间悲喜，它担负着太重的使命和责任。瓦松，则多了些诗人的浪漫和天真，有一种不谙世故的纯粹。

奶奶又笑我，没有瓦，哪来的瓦松？懂生活才最重要！

天空蓝得干净，阳光投射到瓦片上，也投射到瓦松上。瓦片欢喜地慵懒地晒着太阳。但瓦松不经晒，它一身的水气，太娇弱了。阳光灼烈时，瓦松昏昏沉沉，交出了自己的水分和精神，萎缩着身子。雨来了，瓦松才兴奋起来，枯萎的身体顿时舒展开来，它拼命地吸纳着雨水，让雨水浇透自己的身体和心灵。它摇摆着，向雨诉说着情意。

每次雨后，我看到清清爽爽、精精神神的瓦松，心里也是一阵喜悦。

夏末，奶奶种了指甲花。黄昏时，奶奶采了指甲花要给我包红指甲，她在捣碎的指甲花里也放入了少许瓦松，奶奶说这样包出来的指甲容易上色，好看，时间长。

包好了指甲，我举着两手坐在门帘后，看对面房顶的瓦松。它们在黄昏的霞光里，映出一片光芒，如梦如幻。有几株瓦松长得实在太大了，匍匐在房檐口，似乎在打探房里的秘密。

我对奶奶讲了后，奶奶说，它也好奇。不过，它不会给人到处说去，尽管让它看吧。

中学后，我学到了更多关于瓦松的知识。历史深处的瓦松赢得了诗人的尊崇。唐朝文人崔融在《瓦松赋》赞它："进不必媚，居不求利，芳不为人，生不因地。"李晔在《尚书都堂瓦松》写道："接栋临双阙，连甍近九重。宁知深涧底，霜雪岁兼封。"将它比作寄居高位的志士。卢纶说"绕池墙藓合，拥溜瓦松齐"。韩偓有"睡起墙阴下药阑，瓦松花白闭柴关"的诗句。

奶奶听了我的慷慨陈词后，不以为然。她莞尔笑曰，你那些诗给诗人说，我就知道老天爷让它长在瓦上，就有长在瓦上的道理和作用。有用就是它对人的仁慈心。

我和奶奶道不同却能相互为谋，依然一个锅里舀饭，一个盘里夹菜，依然因为一句玩笑话笑得合不拢嘴。

日子一天天过下去，像莲花绽开一瓣瓣的馨香。奶奶说，日子像莲花瓣，当然也像瓦松，水灵、饱满、活泼。给点雨就长，给点风就开花。

日子开花！多美好的寓意。

后来，老房子被拆了。我们住着的平房上不长瓦松。奶奶为此叹息不已。

再后来，我们离开乡下，来到城市，更难得见到瓦松了。

那年秋天，我和几个朋友去山村采风。在一户人家门口看到堆放的瓦片上长着几株瓦松，惊喜万分，围绕着它不停地拍照。瓦松不曾改变模样，看到它，我想到了奶奶，物是人非的惆怅袭上了心头。

堆放在地的黑瓦上的瓦松、青苔的痕迹、虫痕、雨迹，无声而恒久，它们比人生长，也因此，它们无限承担着人间悲喜离合、思念和祝福！

原载《辽宁青年》（校园版）2024 年第 3 期

辑

五

豹虎岩下的森林

李青松

南岭南麓，莽莽苍苍。

这里是豹虎岩林区——我是在某日清晨进入森林的。高大的松树，凭借庞杂的根系和聚气巢云的树冠，总是占据着森林中最惹眼的位置。它无须争抢阳光，阳光是它的同盟，需要多少满足多少。一些微小植物在森林的底层自得其乐——微小不是劣势，也不意味着失败。它们在最适合自己的空间里繁衍生息，演绎传奇。

更奇的是它了——丹霞地貌的山体下有一个大岩洞，洞阔数米，岩壁长二十余米。岩壁上布满洞窍，罅隙纵横。早年间，曾有金钱豹栖居，后又来了华南虎，也栖于此洞。一山不能容二虎，一洞却可容豹虎。豹虎同居，乃奇闻也。于是，当地人为岩洞起名，曰之——豹虎岩。我来到这里时，未见金钱豹，也未见华南虎，而豹虎岩却在。岩洞里幽暗潮湿，岩壁表面积存着一层厚厚的鸟屎。时不时，暗处会传出怪异的声音——"呀呜呜——！呀呜呜——！呀呜呜——！"

仰首观之，岩洞之上那块巨大的岩石不知在这里矗立多少时间了，或许是冰川时期的产物吧，抑或是在时间存在之前它就存在了。其色非黑非白非红，可黑白红之色又各有一些，可谓具象与意象并置，近看像金钱豹，远望又像华南虎了——它是这片森林的标志物。可是，属于它的坚固、粗粝、稳健、硬朗和险要等一些词汇已经或者正在发生动摇，因为苔藓已经爬满它的表面，苔藓会以强劲的韧性和持久的耐力，一点一点消蚀它，让它成为生长万物的土。苔藓是有牙齿的吗？

苔藓有没有牙齿，我不知道。但我知道斧头有牙齿，砍刀和锯有牙齿。二十世纪五六十年代，在"大跃进"和"木头财政"时期，乱砍滥伐严重，豹虎岩林区的森林惨遭厄运。从而导致山洪频发，灾害不断——这不是自然的威力，而是被人类的威力所改变的自然发出的威力。

树影里闪出一个人，人影里闪出一只狗。

护林员饶信林带着"嘉宝"正在巡山。他面容清瘦，双目炯炯，身穿迷彩服，头戴迷彩帽，胸前挎着望远镜，腰间挂着绿色军用水壶，手里持着一把弯月镰刀。"嘉宝"跟在饶信林身后，摇着尾巴。它东闻闻西嗅嗅，任何可疑的蛛丝马迹也不放过。

其实，我一入林子就被他发现了——隐蔽处的电子监控设备，已经把我的一举一动传输到他的手机上。饶信林守护这片森林已经三十五年的时间。他是客家人，出生于一九六八年十二月，读书只读到初中，就再也没有进过校门。饶信林扛着一杆猎枪钻进豹虎岩森林里，猎麂子、猎猪獾、猎赤鹿。那时候，国家尚未制定《野生动物保护法》。对于饶信林来说，打猎比读书更有意思。某年某月某日，一头野猪被他一枪射中，可那头野猪却没有死，待他近前时，愤怒的野猪冲向他，一头把他撞到悬崖边上。本来再撞一下，他一准会跌落悬崖摔死，可那头野猪瞪着血红的眼睛看了看他，哼——！转身走了。

饶信林向崖下望了一眼，倒吸了一口凉气。他瘫倒在地，眼前一片漆黑。也不知过了多长时间，一阵山风将他吹醒。那一刻，饶信林做出一个重大决定——用石头把猎枪砸断，扔下悬崖，从此不再打猎。后来，他就成了护林员，还受当地政府委托，创办了"豹虎岩家庭林场"。

平时除了巡山之外，饶信林与妻子林祥优就在荒沟荒地荒坡及可造林的地方，种树种竹种果种药种菇，把残破的林相一块一块缝补起来，把光秃的裸岩一点一点披上了绿锦。经过三十五年的封育和重建，豹虎岩林区渐渐恢复了生机。松树、杉树、香樟、荷树、米锥、杨梅、拐枣树等乔木和多种灌木及浆果植物，让森林的概念在豹虎岩具体而鲜明。

森林需要空间的分布，也需要时间的积累。

森林涵养万物，也创造万物——构成森林生态系统的当然绝不仅仅是一些树木——黄腹锦鸡、猫头鹰、山鹧鸪、花面狸、豹猫、赤鹿、水鹿、蜜獾、豪猪、刺猬、金钱龟、眼镜蛇、蟒蛇等野生动物出没林间。许多消失多年的珍稀物种，比如金钱豹、鬣羚、白鹇等也重现身影，森林里充满生命的律动。

饶信林还养了四十箱土蜂，采蜜贴补家里开销是一方面，更主要的是让土蜂传播花粉、散播种子，增加森林的生物多样性性。他深知，只有生物的多样性，才会有森林的稳定性和可持续性。可是，蜂箱里的蜜，却常被蜜獾偷食。饶信林见之，哈哈一乐，说，剩下的总比偷食的多嘛！无碍。

豹虎岩下，有一株米锥树，四人还不能合抱，可谓南岭山区的"米锥王"了。每年十月间，米锥果成熟的季节，"米锥王"树下就会有成群的白鹇前来觅食。本来，米锥果捣碎可以加工制作成糍粑、粉条、豆腐等客家特色美食，但考虑到米锥果是白鹇的最爱，饶信林就对其妻林祥优说，米锥果还是留给白鹇吃吧，我们就不要捡拾了。

一对白鹇干脆在"米锥王"旁边竹林里筑巢，安家落户了。白鹇的巢很粗鄙，其实就是土坑里填充一些芒草、树叶和羽毛，乱蓬蓬的，一点也不雅观。饶信林带"嘉宝"巡山时发现，白鹇居然已经在巢里下了七枚蛋。白鹇蛋比鸡蛋大些，青绿色略有麻点。

孵化期一到，"嘉宝"担负起守护的任务，尽职尽责。某天，一条毒蛇打起那七枚白鹇蛋的主意——它从一根竹竿上蹿下来，不断伸缩着舌头，迂回着向白鹇的巢靠近。潜伏在芒草丛中的"嘉宝"冲出来，一口咬住毒蛇，疯狂甩动。可是狡猾的毒蛇，还是把毒液注入了"嘉宝"的嘴巴上。忍着疼痛，"嘉宝"狠咬毒蛇不放，终于把那条毒蛇咬死。毒液发作后，"嘉宝"昏睡了三天三夜，竟然奇迹般苏醒过来。我头一次见到"嘉宝"那天，它的嘴巴和脖颈的肿胀还没有完全消解。

饶信林带着"嘉宝"又去巡山了，警惕的眼睛四处打量，草木荣枯了然于心。一前一后，一大一小，隐入森林深处。

忽然间，森林就起雾了。雾在豹虎岩脚下野性地流动，一层幛，一层纱，一层幕。阳光迟迟照不进来，就躲到豹虎岩身后的阴影处潜伏了。陡然间，阳光就跳出来了，唰地一下就抓挠到雾的痒痒处了，咯咯笑着，雾便做着媚态扭动着蛮腰升腾起来了。一团一团，一绺一绺，一条一条，一堆一堆，一群一群，有一种内在的力，风骚地使着暗劲儿，翻滚着，如同"百年卤煮"老号大锅里煮沸的汤，日夜翻滚着，日夜翻着滚着。可是，就在我眨眼的瞬间，雾就散了，无影无踪。

我在想，自然的本质到底是什么呢？豹虎岩隐秘的角落，一定还有很多关于人与自然的故事，待我去探求。森林的空隙间，有些藤蔓已经干枯，有些藤蔓还在攀爬。是的，有多少植物退场，就有多少植物上场。新生总要胜过衰败。在古希腊语中，美与自然是同一个词汇——自然即美。如果说美是一种关系，那么森林便创造了一种美的关系。美，不是静止的，美从来都是动态的过程。同时，美还是净化和舍弃过剩的过程。

　　我似乎隐隐悟出点什么了——什么呢？或许，自然的本质就是创造生命。因为，在一定意义上说，整个地球都是自然，并且永远都是。

原载《人民日报》2024 年 6 月 5 日

永远的鲥鱼

陆春祥

一

春夏之交，钱塘江口，宽阔的江中，一群海鱼在嬉戏，有黄鱼、鲳鱼、鮸鱼、鳓鱼、秋刀鱼、青占鱼、鲻鱼等，它们从东海而来，在这咸淡相间的水中，惬意无限。

突然，箭头、燕尾、窄背、宽腹，一群鲥鱼闯过来了。鲥鱼们通体略呈苍色，银鳞闪光，它们的肚子上都有坚甲似的鳞。此鳞极锐利，如刀刃般锋利。其中领头的鲥鱼问一条大黄鱼：听说此江上游富春江，水质清洌，食物丰富，我们不如游去富春江吧？大黄鱼点头，又摇头。问话的鲥鱼疑惑了：黄老兄，您什么意思呢？大黄鱼急忙答：富春江确实美丽，文人们那般这般称赞，但听说那里急流险滩多，江中又多乱石，听听都吓坏了。鲳鱼也凑过来搭腔：黄老兄说的没错，我们都不敢去上游，头本来就小、身体也扁，经不起那些乱石的挤压。

问话的鲥鱼似乎有些泄气，但它身后的鲥鱼们却摩拳擦掌，似乎要与富春江的急流与乱石斗上一斗。此时，鲻鱼们也高呼口号：鲥鱼大哥，我们一起去富春江吧。于是，一群群神情激昂的鲥鱼、鲻鱼们，分队向富春江奋力游去。而与此同时，那些黄鱼、鲳鱼什么的，则在钱塘江口溜达了一番，都被吓回东海里去了。

为了安全起见，领头鲥鱼决定，先深潜，贴着水底游，少吃少喝，待到合适的江段，再浮游，掠取食物。富春江果然水质清澈，两岸逶迤青山倒映着的影子，便是鱼们游行的背景插图。那强烈的阳光，甚至可以穿透到水下数米，水温20～30摄氏度，真是生活的天堂啊。合适的时机，也正是鲥鱼们爱情的高光时刻。飞翔在蓝天中的鸟儿，也羡慕水下鲥鱼们的生活：雄鲥鱼，三五成群，在追逐着雌鲥鱼，雌鱼排出一批卵，雄鱼便立刻喷射出一股白色的精液。那些受过精的鱼卵，一路被水流激荡，不用过多少时日，就会孵化成小鲥鱼。

鲥鱼们拼命向富春江游啊游，不遗余力，竭尽全力。游到桐庐段的漏港滩附近时，早已被江中乱石撞得晕头转向。终于游到严子陵钓台江段，鲥鱼们这才定下心，开始悠闲生活。它们互相瞪眼，有点惊奇：咦，你额上怎么有红点呀？

四五个月后，约在秋末初冬季节，富春江中的水温降到16摄氏度左右，鲥鱼老大感觉有些不自在，仔细一琢磨，这逍遥生活也享受得差不多了，那些小屁孩也长到寸长，该带它们回东海老家了。带头大哥一声令下，全体大小鲥鱼，即刻顺原路返回大海。

呵，各位看官，上面自然是虚拟的传奇。

不过，鲥鱼从富春江中来回，确实是固定的时间、固定的线路，且方向都是固定的朝南行。它们甚至会从富春江再沿兰江，远行至兰溪、金华、衢州；而朝北的渌渚江、分水江，梅城往上的新安江，几乎从来没有鲥鱼。

鲥鱼以富阳、桐庐的富春江水域最多，在富阳境内捕获的鲥鱼称"春江鲥鱼"，因体内海水尚未完全排尽，其味不是最美。鲥鱼洄游至桐庐境内，开始浮出江面吸食浮游生物，它们的生理机能也已经成功转换，故桐庐境内捕获的鲥鱼，味道特别鲜美。尤其是游过漏港滩后的鲥鱼，鱼的额上有一红点，被古人称为"严州美鲥"，这就是鲥鱼中的极品了。

二

其实，中国有鲥鱼的地方不少，珠江、长江、钱塘江流域都有。鲥鱼、河豚、刀鱼，素称"长江三鲜"。史籍记载，中国人汉朝始吃鲥鱼，宋朝最兴。

苏东坡《咏鲥》诗：

芽姜紫醋炙银鱼，雪碗擎来二尺余，尚有桃花春气在，此中风味胜莼鲈。

梅尧臣《时鱼》诗：

四月时鱼逴浪花，渔舟出没浪为家。甘肥不入罟师口，一把铜钱趁桨牙。

郑板桥《题竹石图》诗：

扬州鲜笋趁鲥鱼，烂煮东风三月初。为语厨人休斫尽，清光留此照摊书。

严子陵选择隐居富春江边的富春山下，我猜测，十有八九，他喜欢吃鲥鱼。

南宋周密在《武林旧事》中这样写鲥鱼季的盛况：

每五月，富春江上鲥鱼最盛，渔人捕得，移时百里达于城市。

清代杭州人陆以湉在《冷庐杂识》中这样说鲥鱼的名贵：

杭州鲥鱼初出时，豪贵争以饷遗，价甚贵，寒宴不得食也。凡宾筵鱼例处后，独鲥鱼先登也。

人类一直好吃，也很残忍，越贵越要吃。鲥鱼们其实是来寻找产卵之地的，那些小鲥鱼出生在淡水里，却主要成长于大海中。它们在洄游的过程中，大部分牺牲了，成了人们餐桌上的佳肴，而如上面传奇中叙述的，能回到大海的大小鲥鱼，只是少数。如此极品的鲥鱼，自然会有很多神奇的传说，诗文中，鲥鱼也往往是主角。

鲥鱼成了显贵的象征，如周密所言，桐庐富阳一带的鲥鱼，一出水就会被送往杭州城中，成了有钱人餐桌上的佳肴。远距离怎么办？那也可以一骑红尘妃子笑，八百里加急。明朝沈德符的笔记《万历野获编》卷十七，就有《南京贡船》，不过，结果却有点令人发噱：

去往京城的贡船，装的都是各类吃的用的。干货，问题不大，几个月运到也没有问题。鲥鱼，最麻烦。鲥鱼，出水即死。按要求，每年五月十五开始，从南京进鲜，六月下旬，必须到京，七月初一，太庙要祭祀。

鲥鱼捕上后，运输的船只，昼夜行驶，每停一个码头，立即换冰。即便这样，鲥鱼仍然臭不可闻。我今年夏天北上，曾经靠近运鲥鱼的贡船，闻到臭鱼的味道，几乎吐死。鲥鱼运到京城，加以各种美味作料，做成珍美食品，皇帝再赐给朝臣。大家虽然一再谢恩，却不敢下箸，太臭了，味道太怪了，但能不吃吗？吃着吃着，也就习惯了，以为鲥鱼就是这个味道。

有个宦官，到南方任大官。正是吃鲥鱼时节，有天，他将厨师叫来，大骂道：怎么回事？为什么不烧鲥鱼给我吃？厨师很委屈：长官，我每餐都做给您吃的啊！宦官怒而不信，厨师将鲥鱼指给他仔细看。宦官很惊讶：这鱼的形状倒是很像，但为什么闻不到臭味呢？

这条新闻，被南方人传为笑谈，无不捧腹。奢侈或者富贵，让味蕾作出牺牲，直至麻木，也算一种惩罚吧。

明清时期，富春江鲥鱼、茶叶都要岁贡。这情景，与柳宗元《捕蛇者说》中是一样的，苛政猛于虎，各级官吏借岁贡层层加码、横征暴敛，百姓灾难深重。韩邦奇算是正直官员，他将此谣写入奏折，希望朝廷"裁减鲜贡额"，不想却触犯龙颜，被削职为民。

三

因为有鲥鱼，不少风俗文化诞生。

比如吃鲥鱼。

清蒸，大约是最佳的烹饪方法。元代苏州人韩奕的《易牙遗意》，记有清蒸的方法：从中对剖鲥鱼，去内脏，洗净，沿脊骨剖成两片（鱼小背部相连），不能去鳞，用洁布擦干，将鲥鱼鳞面朝下，放入盘中，其上再放熟火腿片、香菇、笋片，撒上葱白、姜丝等，鱼身上抹过猪油，再倒进适量黄酒，上笼，或隔水，用旺火蒸熟即可。

晚清及民国人士曾懿的饮食笔记《中馈录》记载的"蒸鲥鱼"相对简单：将去肠而不去鳞的鲥鱼，加上花椒、砂仁、酱、酒、葱，蒸熟以后再去鳞即食。

说鲥鱼，都会说到鲥鱼的鳞，这是因为它的脂肪就储存在鳞片中。鲥鱼仿佛也知道自己鳞片的重要，渔民捕鲥鱼，通常都用丝网，丝网并不重，但因为鲥鱼惜鳞，一旦触鳞，它就一动不动，即便十多斤重的鲥鱼，轻巧的丝网也能网住。苏东坡就称鲥鱼为"惜鳞鱼"。

比如送鲥鱼。

《桐庐县志》记载：清朝及民国时期，渔民每年捕获的第一尾鲥鱼，都要奉献给县官，冀得厚赏，并视为光彩。这成了桐庐一带的风俗。

这风俗，倒不是讽刺县官的权威与贪婪，反而显示出某种民间智慧：按民国时的规矩，收到第一尾鲥鱼的县长，必须赏给送鱼人10块银洋——但渔人仅得5块，另外5块就落入送鱼人的腰包了。即便如此，这个价格，还是远远高出市场价，因此，渔民也乐得将第一尾鲥鱼送出。捕鲥鱼季节，有人在江面上捕到第一尾鲥鱼，连撒在江中的渔网都顾不上收，便急急忙忙朝县城方向送鱼，生怕第一尾的"头功"被人抢了去。

70多岁的桐庐人许马尔，祖辈都是富春江上的船民，他喜欢搜集整理渔文化方面的故事。他给我讲了送鲥鱼的几个故事，听着新鲜：

1949年5月初，桐庐刚解放几天，也正是鲥鱼上市时，第一尾鲥鱼捕获后，有渔民立即送往新成立的县政府。新任县长王新三，无论如何也不肯接收，人们告诉他这是桐庐的风俗，他才接过鲥鱼，然后拿出钱让人去买了热水瓶、脸盆等生活用品，回赠给送鱼人。

桐庐城关运输社船民许关智，20世纪50年代末回到窄溪渔业队捕鱼，头三年的第一尾鲥鱼都是他捕获的。第一年送鱼邀赏，得到一个铝合金锅，第二年得到一只铝合金热水瓶，他都孝敬母亲了，第三年得到的生活用品才自己使用。

比如谚语。

"鲥鱼不到七里泷滩不转头"：富春江水域桐庐七里泷一带，水质纯净，滩多潭多，为春夏之交鲥鱼最佳产卵场所。

"农历四月半，南洋鲥鱼来，五月中旬北洋鲥鱼来，继之黄嘴鲥鱼来"：农历四月至六月，鲥鱼从大海进入内河产卵，它们从南边海洋游进来，从北边海洋游进来，黄嘴鲥鱼最后到达。

四

然而，富春江鲥鱼已经绝迹30多年。

此前，不少数据都表明，鲥鱼虽名贵，但上市时期，人们依然可以口福大享。1936年，钱塘江流域捕获鲥鱼就达175吨。1959年，桐庐县收购鲥鱼300担。1971年后，统计单位则由担变成了千克，1971年桐庐收购鲥鱼1281.5千克；10年后的1981年，桐庐仅捕获可怜的10千克。1982年则收购了8条。1989年，桐庐水域，捕获最后一条鲥鱼。作家李杭育的小说《最后一个渔佬儿》，被改编成电视剧，剧中那尾鲥鱼，就是富阳水域1992年捕获的最后一尾。

富春江鲥鱼的消失，最主要原因有二：水利工程的影响，水质严重污染。

富春江上有新安江水库，中有富春江水库，而鲥鱼最佳产卵地——子陵滩产卵场被水库淹没，水电站大坝阻隔了它的洄游通道，电站以下排门山至河湾江段，因水温降低、流速低，已不适于鲥鱼产卵。

或许，富春江水电站在建造的时候，已经考虑到这个问题，特地建设了一条特别的鱼道。但事实上，只有螃蟹及鳗鱼能够进入鱼道上溯至水库，而其他的100多种鱼，都没能找到或游过鱼道。20世纪70年代的前六七年，富春江电站已经建成，桐庐、富阳两地的富春江水域，依然还有每年5000千克以上的捕获量。但后来，富春江沿岸工矿企业的大量污水排放，直接导致鲥鱼绝迹。

鲥鱼的消失，不仅仅是一种美味的消失，实在是对人类的严重警告。

富春江由新安江汇合兰江迤逦而来，它一直往下流，汇向钱塘江，继而奔往东海。住在江两岸的人们，受惠于江，对由江产生的几千年悠久而深厚的文化更是深深着迷。我们现在如此怀念鲥鱼，其实是对文化的一种向往。

每次我只要伫立江边，浮躁之心顿除，看着汩汩静流的江水，就会心平气和。这江啊，它流了几万几十万年，实在是我们赖以生存的根本。富春江的鲥鱼还会回来吗？会的，我这样想，一定会。

富春江的激流，堆积出了九里洲、洋洲、桐洲、王洲、东洲、五丰洲等那么多美丽的沙洲，沙洲上充满了肥沃的冲积土壤，洲上人烟稠密、鲜花盛开、万物生长。富春江给我们提供了100多种鱼类水产，那些水利工程总有一天会因老化而被拆除，我们终将科学合理使用河流。如此，河流的生态系统就会彻底有效恢复，鲥鱼带头大哥就会带着大部队，再次，每年，定时，定向，溯富春江而上。

春风骀荡，枇杷正鲜，富春山下的石濑上，严子陵戴笠垂钓，没过一袋烟工夫，就拎上来一尾红点大鲥鱼，他立即站起收竿。看看篓中的鲜鱼，望着两岸的青山，严子陵捋须微笑，心中惬意感满溢：又可以上东台，醉卧春风读《老子》了！我这样幻想着，晨阳或者夕阳，将水边钓翁的影子，映得好长好长。

原载《解放日报》"朝花"副刊 2024 年 6 月 25 日

哀牢翡叶

李光彪

　　汽车气喘吁吁地在哀牢山的肠道里奔跑，一会儿上坡，一会儿下坡，左弯右拐，6个小时后，把我们从哀牢山的胎盘里分娩出来——彝族聚居地兔街到了。

　　眼前的兔街群山围绕，头顶上的天空仿佛是倒立的海，把漫天的翡翠泼下来，绿了兔街的容颜，绿了我的视界。兔街和云南大多数地方的地名一样，在那个结绳计数、刻木记事的年代，人们以十二属相约定，以路为街，进行物物交换，故得名"兔街"。古往今来，连接普洱、临沧、大理茶马古道的兔街，经岁月萃取，茶叶仍然是响当当的招牌。

　　沐浴着春天的晚风，我坐在兔街小镇的李珍林老阿妈家门口，听她讲茶的故事。老阿妈今年92岁，天天用茶叶水泡饭吃，喝茶是她一生的爱好，茶叶是她的另一种口粮。有时，眼睛上火、红肿，老阿妈就用盐水煮茶叶，反复敷眼睛。如果生病发高烧喉咙痛，她就把坨坨盐烧红，与茶一起煎煮，喝盐水茶治病。

　　我拉着老阿妈的手好奇地问："你身体怎么样呀？"她耳朵有点背，儿子凑过来回话："我妈身体好得很，一生没有什么大病，现在还会用手机，可以看书呢。"

　　交谈间，老阿妈的儿子给我泡了一杯茶，我一边喝茶，一边听老阿妈讲述着当年马帮经过的故事。那时，马帮驮运的货物主要是茶叶、盐巴、花生、木耳、棉花。马帮或从大理弥渡下来，或从楚雄南华上来，顺着兔街河，下景东，去普洱、西双版纳；也有从普洱、景东上来，经过兔街，到大理，去西藏、四川的。

　　每年冬腊月，老阿妈家为了迎接马帮的到来，就要把家里的几块田地留出来，专门给马帮做草场。来来往往的马帮大多住在镇上客栈，也有住在她家。老阿妈家养着 10 多匹骡子，父辈们跟着马帮"走夷方"。所谓"走夷方"，就是当地的手艺人相互结盟，到临沧、保山、德宏边境一带，和缅甸人做买卖。上了年纪的云南人对此并不陌生，我的祖父年轻时也是"走夷方"的一条好汉。

临走时，我依依不舍地喝了一口茶，问老阿妈："这是你家产的茶叶吗？"老阿妈乐呵呵地告诉我："是买的，兔街'半坡茶'。"

兔街的肩膀上，长着两个山坡，一个叫望天坡，一个叫半坡。森林是厚厚的被褥，远远近近的山坡上，铺陈着绿地毯般的茶园，一排排茶树宛若一根根琴弦，弹奏的高手就是采茶姑娘。仔细看，她们不是像在挑花刺绣、用翻飞的指尖为心上人缝制定情物吗？茶园里的山歌随山雀起落：

来到茶山茶正发/来到花山花正开/这山茶叶发绿了/等你小哥几时来。

左手提着小篮筐/右手摘采绿叶茶/哥跟小妹采茶去/采完茶叶跟哥走。

一杯绿茶出半坡/带给大理哥哥喝/半坡茶叶味道美/三杯四杯还想喝。

一杯茶叶出四川/四川哥哥喝下肚/喝了一杯想二杯/还想折回喝三杯。

……

一坡坡茶叶，一坡坡山歌。汽车追随一朵朵白云，载着我们驶往云端，来到三家村罗景良家茶园。一脸"高原红"的罗景良，既是茶园的主人，也是我们的导游。他指着一棵大茶树说："这是我家的茶树王，每年采摘租金 4.8 万元，已经卖给了茶商老板。雨水好的年成，这棵古树茶可采 15 公斤茶叶；若遇干旱少雨，至少也能采到 12 公斤茶叶。"

大家围着茶树拍照。我好奇地问："这么高的茶树如何采摘呢？"

罗景良说："搭架子呀。"

我又问："采茶的时候老板来不来？"

罗景良笑着说："一片茶叶，一寸黄金，老板每年都亲自来，看着我们把茶叶采摘完，加工好，再全部带走。"

旁边一块"三家村古树茶"的石碑吸引了我。我问罗景良："这些茶树是哪年栽种的？"

罗景良摇摇头，说他小时候就有这些茶树了，就连他的爷爷奶奶也说不清茶树的来龙去脉，只知道是古茶树。其中一棵树上挂有二维码标牌，我一扫才得知，这棵古茶树已有 700 多年树龄，胸径 1.1 米，高 8 米。一棵古茶树，就是一棵摇钱树。50 多亩茶园，古树茶就有 100 多棵，年收入 30 多万元。一片茶园，就是一家人的"绿色银行"。

罗景良家的小院，也是一个以家为圆心的茶叶加工作坊，屋里屋外到处都是茶。院子里摆着一张木质大茶几，我们围坐之后，罗景良的儿媳妇一边为我们泡茶，一边介绍茶叶加工的流程。我们一个个竖起耳朵，听她说茶话、上茶课。喝了一杯又一杯茶，我的舌苔上有一种先苦后甜的味蕾在蠕动。起身，我带不走这里的绿水青山，只好买两大袋春茶带走。

随后，我们来到半坡茶厂，参加一场叫"兔乐之"的斗茶活动。活动在一面向阳的山坡上进行，一块空地铺满绿茵茵的松毛，形成天然的青山墨画。云雾含情的背景。参加斗茶比拼的都是土生土长的兔街茶。在主持人的吆喝中，一杯杯兔街茶登台亮相，茶农推介，众人品尝，专家评说。这是一叶春天的请柬，茶商来了，茶客来了，快递小哥来了，网红小妹小哥来了。风扇动着翅膀朝我扑来，云跳着舞蹈朝我走来，身临其境，我好像是坐在云朵上品茶、看茶的现场直播。

斗茶之后，大家围坐用餐。吃饭前，唢呐声声，三弦铮铮，一场与茶相伴的"跳菜"表演正在进行。我从领衔"跳菜"表演的非遗传承人何文祥口中得知，兔街人"问媳妇"的风俗（婚嫁习俗）"三回九转"，茶叶和媒婆一样重要，必不可少。在婚宴上，给客人上茶时，唢呐必须吹迎客调、敬茶调，喝茶要遵循"头道苦、二道涩、三道四道再敬客"的规矩。喝了"三道茶"，认了亲，从此就是一家亲了。

兔街人办喜事少不了茶，办丧事少不了茶，做庙会少不了茶。煮茶前，先将一个土陶罐在火上加热，然后放入茶叶慢慢烤，最后再加水，有点像今天很时髦的围炉煮茶。

"南国有嘉木。"如今，兔街满山翡翠，茶叶种植面积达 2.46 万亩，2023 年产茶 672 吨，产值上亿元。这里有树龄上百年的古茶树 4100 多棵。

"哀牢古国，千年贡茶。"这是兔街人常挂在嘴边的一句话，就像兔街的茶叶，经过流年岁月的浸泡，总是那么耐人寻味。

在半坡茶厂吃饭的时候，有一道茶叶小炒肉，我特别喜欢。我走南闯北，喝过奶茶，吃过茶糕、茶叶蛋、油炸茶叶猪排骨……唯有这道菜，还是第一次吃。至今，仍然口留余香，回味无穷。

原载《中国民族报》2024 年 5 月 24 日

海那边　是澳门

聂虹影

　　一个人，一座城；一座城，一个人。对澳门最初的感知，源于一个叫嘉旷的女孩。我在电脑上敲下她的名字时，一个穿着浅粉色连衣裙、头上绑着两个蝴蝶结、眼睛大大、脸庞圆圆、皮肤白白的小姑娘，从记忆深处缓缓走出。

　　20世纪70年代，我们家从东北回到了中原老家的小城，妈妈在小城中学里当老师，我家也住在校园里，是一间大教室改造的。家门口有一片空地，被栽上了泡桐，细细的枝干亭亭玉立，树与树之间空隙非常大，给愿意在树丛中穿梭玩耍的小朋友留足了空间。我们称那片地方"桐树行"。那是个夏日午后，小伙伴们在那里玩耍疯跑，每个人都满头大汗仍乐此不疲。这时走过来一个小姑娘，个头和我差不多，穿着浅粉色连衣裙，穿着粉色凉鞋，头上扎着粉色蝴蝶结，皮肤超级白，眼睛超级大，睫毛长到我想拿个小梳子去梳。我们打打杀杀时，她站在旁边看着，不参与也不说话。我们停下来问她是哪里来的，大家说的话她听不太懂，她说的话大家也听不太懂。大家不再搭理她，继续玩。我觉得她真像童话里的小公主，就从游戏中退了下来，主动和她搭讪。两个外地口音的孩子凑到一起，相谈甚欢。她有一个好听的名字叫嘉旷，她拉着我的手，带我来到她家里。

　　她的家也是教室改造的，小小一间。一进门我就惊呆了，感觉像画里的家，离门最近处是一张方桌，桌子上铺着有细纹图案的洋布，上面放着一台收音机，还放着一只插塑料花的花瓶。房间最里面靠墙放着床，床单、被子还有枕头的颜色都是藕荷色的，被子叠得整整齐齐，床单铺得无比平整。床头桌子上也铺着洋布，桌子一侧是小书架，上面摆着一些书。床尾位置摆着一个柜子，柜门上安着穿衣镜。

嘉旷进屋后脱下凉鞋，换上一双人字拖，让我有点疑惑，为啥进屋还要换鞋？我家就不这样。她带我在水盆里洗了手后，打开了桌子上的糖果盒，里面装满了动物造型的小饼干，她拿出一片递给我。我摇着头，手却本能地接了过来。她说饼干是从她澳门的家里带来的，那里有很多好吃的点心。我问她澳门在哪里，她说不清楚，只知道离得很远很远。她澳门的家与中原小城隔着一片海，还隔着好多座山，她先是坐船，再坐火车，火车还会钻山洞，再换汽车，坐上汽车后就没有山也没有海了，只有平平的地，再走长长的路，脚都走疼了，才到这里。她和妈妈是来看爸爸的，爸爸在这里工作。

嘉旷从书架上取下一个大本子，里面夹着几张明信片。第一张明信片是风景，宁静的街道，成荫的大树，阳光透过枝叶洒到地上，遍地是斑驳的光影。还有一张，一侧是密集的楼房，然后是一片海，海上有船，海对岸是山。令我印象最深刻的那一张，印着一座牌坊样的门，门口有三个穿白衣服的人正往门内走去，只能看见他们的背影。牌坊门口有辆大公共汽车，车身红色车顶白色。还有好几辆三轮敞篷车也停在牌坊门旁边。嘉旷指着图片上的牌坊门说："这个叫妈阁庙。"

她说这些明信片上印的，就是她的家乡澳门。那是一个我从未听闻过的神秘远方。

正玩时，嘉旷的爸爸妈妈回来了，她的爸爸短袖上衣的下摆扎在裤子里，皮带扣亮晶晶，脚上是网格图案皮鞋。他面容清瘦，长着一双大眼睛，头发侧分，整个人干净利落。嘉旷妈妈很漂亮，头发是烫过的短发，笑时眼睛弯成了好看的月牙儿，嘴上涂着淡淡的口红，白皙的脸颊上应该是涂过胭脂、白里透红。她穿着白底玫红色小碎花的连衣裙，把苗条的身材很好地衬托出来。嘉旷的长睫毛，在她妈妈这里找到了出处。我觉得他们一家都像电影里的人物。

叔叔阿姨主动和我打招呼，他们说话很轻，神情和善安详。我没有太多的词语可以形容对他们的感受，只是觉得他们好优雅，让人带着羡慕去感受和想象他们的生活，也感受到他们对自己生活方式的尊重。这些都和我周围的家庭不一样。

我准备回家时，阿姨又喊住我，打开抽屉取出两块糖果递给我，每个糖果上都拴着个和糖块一样大小的玩具，一个是小汽车，另一个是小青蛙，感觉好高级，也是我从未见过的。我依然是边摇头边下意识伸出了手。

回到家里，妈妈质问我哪来的糖果，我说是阿姨给的。妈妈责怪我随便接受别人的礼物，说不能白拿人家的东西，就让我把姥姥蒸好的白萝卜包子送去几个。嘉旷从来没吃过，她吃得好高兴。

那个夏天因嘉旷的出现变得多姿多彩，我对她的生活充满好奇，她也觉得我的生活神秘有趣。我带着她去学校附近的地里捡麦穗，用麦穗换杏吃，带她去看我养的小兔子。我带她采了可以上色的草，捣碎成浆液把透明塑料布染成红色，晾干后剪成窄长的一条，绑在辫子上系成蝴蝶结。我带她摘凤仙花加明矾捣成花泥，采来蓖麻叶子，睡觉前将花泥涂在指甲上，用蓖麻叶包严实，早晨醒来后拆开，就变成了红指甲。

夏天接近尾声时，嘉旷来和我告别，她说她要回到明信片上的家去了。她和妈妈欢迎我到她澳门的家去做客。她把那几张明信片送给我做纪念。

我告诉嘉旷，小城最好玩的是雪天，天地房子都是白的，可以堆雪人打雪仗，可以在雪地里撒欢打滚。如果家长再给买串冰糖葫芦，边吃糖葫芦边踩雪更惬意。嘉旷说，澳门的冬天不下雪，她从未见过雪。我给她描述了半天，她还是想象不出。我们两个约定，寒假时她再过来，一起吃糖葫芦打雪仗。我们开开心心分别了，没有丝毫伤感，我们都觉得嗖的一下寒假就到了，我们马上又能再见。

还没等到寒假，因为妈妈工作调动，我们举家搬迁到另一座城市。寒假来临时，我惦记着和嘉旷的约定，吵着要回去。妈妈说嘉旷爸爸辞职了，回澳门继承家族企业，嘉旷不会再来了。

听到这个消息，我绝望地大哭一场。想念嘉旷时，就一遍遍翻看她送我的明信片，想象着海那边那个叫澳门的地方，嘉旷有什么样的生活，又会有什么样的故事，她也会想念我吗？这份思念弥漫了我的童年，小小的我从此有一个大大的心愿，长大后一定要去澳门，去找嘉旷，去看看明信片里的城市。

半个多世纪的别离，我和嘉旷彻底失去了联系。因为种种原因，至今我也未去过澳门。但总有一天，我会跨过那片海，踏上那片土地。那是我梦想的地方，那是嘉旷的家乡！

原载《河南日报》2023 年 12 月 7 日

西昌的月光

陈兆平

多年前一个夏天的夜晚，我跟随一个团队从成都乘火车前往西昌。在这之前，西昌对我来说完全是陌生的。同行的人给我描绘了川西高原上的安宁河谷。西昌就在安宁河谷之中，四周都是巍峨的群山。一路上，我在心里默念着西昌的轮廓：红莫梁子在东，牦牛山在西，这两座山在北边须发相触，紧紧挡住了来自北方的风寒；而高高的螺髻山则稳稳地站在西昌的南边，它的北支脉经过摆摆顶一转，转出众多山峰，其中一座就是泸山，紧挨着西昌城；泸山脚下，便是碧波万顷的邛海。有山，有水，偌大的西昌城已美了千年。在那趟奔向西昌的火车上，我看见了夜空中的月亮。火车走，月亮也走，正赶往夜色苍茫的西昌。

"清风雅雨建昌月"，说的是南方丝绸之路和茶马古道川康段上的三大气象景观。建昌就是今天的西昌，因海拔高、纬度低，加之山林和邛海对大气层的过滤，西昌的月亮又大又亮、分外皎洁。夜幕之下，明月的清辉洒向山川大地，山中有月，水中有月。特别是中秋节的夜晚，山水之间，一轮硕大的月亮在夜空里缓缓升起，"月随碧山转，水合青天流"。

月照西昌已千年。这座拥有两千多年历史的古城，曾是南方丝绸之路上的"蜀滇咽喉"。这里，西汉置邛都，唐置建昌府，元置建昌路，明代又改建昌卫，清置西昌县——因城在唐代建昌旧城之西，于是改叫西昌。

那几天我们在西昌行游。穿过月城广场，我走进了奔月路、月海路等。我惊叹于那些以月为名的道路、公园，每念一次，心中就生出许多欢喜。坐下来和西昌人"摆龙门阵"，才知道他们多么喜欢头顶上的月亮。艺术家把月亮塑在街头，像一条弯弯的小船；彝人把月亮刻在岩石上，成为久经风雨的岩画；姑娘们把月亮绣在裙子上，一针一线绣着羞涩的愿景……大凉山的人把彝族阿妹称为"月亮的女儿"，西昌城中那座"月亮的女儿"雕塑就是生动的呈现。我仔细打量雕塑：一位美丽的彝家姑娘斜倚在一轮弯月上，拨弄着怀中的琴弦……这座用青铜铸造的雕塑，成为西昌的城市标志。

西昌人就这样在太阳和月亮的轮番照耀下，过着别样的生活：踩沙滩、吹湖风、架火盆、嗦米粉……在日常生活里感受着这里的日出月落。很多时候，在西昌，能看见一块又一块的云，从山梁上缓缓飘过。一片乌云经过时，突然就来了一阵雨。西昌的雨，来得很快，去得也快。雨过天晴，碧空如洗，一轮皓月又会准时出现在夜晚的天幕上。

那个夏天的夜晚，我坐在西昌城的一扇窗前，看着夜色一点一点袭来，直到夜深了，城里的灯光一盏接一盏熄灭。这一段时间里，我看见了月亮跃上天幕的全过程：仿佛有一支神笔，先描出一片小小的淡黄，如同泼在宣纸上的水墨，渐渐漫溢开去并越来越大；突然，月亮露了个头，随后穿云破雾；眨眼之间，月亮慢慢大了起来，圆了起来，最后成为一个柠檬色的玉盘，晶莹剔透。这便是撩人情思的西昌月了。都说山高月小，西昌的月亮却是一个例外。

自那以后，我几乎每年都要去一趟西昌，每一次去都想住在邛海边。文人墨客多称邛海为邛池。一句"月出邛池水，空明澈九霄"，引来无数人对西昌邛池和邛池上月光的向往。住在邛海边，当然是为了看月亮。一到月夜，身边山岚尽墨。我走在婆娑的树影下，抬头看月亮，耳边有虫鸣，偶尔还能听见对面泸山的松涛。月光下，仿佛回到小时候。大人说，月亮会追着人跑。我在邛海边真的跑了起来，一边跑，一边回望天上的月亮，果然月亮在追我：跑快一点，月亮追得也快一些；停下来，月亮也停了下来……邛海赏月，早已成为西昌本地人和外来游客的"必修课"。其实，在邛海中赏月才是最佳境界。我始终记得那个明月之夜，与几个朋友乘一艘小船去邛海看月。人在船上，仰头看天，天上无云，夜幕上只有一轮圆月高挂；低头看水，水面上跳跃着点点银光。远处是西昌城区的万家灯火，近处是婆娑的树木和房屋的倒影。桨声划破夜的寂静，看了天上月，再看水中月。那一刻我们都没有说话，静静地感受着"美妙"这个词的丰富内涵。

邛海湖水流入安宁河的出水河叫海河。在西昌城中，海河岸边，还有一条海河天街。这一城市空间如今已是西昌首席城市会客厅。几年前，我被派往西昌工作，就住在海河天街。那时候，海河岸边已成为灵动的现代水乡，水在城中，景在水中。一入夜，岸边的霓虹把海河渲染得五光十色。最是那一轮月影，清辉皎洁。月随人移，心随月走，一路徜徉下去，只觉心旷神怡。

又是一个有月亮的夜晚，我和当地的朋友去了西昌城里的一家音乐空间。在本地歌手婉转深情的歌声中，我们被带入悠远的岁月时空。从音乐空间出来，一行人走在洒满月光的路上，和月光一样往时间的深处走去。

住在西昌的日子里，我自然少不了去航天北路看蓝花楹。每年 5 月，蓝花楹进入盛花期，满树都是紫蓝色的花朵。航天北路的尽头，就是西昌的航天城。在西昌，那轮皎皎的明月，也照亮了一代代中国航天人的梦想。1970 年 7 月，一批航天人从茫茫戈壁来到西昌，建立了西昌卫星发射中心。从此，西昌月，不仅代表着一道美丽的风景，更见证着我国航天的发展。2023 年 1 月，西昌航天主题公园正式开园。走进公园，过了绕月桥，便能看见腾飞塔，沿途还有鹊桥、问天瀑布、已成为蓝花楹网红街的航天北路等景点。在这里，你可以听到中华民族探月梦圆的很多精彩故事。

最近一次去西昌，建昌古城成了看月的最好去处。西昌的历史文化足够厚重，有着六百多年历史的建昌古城，重建了四牌楼，修缮了建平门、九街十八巷等历史遗迹，古城的旧时风貌得以重现。月光下，漫步在青石长街上，怀想千百年前的古城繁华，更在历史与今天的切换中，感受时代的变迁。

关于西昌月，还有一幕让我始终难忘，那是在从木里回西昌的路上。那一夜，我和几位同事遇上了难得一见的月全食。月全食经历了三个半小时，我们一路上观赏了初亏、食既、食甚、生光和复圆五个时期。当一轮红月亮出现在黑黝黝的天空上时，场景蔚为壮观。那一刻，白云不再飘，像一个熟睡的孩子，躺在了母亲温暖的怀抱。

回到西昌，月光越发皎洁。我无心睡眠，坐在床上读书，那个氛围里，心里满是西昌的月光。

原载《人民日报》"大地"副刊 2024 年 6 月 8 日

九岁的旅店老板

黄　莉

　　奔波了三百五十多公里，昏昏欲睡。这是我们在甘孜州的最后一天，景色也看饱了，竟然有点想家。

　　傍晚五点多，司机说到了，今天入住甲居藏寨。睁眼一看，又惊艳了，眼前展现着一幅田园牧歌式的画卷，仿佛进入了童话世界。藏式民居星罗棋布于山坡，映衬着草甸、溪流、山谷和雪峰，远看似一个个身穿华丽藏袍的信徒向着巍峨的横断山脉长跪顶礼。这里曾被《中国国家地理》杂志推为"中国最美的六大乡村古镇"之首。入寨处横卧着块巨石，上面镌刻着"甲居天下"四个大字。甲居，藏语是百户人家之意，"甲"是个量词。我的理解是双关，也有"第一""一等"的意思，这里有着第一等的自信。

　　我们住阿布藏地山庄，司机说是生意最火的一家。山庄由两栋依山而建的藏式三层楼住宅组成，每栋占地约半亩。两栋楼前均有小型停车场，可停七八辆车。我们住的那栋主楼比较讲究，门庭装饰繁复，两侧和屋顶画满山水花鸟和日月星辰等图案，重彩热烈，其中有祥云、莲花和祥龙图案。大门迎面悬挂着两条黄色丝质经幡，比我们平常看的报纸略大，高个子须低头通过，方能入得室内。我看不懂藏文，只认得下面的"康青郎波"几个汉字。

　　入门，便有两个孩子从服务台后面热情地迎来，分发房门钥匙，接过我们手中的行李，熟练地带领我们去二楼的房间。我很奇怪：怎么没有大人？就两个孩子当服务员？

　　小男孩瘦小，高鼻红唇，眼神清澈如水，长相端正。上身大红色的短袖T恤稍宽大，垂到屁股底下；脖子上挂着根红绳，绳子上晃荡着一颗包银狼牙。我问他：是藏族吗？几岁啦？读书吗？在这里工作吗？小男孩性格直率，说话时带着腼腆的微笑。他说他叫朗吉泽郎，是藏族，九岁，暑期帮家里干活。皮肤较黑的高个男孩是他的表哥，十三岁，也是暑假来帮忙的。我开玩笑地问了一句：这旅店的主人是谁呢？朗吉泽郎说是他。我以为是童言无忌，没有真信。我们聊得非常开心。他还告诉我，他是独子，没有兄弟姐妹。这一路上我碰到的藏族孩子不少，都是暑期打工的，有帮父母在早餐店卖馒头的，有在路边摆摊卖凉皮、卖自家产的花椒和辣油的。我问朗吉泽郎：你们假期要补课吗？父母带你们出门旅游吗？他茫然地摇了摇头。

与两个阳光男孩合影时，听到了姐妹们的叽叽喳喳。原来她们都在二楼的茶室拍照呢。茶室正对着楼梯，目测八十平方米左右，栗色原木装修配同色家具，墙上装饰了牛头、藏式碉楼和诸多吉祥物，藏味浓郁，兼有工夫茶、书吧和棋牌室的功能。茶室最大的亮点是朝南的三扇大窗，运用借景法直接将对面墨尔多神山的景色引入室内。中间是封闭式的白玻璃大窗，两侧是一米多长的方形木质活动飘窗。姐妹们爬上飘窗倚着窗户摆造型，拍出的画面便有了丰富的层次感。让人觉得神奇的是，飘窗也是阳台的唯一通道，可从窗口爬出，倚着阳台直面大山。

三楼的大阳台是观景台，这里视线极佳，可以细察周边同款不同型的藏楼，观赏铺满山坡的花草庄稼，远眺山岳的逶迤和豪迈……

晚餐在辅楼，通过一条月季长廊，再往上爬十几级台阶，便到了辅楼的餐厅。餐食是套餐，人均五十元标准，八菜一汤。八菜为腊肉、腊肠、蒸茄子、蒸南瓜、土豆烧肉、辣椒牛肉片、白菜肉片和菌菇炒黄瓜，用中型瓷盆装，说每个菜吃完都可添加，但不可浪费。真是很良心的店家。隔壁桌上的客人添了两次腊肉，最后剩下半碗走人了，我只能报之以白眼。汤是主菜，虫草花炖鸡汤，加了玉米，煮得很地道。看汤色便知是纯正的土鸡，竟然跟我们江南的口味差不多。吃了好几天麻辣川菜，一碗鸡汤下肚，将我错位的胃咔嚓一下摆正了。

餐厅有五六桌客人。朗吉泽郎红色的身影在餐厅里穿梭，小心翼翼地端着餐盘，将八个菜从厨房直接送到餐桌，还忙着擦桌子、收拾碗碟，动作十分麻利。我看了心疼，问他：你家大人呢？怎么都是你干活呢？朗吉泽郎隔窗指了指在厨房里忙活的两位妇人说：这是我妈，另一位是我舅妈。

吃完，我去厨房看看。厨房呈长方形，超过一百平方米，贴满了白色的瓷砖，干净有序。男孩母亲个子瘦小，三十多岁的样子，头发漆黑，用一根黑色皮筋在脑后随意绑了马尾辫，脸色发黄，浮肿的眼皮上写着疲惫，口罩扣在下巴下面，土黄上衣上挂着同色佛珠，外面套着条灰绿色围裙。她显然是主厨，正将腊肉等五六个菜放置于三眼土灶上蒸着，然后拿起不锈钢餐盆用筷子搅拌调料。舅妈在配菜，朗吉泽郎在一角操刀切腊肠。

男孩母亲见我进来，问我是否菜不够了，要不要添点肉。我说已吃饱不需要了，问她现在旺季山庄有多少客人，她说每天五六十人。我闻到了院子里的花椒香味，想买点带回家冬天腌肉腌菜用。她说，没时间采摘啊，你要的话我去问人家拿，干花椒每斤六十元。见我无所事事东看西看的样子，她显然有点不耐烦，皱着眉头说：你走吧，这里油烟多，对身体不好，马上还有客人来吃，我们还要忙。我立即终止了唐突的打扰，退了出来。

山庄月季特别多，路旁、花坛和阳台上大半是月季，还有些多肉植物。有两枝粉红月季爬上了二楼房间的漏窗，伸出娇嫩花蕊，向屋里探头张望。我开窗回应，不经意间，两只灰色的大凤蝶飞入房间做客，回旋起舞。红说，关窗吧，外面下着雨呢。我想，凤蝶一定是来避雨的，便留下了她们，人蝶共栖度过美好夜晚。

朗吉泽郎的母亲告诉我，这里的日出是在早晨八点半左右。第二天清晨六时许，姐妹们都起床了，到三楼阳台等着看日出。可惜天微雨，雾蒙蒙的。知识渊博的红说，墨尔多神山的"墨"，在藏语中一般指女性；在嘉绒藏人眼中，墨尔多是女神山，这里古代是女儿国。说完，红练起了八段锦，玲则开始展示优美的瑜伽动作——是想要借此慰藉女神山，还是因为这里的空气环境过于舒坦？

吃完早餐经过月季长廊，碰到朗吉泽郎和他表哥。他像见到熟人一样跟我打招呼。我问这么多月季花是谁种的，朗吉泽郎回答是他爸爸。他说，阿姨，今天睡过头了，睡过头了，我们要去餐厅帮忙。便急匆匆地往前跑，留给我一个红色的背影。

整理好行李，准备交房门钥匙，见一中年黑衣男子在一楼服务台低头整理着什么。我误以为是朗吉泽郎的父亲，便问了一句，你是这里的男主人吗？他摇了摇头，不说话，手指向窗外，意思是男主人在那里。我随着他手指的方向看向窗外田野，有几个壮年男子正在玉米地里干活，后面好像是一块墓地。

我们另一辆车的藏族司机尼玛听到对话走了过来，把我拉到一边说，以后不要问这样的问题了。

尼玛说，朗吉泽郎的父亲阿布是我的朋友，我们一起做旅游的。几年前，阿布开车时遭遇意外，被山上滚下的大石头砸伤，走了，全车人，仅他一人丧命。那时候，朗吉泽郎还很小，大人们都不敢告诉他实情，对他说爸爸跑旅游去了。现在他已经代替他父亲，成为我安排住宿的联系人了。

我愣住了，明白了黑衣男子刚才指的原来是墓地，也理解了朗吉泽郎母亲眼皮和眉梢间那掩饰不住的忧伤。

在阿布山庄总共待了不到十五个小时。返程中，我回头久久凝望山庄，想着那个眼神清澈的孩子和那些盛放的月季花。朗吉泽郎，藏语意为年轻俊朗、大吉大利和润泽万物。孩子，你一定会人如其名，我将最美好的祝福送给你！

原载《散文》2024 年第 6 期

中央大街的旋律

于秋月

一

中央大街的第一声音符，一定是从圣母报喜教堂里发出来的。这座位于中央大街最北端、紧邻松花江的教堂，是哈尔滨最早的教堂之一。

当这座教堂的钟声在城市上空回荡时，我们的中央大街还在远方。悠扬的钟声似乎是一种召唤，那些来自俄罗斯、法国、德国等国家的逃亡者、贵族、商人、艺术家甚至是流浪汉，从异国他乡聚集到了这片迷人的处女地。而那些善良的世世代代生活在这高天厚土上的少数民族，以仁者之心和宽厚的胸怀接纳了他们。

这片人间天上难寻的神奇的土地，也吸引着那些从山东、河北等地落难逃荒而来的穷苦人。这使得本来寂静得像天堂一样的哈尔滨一下子热闹起来。

那些外国淘金者和冒险家连同当地的权贵开始在道路两侧大兴土木，他们盖洋行、商铺、餐厅、电影院、音乐厅和洋气十足的民宅——中央大街的前身。"中央大街"就是在这样的喧嚣声中渐次形成的。很快这条始建于 1898 年、长 1450 米、占地约 1 平方千米的大街成了西式建筑风格的典范，成为寸土寸金的风水宝地。

100 多年来，这条街记载了无数悲欢离合的故事，更谱写了为民族的解放、国家的独立而英勇献身的英雄乐章。这条大街上的旋律也渐渐地丰富起来，钟声不再是它的主旋律，取而代之的是"凝固的音乐"——建筑。

如果说建筑是凝固的音乐，那么我们在这里听到的是巴洛克畅想曲、哥特小夜曲、文艺复兴交响乐、古典主义奏鸣曲、折中主义协奏曲……

凝固的音乐似乎是一种心灵的慰藉，那些来自异国他乡的艺术家们一颗颗惊悚的心渐渐地平静下来，他们将他乡视为故乡，在这里创建了音乐学校，组建了交响乐团、歌舞剧团、合唱团……那位被誉为"拯救俄罗斯音乐"的音乐大师格拉祖诺夫，还创办了"格拉祖诺夫高等音乐学校"，培养了无数的音乐艺术人才。不仅如此，世界各地的艺术家们在这里相继上演了著名歌舞剧《天鹅湖》《卡门》《浮士德》《费加罗的婚礼》《塞尔维亚的理发师》……

而那些为生存奔波的普通外国侨民，也在这条大街上演奏巴扬、小提琴、大提琴、黑管、小号，一边抒发他们的思乡之苦，一边乞讨生活。

一时间中央大街闻名遐迩，熠熠生辉。

二

中央大街不仅是充满着西洋音乐的大街，也是一条始终涌动着革命激流的红色大街。中国共产党早期领导人之一瞿秋白，在这里第一次听到俄文版的《国际歌》，不禁心潮澎湃、夜不能寐，当即把这首伟大的歌曲翻译成中文，自此中文版的《国际歌》唱响了全中国。共产党员金剑啸、侯小古等热血青年成立的哈尔滨口琴社以口琴做武器，传播抗日爱国思想，口琴社的成员们曾经在这条街上演出了《义勇军进行曲》《伏尔加船夫曲》《沈阳月》等抗日歌曲。

时光荏苒，天地重开。1958 年，在中央大街 1 号成立的哈尔滨艺术学校，培养了大量的音乐人才。他们成为第一届"哈尔滨之夏"音乐会的生力军，赓续着中央大街四季常青的音乐传统，让哈尔滨成为享誉世界的、名副其实的音乐之城。

三

如今的中央大街每一天都在上演着维瓦尔第的《四季》。

春天的旋律是由轰轰隆隆的跑冰排奏响的，这充满活力的声音似乎宣告春天来了。随着松花江水的激荡，报春花、丁香花渐次绽放在中央大街两侧，把中央大街打扮得绚丽多彩。街上的商铺已经打扫干净了，啤酒小木屋刷干净了啤酒罐，开始准备迎接客人了。伴着《红莓花儿开》《山楂树》动人的旋律，八方来客走进浪漫而富有诗意的哈尔滨春天。

夏天的中央大街如火如荼。如潮的游人像五线谱上的音符一样在街上涌动。大街两侧的辅街也同样热闹，各种风味烧烤和啤酒让人们流连忘返。尤其是在两年一度的哈尔滨之夏音乐会期间，中央大街成了一条不夜的狂欢之路。华灯初放时，马迭尔阳台音乐会的序幕便拉开了，那些来自天南地北的游客们，一边品尝着马迭尔冰棍，一边聆听着那似乎是来自天堂的美妙之音。说起来马迭尔宾馆，它从建成的那一天起就与音乐结下了不解之缘。1913 年马迭尔创办了沙龙音乐，1924 年马迭尔剧场上演了世界著名歌剧《茶花女》《睡美人》等。有人赞誉马迭尔是远东最大最豪华的东方的凡尔赛宫。这不是言过其实，因为这里接待过著名的艺术家夏利亚宾、海菲兹、埃尔曼，我国著名的京剧表演艺术家梅兰芳、国画大师徐悲鸿……当年，踌躇满志的老板约瑟夫·卡斯普曾经站在中央大街上预言，马迭尔一定会风流 100 年。但是，他还是目光短浅了，而今已过去 120 年，马迭尔的音乐仍在空中飘荡。

褪去夏的热潮，迎来秋的韵律。秋天的中央大街繁花似锦。在这条铺满金色的面包石的路上，你会不由得放慢行走的节奏，体会面包石带给你那种非同寻常的韵律。的确，中央大街上的面包石是最久也是最为忠实的"听众"。它是中央大街的历史记录官，它用无形的文字、无声的语言记录着中央大街上的过往。你还可以找一家咖啡店坐下来歇一歇，或许你会和这家咖啡店的老板闲聊起来。喜欢聊天儿的咖啡店老板会热情地为你介绍这座城市的前世今生；谈兴正浓，他还会为你弹一曲俄罗斯老歌，把你带到那个久远的年代。或许，你会选择去中央书城逛逛，在书的世界里寻找你喜欢的书，很可能还会从某一本书里读到关于中央大街的文字。对了，在中央大街的尽头，还有一些本土画家，他们在那里画风景、画人物、画建筑，你不妨请他们把你也画进去，拿回家里挂在客厅，每每看到它，你会回忆起你和中央大街的邂逅。

以往冬天的中央大街是安静的，就像交响乐的曲式，到了这时应该是舒缓如歌的。可是谁都没想到，去年冬天的哈尔滨火出了圈，白雪皑皑中，中央大街响起了欢快的旋律。随着南方游客的到来，"东北三少""北境守夜人"鄂伦春、鄂温克和达斡尔族人来了，鄂伦春老族长戴着狍角帽、牵着驯鹿，达斡尔人举着雄鹰，他们唱着豪放的民歌、迈着彪悍的舞步在中央大街展示雄风。接着，像是听到了召唤，中央大街上演了各民族的文化秀，朝鲜族敲起了长鼓、蒙古族拉起了马头琴、赫哲族跳起了快要失传的萨满。在他们的快闪后，广西瑶族同胞携着国家级非遗黄泥舞、四川大凉山白马族载歌载舞相继亮相，还有比熊猫还少的枭雄柯尔克孜族吟唱起《玛纳斯》……此时的中央大街俨然一个大舞台，从西洋乐曲到有着浓郁东北风格的大秧歌儿，从本地民歌到全国乃至欧洲民乐，中央大街奉献了一场独具冰城浪漫风格的文化盛宴。

而今的中央大街已然成了世界最热闹、顶级的网红打卡地之一。百年老街正焕发迷人的青春风采。这就是中央大街妙不可言、拨动人们心弦的主旋律啊。

圣母报喜教堂的钟声早已停摆，但那些凝固的音乐——建筑还在，中央大街的音乐还在。远处，索菲亚教堂的钟声依然悠扬。

原载《哈尔滨日报》2024 年 8 月 28 日

莱菔天涯

梦亦非

一

娴静，洁净，在风中微微摇曳，如同一句不饰辞藻的旧时诗句，莱菔，从冬天的雨雾里开始绽放淡紫色的细花。

莱菔花开在乡间公路旁，花田从荒芜的梯田中，夺目地突兀出来。梯田在山脚或山麓，更高的山顶，锁在冬天的冷雾里，似乎不知道有多高。

这是黔南。

我从莱菔花田边路过。

身后有簌簌的声音落下，似乎是雨，似乎是消逝的时光。

二

少年时读过一篇文章，其中说，萝卜开花了，就不叫萝卜花，而叫莱菔。

我想，一个青年变老了，也不叫中年，应该叫忘怀者。忘记年轻时的种种不堪，忘记那些生命中的过客，忘记一路的萧索。于是，渐渐就忘记了旧日。三十岁出头时，我曾这样写过：

那时天暮欲雪，记忆
像天空一样陈旧

我将讲述

这急流般的日子

在平野中缓和下来

再过了十多年，终究，我仍然没有力量去讲述旧日往事。人最难面对
的，其实是自己已逝的往昔，忽略着，忽略着，最后，果真就遗忘了。

三

记忆中我曾在博客中贴过一张莱菔花田的照片，配的标题叫"莱菔天
涯"。博客后来被我清空，那张照片自然也就不存在了，标题也变得不确
定了。

如那个时期的记忆。

"说吧，记忆。"但记忆似乎无物可说。我究竟无意识地遗忘了什么？
这遗忘本身，又是为了忘怀什么？

在我的故乡，海拔一千七百米的高原，山岭之中，莱菔花开得最早，
比油菜花更早。细碎地、密集地挤在一起的，不会被人当成"花"的莱菔
花，突然就出现在一片荒凉的冬日或初春的田野中，并不会给我带来春暖
花开的温暖之感；反而，它将季候与景致衬托得更为荒凉。关于荒凉，我
曾在诗集《素颜歌》中写道：

荒凉从喉间涌出、涌出

丰收后的大地上阴雨……

这是二十年前的旧作，那时尚年轻，为何是"荒凉从喉间涌出"？这
意味着什么？或暗示着什么？也许回首旧作，理解自己曾经写下的句子，
便是重逢曾经的自己？所写下的诗句，都是对未来的注脚吗？我并不
确定。

前几日在诗中写道：

美啊，我为你歌唱

但歌声，喑哑了声带

四

已经不记得是哪一年，很久了吧；也不记得那一天是冬末，或者已经初春。阳光淡薄、微凉吧？应该是。

我送别两个诗友，坐在离家数里的莱菔花田里。三人席地而坐，花丛中有酒、有菜。他俩应该是在我家里小住了一两天。辞别之日，我备好酒菜，送他们出村，过溪，穿林，越岭，抵达一片半山腰上开阔的梯田。荒凉，仍然是冬天的景象，但其中一块梯田中，莱菔已花。我们坐在莱菔花田中饮酒、说话……太阳渐沉，远山渐灰，酒未尽，兴已阑，友人起身作别，履着荒草中的古道，下山，消失于松林之后。

我收拾杯盏，独自踟蹰回家。

在我记忆中，那时天空应该浅蓝，应该有云缓慢地漫过头顶，田亩外的树林里，应该传来鸟鸣，风应该微凉，莱菔花应该没有香气。

场景一定需要这样描述或虚构。

五

后来我才知道，莱菔花的花语是"黄昏"。黄昏是一天中我最舒服、放松的时段。莱菔花在白天是没有香气的，要等到黄昏，才会散发出迷人的芬芳。我一直安慰他人：不要害怕时间的流逝，时间会增加男人的智慧与女人的魅力。这是否冥冥之中应和了莱菔花的气质？关于应和，波德莱尔在《恶之花》中写道：

> 如同悠长的回声遥遥地回合
> 在一个混沌深邃的统一体中
> 广大浩漫好像黑夜连着光明——
> 芳香、颜色和声音在相互应和。

据说，在西方，莱菔花对应的是十四世纪初期，于佛罗伦萨创立了圣母玛利亚教会的圣非利安那·佛尔柯尼。

资料上说，莱菔花"茎梢分枝着花，花冠四出，淡紫色或白色，与菜花类同，雄蕊六枚，雌蕊一枚"。我并没有认真观察过，仅仅是用印象去"看"它，模糊如在黄昏。黄昏在每个人的身上来得或迟或早，博尔赫斯的《蒙得维的亚》中这样开头——

> 我滑下你的暮色
> 如厌倦滑下一道斜坡的虔诚
> 年轻的夜晚
> 像你屋顶平台上的一片翅膀

黄昏之后就是夜晚，莱菔花在夜里也会彻底地芬芳，直到天明，才收敛起她的香气，仿佛从未散发出这穿越茫茫黑夜的气息。

在黄昏与夜晚，多少朋友从我们身旁起身，告别，从此不再出现在我们的生活和人生里。

六

十数年二十年后，今天，我再次穿过这条山路，从名为"甲乙"的我家所在的村子，经过梯田、村庄、森林，去往山脚河谷的一个名叫"大河"的古镇。

我再次看到了梯田中的一片莱菔花。在山脚河谷，一个叫"羊洞"的地方，河边，花开得"正好"—— 也只能用"正好"这个词了，不是"正艳"，也不是"正美"，更不是"正香"。这是正午，阳光淡如河里的静水，河的对岸，一片疏林上升到山岭，山岭之上是昊昊长天。

许多年里，我许多次经过这条路。少年时期，赶集经过，记忆黑白。青年时期，有一次独自行走在春天的山路上，道旁的田里是否开着莱菔花，没有印象了。而今天，我两鬓星星，山道已从只能步行的土路变成了可以通车的村道，但那些树林还是那些树林，田亩还是那些田亩。

一片莱菔花突然将这条山路在我的生活中点亮，变成我已逝岁月中的一条"金线"。在这条"金线"上，曾经的那两个诗友，一个已经不再写诗，另一个，则在几年后的一次酒局中因为争执而割席，不复有音讯。

因为醉酒而失去的朋友，并不是只有他一人。

七

无论是记忆的远行还是记忆的"回来"，春天在我的记忆中总是荒凉一片。我曾总是在秋冬恋爱，在春季分手，爱情之运如同一个差生的作业簿，被不断擦拭、改写、覆盖……春天于我是惊心的，莱菔花在春风里突然被画在大地上，将春天逼迫到了更荒凉的高处。

我独自开着越野车，沿着这条轿车无法通行的道路，看冬天里提前浮现的春景。田埂上、水塘边，草已绿。松林上、云朵边，天已蓝。有幼鹰之唳从山林后传来。虽然一场风雪刚刚结束几天，虽然天气预报说几天之后又有一场风雪，但春天仍然奇怪地提前涌现在大地上，在风中，在回南天的湿潮里。

穿过树林，转弯，进入一个村子，阳光低到了屋檐，路边一群妇女，正在手拉手围着圈唱送别的歌。应该是结婚办酒结束，主家送别客家，送到村外，依依不舍。歌声在窗玻璃外飞扬，让我似乎嗅到了莱菔花的香气。又行了一段路，路边，同样是一群妇女在唱着离歌，依依惜别。本地结婚，新娘家会有十来个妇女陪同到新郎家，三朝之后，新娘家"送亲"的妇女返回时，新郎家这边的妇女要送别到村外，唱歌，言笑，挽留。

人间这样热闹。

但我的目光看到凌乱的村子，看到村后荒林中竹丛的新绿，看到山顶上压下来的冷雾。它们让我觉得，人世间仍是太荒凉了，荒凉到触目惊心。这些惜别与歌声，正如莱菔花田，正如莱菔开放，固然美，却显出了背后更大的荒凉。

我没有减速，没有多看一眼，驶过这些人间的歌与笑，仿佛就这样经过花开的人间。

八

莱菔花一直追着我，从少年到中年，从故乡到异国。

去年冬天，我独自在泰国旅行了两个月。有段时间一人在泰北行走，某天在清莱报了一个旅行团去最北边的金三角地区。旅行车在田野间穿行，我突然看到一小片莱菔花开在四季并不分明的土地之中，而花田边上，有一辆被废弃的汽车。

后来我写了两句诗：

一辆路旁废弃的汽车有它的悲伤
我也有万物所不能理解的荒凉

旅行车一晃即过，如今，我并不很确定那确实是莱菔花，但那一刻的感觉，却是真切的莱菔花给我的感受。我忆起故国的冬春，忆起故乡的莱菔花田，忆起那些在我生活中走失的朋友，一张张面孔似乎陆续浮现、又似乎陆续消隐。

我其实知道自己心有芥蒂，因为在时间的冬季与早春里，我曾错过那些构成我生命历程的人。于是，莱菔花于我，便意味着不再回来的告别，友人的告别，爱人的不告而别。

青春滑下我的暮色，无声无息。

我曾慨叹爱情是世间最稀有的宝石，而今我也明了：友谊，同样是世间最罕见的花朵。而这些感悟，并不能让我释怀，最多，让我略略轻松：在这荒凉的人世间，我看见莱菔花开；而在莱菔花田里，我曾暂时遗忘了荒凉。

终于，我可以直面自己二十年前写下的句子——

隔着时间之流
怨恨与热爱都已消散
唯剩你我
和江上，青山一脉

原载《散文》2024 年第 11 期

寻找一匹马

王　彪

地势在抬升，遮天蔽日的草木在身后纷纷后退塌陷。人群离我越来越远，草原越来越近。我向草原更深处走去，寻找一匹马。

牧草低垂，把大地捂得严严实实，一直与天际相接。牧草柔顺，像马背上浓密的绒毛，风一阵阵吹过，在草原上激荡起连绵起伏的波纹。在风温顺盘旋的地方，马场圈住一块草地，把马群的野性拴牢在一根根木桩上。

看到我们到来，马群一阵骚动。有的用蹄子敲击地面；有的摇晃脑袋，打着响鼻；还有的把两只前蹄举在半空，扬起鬃毛，极力发出点动静，以引起大家的注意。它们有些迫不及待，期待有人解下缰绳、配上马鞍，将它们领走。

养马人老李也这样期待。

老李是草原的原住民，从年轻时就跟着兄长经营马场。他的脸膛沟壑纵横，暗紫发亮，那是草原的风霜和强烈的紫外线对他辛劳的认定。每逢有人问他年龄，他总笑吟吟地说："五十啦！"他的同事老孙会打趣道："别人每年十八，他每年都是五十。"没有人打破砂锅问到底。

老李深谙马性。他为我挑选了一匹年轻的黑马，一边装配马嚼、马鞍，一边让我跟马亲近亲近。我凑近它，它也把头挪向我。我们互相打量对方、琢磨对方。

这是一匹刚成年的雄马，目光炯炯，性格温顺，形体优美，浑身透出一股沉稳的力量。它通体黑色，算得上是骊马，属于良马的一种。传说，周穆王乘坐马车巡游西方，驾车的四骏中有一匹叫温骊，应该就是这种马。马场会集了北方、西北的马匹，它是西域马的后代，还是蒙古马的子孙？连老李也说不清楚。

我抚摸它的鼻梁、额头、脖子和背上的鬃毛，它始终很安静，一点没有像其他的马那样躁动。在我的触摸下，马闭了一小会儿眼，仿佛有些陶醉，然后将头靠上我的肩膀。这时，老李才把辔头上的缰绳交到了我手上。

踩马镫，跨上马，我就是黑马临时的主人。老李还陪我走了一段。他给我拉闲话，说了从外形、体色分辨良马的冷知识。马分为骅、骊、骍、骢等将近五十个品种。项羽的坐骑叫乌骓，骓就是黑身白蹄的马。秦王李世民打洺水之战时的战马叫拳毛䯄，䯄就是黑嘴的黄色马。至于骢马，是青白色相杂的马，这种马在唐朝很流行。

老李还没有说完，黑马上下点头，马蹄试着腾跃向前，我跟着摇晃起来。"它等不及了！绕着这座山包跑，我在山这头等你们。"老李一扬手，黑马如同射出的箭冲出了马场。我牢牢抓着缰绳，仔细观察着它的速度。原来它的温顺是装的。在主人老李的面前，它像一个乖巧的孩子；一旦挣脱了管束，身体里的野性骤然爆发出来。

同一匹马至少有截然不同的两个状态。它小步慢行，对我来说简直是受罪，非常颠，五脏六腑似乎全部移位，会产生一种锥心的绞痛。只有当它跑起来，达到相当快的速度，直到耳边响起风声，马鞍稳定保持在同一条水平线，我才真正感受到骑马的乐趣。

起初，我对这匹黑马有所顾虑，它刚一提速，我就勒紧了缰绳。我手上的约束一放松，它就立即撒开四蹄往前奔。没跑多远，我又一次勒紧了缰绳。如此再三，我也逐渐适应了它跑起来的速度，感受到它健壮身体里，喷薄而出的力量。这时，我忽然读懂了它的心思。它渴望奔跑，渴望草原，渴望酣畅淋漓的驰骋，渴望无拘无束的自由。

于是，我放弃勒紧缰绳，伏在它的背上，任它纵情疾驰。

"天苍苍，野茫茫。风吹草低见牛羊。"当我还陶醉在美丽的景色时，老李已在约定地点招手了。就像送我出发一样，他要陪我们回马场。

第二天，我离开了那个马场、那片草原，告别了老李，也再没见过那匹黑马。

在后来的日子里，我经常想，人都在寻找一匹马，为它解开缰绳，让它挣脱羁绊和困扰，寻找心中的渴望。只不过，有的人找到了，有的人还在找。那匹马在马场里，在心里，在未知的某个地方。让我们找到心中那匹骏马，为它解开缰绳……

原载《民主协商报》2024 年 7 月 17 日

沿着故乡弯弯的小路

李鸿雁

人间四月，有纷纷的雨。每年，都会去看她，在清明。

沿着故乡弯弯的小路，一直走，翻过那道河堤，几棵隐约的柏树，远远望过去雾蒙蒙的，总会一下子心生肃穆。那里，是奶奶的安息地。

应该说奶奶这个称谓，于我而言几乎等于陌生，我是没有见过奶奶的，因为她的早逝。但每次听爷爷和爸爸讲起奶奶，内心都会莫名激动、崇敬和温暖。在我脑海中，奶奶的形象，一直是亲切慈祥的。或许，这就是血脉相连的缘故。

人常说，好女旺三代，娶妻当娶贤。此话，真的不假。奶奶出身书香之家，知书达理，贤淑善良。在他们那个年代，很多人都不识字，一个女子能识文断字是极受人尊敬的；加之奶奶勤俭持家、乐善好施，在四里八村是出了名的好人缘。

那时，爷爷常年在外工作，一年也回不了几趟家。奶奶一个人带大几个孩子，风里雨里辛苦操劳的同时，还不忘帮助邻里乡亲。

谁家需要读信或者代笔写信什么的，都爱找奶奶帮忙。无论再忙，她总是不辞劳苦，认认真真给人家去读信和写信。奶奶生性细腻又非常体谅别人，为人家代笔写信，她总会趁晚上去，等人都到齐、全家都在场的情况下才动笔，目的是能把所有人的心思寄愿都给照顾到、表达上。

黑夜里，一盏油灯下，为人挑灯夜书的女子，是我的奶奶。每每想起这个温馨的画面，都深感骄傲和荣光。

听爷爷说，老家的隔壁是一对聋哑夫妻，那个哑妻在生完孩子后不幸离世，丢下一个可怜的小婴儿。就是这个孩子，从此让奶奶牵肠挂肚放不下，她几乎每天都要过去帮忙照顾一番。每逢冬季，天还没完全冷，自己孩子的棉衣还没顾上，她就早早为那个孩子做好了整套的棉衣。别人都说奶奶傻，她却总是感叹："没娘疼的孩子太苦太可怜，能扛得了夏，不一定熬得了寒啊！"

有年冬天，下着大雪，村头一间破屋里来了一家三口逃荒者，蜷缩在刺骨寒风中瑟瑟发抖，一群狗冲着他们汪汪大叫，没有人愿意近身去管。奶奶听说后，一声不吭，冒雪为他们送去了热汤热饭。天黑铺床时，她又毅然抱起一床棉被，深一脚浅一脚地给他们送过去。

关于奶奶的故事很多，爷爷讲了很多次，我也听了很多次，不但从来没有听烦过，而且每听一次，我就谨记一次奶奶的善与好。

至今，我们家还珍藏着一本奶奶曾经爱不释手的线装《唐诗三百首》，发黄变脆的页面上，密密麻麻的批注，是她留下的娟秀字迹。虽然书已破损严重，有着虫蛀和半个世纪的沧桑，但每次翻开，仍能闻到和当年奶奶翻开时一样的书香。

奶奶留下仅有的一张黑白照片，被爸爸用玻璃镜框精心装着一直挂在墙上，没有他的允许谁都不能动。照片上的奶奶端坐在窗前，嘴角上扬浅浅地笑着，额头饱满而光洁，虽一袭布衣，也遮挡不住她那文雅明丽的气质。

因为疾病，奶奶永远离开了她深爱的亲人，在平凡中走完了短暂但慈悲的一生。出殡那天，几乎所有认识她的人，她帮过的没帮过的，都自发赶去为她送行。北风呼呼地吹着，送葬的队伍排得很长很长，大家都想再看她一眼，都想为这个德高望重的长者，送上最后一程。

忠厚传家远，诗书继世长。奶奶耿直厚道、心地善良，为我们树起了良好的家风，一家人遗传了她书香致远的好基因，继承了她心肠柔软的好品行，宅心仁厚、善良为本、真诚做人。

几乎，每次清明回去都会遇雨，故乡的小路很是泥泞，都说故乡的泥土待人亲啊，甚至连鞋子都能被粘掉。但我把这看作是奶奶疼爱孙辈，亲我爱我的别样方式。可能因为阴阳两隔，她无法表述她的爱，只能用那雨、那黏黏的泥泞来留一留我们即将离去的脚步，仿佛想让我们再陪她多说一会儿话、多唠一会儿嗑；又仿佛在说，孩子啊，慢点走！

离开的时候，下了一晌的雨，终于停了。毕竟春深似海，拂面的风已没了凉意。河堤上茅草正抽新芽，点缀其间的蒲公英摇曳着小小黄花，湿漉漉的空气中，远处村子上空升起了袅袅炊烟。几只灰雀侧身在绿树和行人的头顶掠过，倏地就飞到了田野的另一边。

曾经，亲人的故去，像我们心灵深处一道深深的伤疤。随着岁月的更迭，这疤会结痂，我们也会渐渐递减了疼痛、减少了眼泪；但心底的怀念却是深切的，永远无法忘却的，而那道疤，也一直都在。

我不知道该用什么来形容这种感觉，或许，就像故乡的河流，我们有时甚至会忘记想念、忘记它的存在，但它始终不干不竭，绵远流长。一代又一代人走了，去了，而它时不时还会在某些怀念的日子里，流入梦中，轻轻牵动我们的乡愁，触动我们的泪点。

《郑州日报》"郑风"副刊 2024 年 3 月 31 日

看鸟儿洗澡

疏泽民

第一次看鸟儿洗澡，在自家书房。

小区大院的四周有几棵香樟树，我的窗前也有一棵。不知什么时候，院子里来了一群鸟，整天叽叽喳喳的，像一群天真活泼的孩子。

那天我坐在窗前看书，忽然窗外一阵扑棱，抬头一看，一只不知名的鸟儿落到我家窗台上，探头探脑地朝屋里瞅。我赶紧端正坐姿，纹丝不动。或许鸟儿把我当成雕塑，感觉没有危险，就搔首弄姿地用小嘴在腹下、翅下、后背来回轻轻按摩擦拭，如同陈佩斯表演的小品《洗澡》。我想笑，赶紧将托腮的手掌捂住嘴，生怕笑出声来。澡洗好了，鸟儿"啾儿"一声，双腿一蹬，张开翅膀飞走了，留下细微的羽尘随风飘散。

住在钢筋水泥构筑的城里，能看到鸟儿洗澡的机会并不多，得凭运气。

再次看到鸟儿洗澡，是冬天的一个早晨，我在桥头等车下乡时。桥下是条河，穿城而过，挖掘机刚刚翻挖过，杂草埋进新翻出来的砂土里，河滩显得平坦而空阔，几汪浅水凼清澈如镜。

我是被叽叽喳喳的鸟声吸引到河边的。站在堤岸边，我看到不知从哪儿飞来的鸟儿，有数百只，分成几拨，上上下下地穿梭。一拨从树上呈弹射状"哗啦啦"地射下来，快触到河滩时突然减速，画一条切线滑入沙地；另一拨如发射炮弹从河滩起飞，腾空快速闪过，精准无误地落在岸边的柳枝上，踩得枝条微微颤抖。河滩里的鸟如密密麻麻的河石，又如风卷起地上的落叶，一阵阵翻涌，一浪浪推进，推入挖掘机掏出的一汪浅水里。水里的鸟儿特兴奋，低下脑袋往水里一按，脖子一张一缩，再猛然朝后一甩，随头带起来的水就濡到后背上。然后扭弯脖子，将后脑壳贴着后背来回摩擦几下，接下来再次埋头汲水。如此反复。后背洗好了，又张开双臂，将头伸进臂下的胳肢窝，挠痒痒。一下，一下，又一下。全身濡湿了，洗净了，再次钻进水里漂一下；钻出来，扑扇着翅膀，直扑得水花四溅才快活。快活的鸟儿一身清爽地飞到树上，鸟喧洒了一河滩，清亮如洗。

那么多的鸟儿，借着几汪浅水集体洗澡，洗得那么恣意、那么亢奋，我还是第一次看到。我不敢走动，屏住呼吸，生怕吓坏了鸟群。

我发现，看鸟儿洗澡挺有意思，它会让你忍俊不禁，烦恼皆忘；甚至觉得，做一只鸟儿也不错的。

近读作家钱国宏的《给心灵放个假》，文中提到他家乡的山雀，吃饱喝足后飞到松软的沙滩，展开羽翼，"偎"个小圆坑，把自己用沙埋起来，然后张开全身毛孔，扭动身子，噗噗地洗"沙浴"。"每只鸟在洗'沙浴'的过程中都会幸福地闭上双眼，忘情地浣洗，一丝不苟、痛快淋漓地享受生命中的这段惬意！"

原来，看鸟儿洗澡的不止我一人。鸟儿洗澡不像人那样单调，一汪寒水、一窝黄沙，竟能洗出那么多乐趣。我自叹弗如。

原载《扬子晚报》2024 年 1 月 11 日

辑

六

与长发作别

李银昭

无常之事说来就来了。

走进病房时，她端着手机正在视频。手机里是儿子的声音。她对着手机说，一会儿和爸爸去逛太古里，并示意我去和手机里的儿子打打招呼。

是的，陪她去太古里，去一家专卖店。

那家店，我们曾数次路过，透过橱窗，长的短的发，卷的直的发，黑的白的乃至金黄色的发，吸引着不少女孩，尤其是像她一样的中年已过的大女孩们。她也曾拽着我进去过，若看上了满意的哪款哪式，她也往头上套，对着镜子前看看后看看。她也曾动过掏钱买下的念头，可每到最后决定时，犹豫了。就连店里的女老板都说，这里没有哪一款，能与她那一头自然、黑亮的长发相比。

刚进华西医院那天，医生看了她病历上的年龄，又看她的头，其实是在看她那一头飘逸的长发。医生是一位女士，她对医生说，没染过，是真发，我妈以前也这样。类似的话，在不同的场合，已说过多次，有时她还会拈着头发捋一捋，往后那么轻轻地一甩。

可谁也没想到，无常之事说来就来了。

先是肚子有点胀痛，她说过一阵子会好。可一晃两星期了，我们就去了华西医院，做胃镜、照 CT、做穿刺、基因检测，结论是胰腺出了问题，肿瘤。

那天说治疗方案，医生说，先准备个头套吧。医生看我似乎没反应，又补充说，就是套在头上的，假发。医生叫我买了备在那里，也让她提前在心理上有个准备。

随即我就想到了去太古里。

头发是女孩的另一张脸

视频时，她和儿子聊得欢。当儿子问她到太古里去具体逛什么时，她支支吾吾没给儿子正面说，就把话滑过去了。随后叫我："快来，和儿子说几句。"我坐到她的病床边，接过手机，我刚和儿子打过招呼，她就凑了过来，将头枕上了我的肩膀。她丝滑柔顺的头发挨上了我的脸颊，还有那款她用了多年的洗发液的味道也幽幽漫过来。

头发是女孩的另一张脸。

那时，青春年少，排队进省图书馆，一个长发的女孩总是先我一步，排到了前面，于是记住了那背影和垂过双肩的长发。后来壮着青春的胆子，坐到了长发女孩的对面。再后来早早去图书馆排队，既为自己，更是为那长发女孩。时间是 20 世纪 80 年代。那时的四川省图书馆，位于成都总府路，也就是现在太古里所在的地域。

车出华西医院，过东大街，穿过春熙路，就往太古里去。

"太古里"这名，是近些年才有的，之前这里叫"大慈寺"，是一个藏传佛教的寺庙。寺庙现在仍在，红色的院墙仍在，只是被"太古里"的高楼和时尚的景致围在了中间。

进了店，服务生就迎过来。陈列柜上的假发，发型、发饰各色各样，比之前更是琳琅满目。她一个一个慢慢看，似乎没看上的。服务生要过来介绍，我弱弱地摆手，叫服务生少出声，由她慢慢看。走进这样的店，她是不会着急的，她对头发的事，是舍得花时间的，每次挑选洗发液、护发素、各种发饰，她总是精心比选。对头发呵护、打理所花的心思，所用心的程度，远远超过花在脸上的心思和用心的程度。买面膜、眼霜、保湿水之类，多是简简单单、草草而过，甚至有些大大咧咧，一副素面朝天过生活的自在、潇洒的感觉。

大概是店里实在没有合适的了，她和我对视了一下，想离开。就在要跨出店门时，我又返回，问，照着她现在头上的发样，定制一款，能行吗？服务生点头。

她在椅子上坐下。服务生在她头上小心地动来动去，比测着头的形状以及发的疏密、粗细、长短。

有些疼痛会铭心刻骨

头发掉落，是在第二次治疗后出现的。

那时，我们已回到家里了。

离开医院那天，病友和她打招呼，有的轻轻挥手，有的点头微笑。医院里话别，都心照不宣，一般说些早点康复之类的话；不说再见，不说走好，忌讳。我们一直到了电梯口，当回头看时，我们几乎同时被眼前的一幕愣住了，或者说是震惊了。

此次入住的华西第五住院楼的第七层，走廊将楼层分为左右各一边，左边是乳腺肿瘤病人，几乎全是女病人；右边是肝胆胰胃病人，男女病人都有。这样一算，女病人在这里大约占了百分之七十五，也就是说，整层楼里，一眼望去，有时望见的几乎全是女病人。在电梯口，我们望见的就是这样的一幕——那些女病人，她们的头上，有的戴着帽子，有的裹着头帕，有的就那样光光地敞亮着，一个是那样，又一个又是那样，没有头发的脑袋占满了整个楼道，塞满了我的眼睛，塞进了我的心里，塞得心尖疼痛，疼痛感瞬间沁入全身。此时我敲打这些文字的时候，那疼痛仍未消散，或许无法消散了——有些疼痛会铭心刻骨。

刚住进华西这层楼的那天下午，不抽烟的我突然到楼下买了一包烟。已到了走廊尽头的阳台，才发现没带火机。正好有人背对我在抽烟，个头不高，光着头。我凑过去叫声，兄弟借个火。那人转过头来，眉清目秀，原来，她是个女病人。我忙道歉说对不起。她打燃火机，伸过手来帮我点烟，说，没事，到了这里就这样呗。微笑出一副小女孩相，纯净、淡然。

此前，有关头发掉落之类的话题，也听人说起过，那时只是听听，只是一个于己无多大痛痒的话题，没有亲身经历，没有感同身受。而此时此地，此情此景，一个从年轻时候跟你一路走来的长发女孩，一个一生都不曾剪过一次短发而坚持留住长发的女孩，一个始终视她的长发如生命的女孩，在一场病魔面前，却要与这满层楼道里的女病友一道，走上一段逼仄、狭长的生命暗道，与她们守护了半生的心爱的头发别。

进了电梯，一直回到家，我少说话，她也少说话。

最担心她头发掉落的事，还是发生了。

那个长发飘飞的下午

首次化疗后的第一周，她的头发没有发生掉落。那时，心里默念着，希望她是那极少数化疗后不掉头发的人之一。然而，后来我在沙发上发现了她第一批掉落的头发。

她的头发，散乱在那里。尽管散乱，但发质如初，丝滑黑亮，一根是一根，清晰可见，就如当年那个下午。

文殊院山门见证了我们第一次约会。两辆自行车顺解放路一直北行，穿过一片菜地，拐上左边的机耕道，前方出现了一片开阔的草坪——后来才知道这就是成都有名的凤凰山机场，传说当年蒋介石就是从这里飞到台湾去的。一路都是两车并行，可出现了草坪，她一下蹿到了前面，越蹿越快，越蹿越远。她的披肩长发也乐呵起来，不再安静，左边飘一下，右边飘一下，随着车速加快，头发也越飘越快，越飘越高。偌大的草坪，有通往东西南北的直道；她走的不是直道，而是绕着草坪边沿，走的是椭圆形的弧线道。她的车快，我的车却无法快起来，我被她的车、她的人、她飘飞的长发，飘得几乎停止在她的车后，只感觉，她像一只飘飞的鸟，草坪、天空都随她一起飘飞。而我，远远地，被天地间以她为中心所构成的那幅画面所折服、所感动。

后来是她在前面高兴的大喊大叫声，使我醒悟过来。我才开始猛烈地蹬着自行车，猛烈地去追赶。

时光飞逝，已过半生，虽青春不在，却长发如初。趁她不注意，我小心地将她虽掉落但仍鲜活、黑亮的头发，轻轻地从沙发上收捡起来。不为别的，就为那个长发飘飞的草坪，那个长发漫天的下午，以及她最后累倒在草坪上说的那句话。她说，你喜欢，我就一直为你留着长发。

女孩一言，终身为定。

如今，她凡在家里去过的地方，比如厨房里、书桌边、钢琴旁，一旦她离开，我就不经意地走过去，不经意地细看桌子、凳子、地板。如果有她掉落的头发，我就不经意地将头发小心地收捡，尽量不让她察觉，尽量推迟她知道开始掉头发了的事，哪怕能推迟半天、推迟一个小时，也行。

扛着你的生命往前走

有一天凌晨，也就是我们在等待为她定制的产品期间，夜潮中，似乎听见有流水的声音，水声很小，小得似有似无。循着微弱的水声，轻轻推开门，客厅那边亮着灯光。慢慢移步过去，原来是她还没休息。她坐在卫生间一个小凳子上，面前是一个盛满水的大盆，流水声是盆里的水漫出边沿发出的。盆里漂浮着的是一根根头发。一线细细的活水，从放在盆里的浴头里缓缓流出。她这是在水里清洗她掉落的头发。她是面朝里，不知我已站在她背后。她稀稀拉拉的头发，披在后面，已明显地少了很多。她专注着盆里。水在盆里旋转着移动，头发随着水也在盆里旋转着移动，她的手指像水鸟叼鱼儿，将头发从一盆清水里拈起，一根一根，拈得精准、稳当。她将拈起的湿湿头发，理成一缕一缕，齐整整地摆放在一边。

身体发肤，受之父母。她好像说过这么一句话，记不全了，大意是这样。头发，对人的整个身体来说，排在了肌肤之前——这句话是在她生病之后，说到化疗后要引起掉头发的时候她说的。当时她还说，如果掉头发就不去医院了，就不用治病了。她后面这句有点"女儿护发不护命"的话，把我吓住了。这话好像不是她一个人的声音，是好多人的声音，是好多人站在一起向天发出的共同的声音——我的眼前又出现了华西五住院大楼七层的那一幕，那么多的戴帽的、裹帕的、光光敞亮着头的女病人、女孩们。

生命，对人只有一次；女孩们有两次，多的那次是，用生命守卫她们的头发。

夜好静，流水从盆沿漫出的声音使夜更静。

我在她身后站了多久，她不知道，我也不知道。想安慰她，不知说些啥。想蹲下，替她一起清洗她掉落的长发，腿却直直地没蹲下去。是什么时候悄悄离开她的，也不知道。后来想起那个凌晨的夜，似乎什么也没听见过，什么也没看见过；只记得，黑夜里，心中长出了一个信念，那就是，扛着你的生命往前走——我的永远的长发女孩。

原载《美文》2024 年第 1 期

吉祥三岛

俞　胜

　　防城港东兴市的三座海岛——巫头岛、万尾岛、山心岛是我国京族唯一的聚居地，人们习惯地把这三座海岛称为"京族三岛"。三座海岛的对岸就是越南，最近距离只有 5 公里。

　　"因为打鱼过春，跟踪鱼群到巫岛，巫岛海上鱼虾多，落脚定居过生活，京族祖先在海边，独居沙岛水四面。"这首古老的民歌，讲述的就是500 年前，京族的祖先因为追逐鱼群，从越南涂山迁居到这里的故事。

　　6 月是防城港的雨季，不像长江中下游地区的梅雨淫雨霏霏、连日不开。防城港的雨季，一日之内，天气数晴数雨。16 日这天也是这样，太阳一会儿露一阵脸，一会儿又躲藏起来。雨一天数场，来得快也去得快，干净利落的。最长的一场雨在下午 3 点左右，足足下了半个小时。刚下时雨点粗壮有力，石子一般地砸到滩涂上，把滩面砸出了一个一个的坑。渐渐雨点细密起来，细密的雨水抹平了滩面上先前砸出的一个一个的坑。赤脚走进滩涂，温暖的沙子吻着人的脚。沙子比没有雨水浸润时多了几分温婉和柔情，让人内心感到一种不能言尽的舒坦。

　　下午 3 点左右，我们来到这片叫白浪滩的沙滩，眼前的海水颜色真个似白练一般，与印象中的海水颜色是湛蓝的大相径庭。问当地朋友，说因为现在是雨季，河水把内陆的泥水带入大海，让眼前的海水变成了现在所看到的颜色。这个说法，让人生疑，如果说是因为河水带来内陆的泥水，海水的颜色应该是黄浊的才是，泥水让海水变成白色岂不怪哉。应该是此处沙滩平缓，眼前的海水也不深，清浅的海水呈现出一片白色才比较合理。网上说"白浪滩"的得名就是因"沙滩平缓，常常可见排排白浪滚滚而来，壮观瑰丽"，可为佐证。

离开白浪滩时，雨已停了，天空满布一片烟青色的云。车沿着海岸向东前行，不到一刻钟的样子，窗外已现一片蔚蓝的海，应该是此处的海水比刚才白浪滩的海水深一些。突然看见海边一群京族渔民在收捕鱼的网，急忙叫停了车。一行人欢呼雀跃地奔向京族渔民劳动的现场。

这网应该是千米以下的小网。因为来之前，我们在防城港博物馆中看过京族人捕鱼的资料。京族渔民捕鱼的网有大、中、小三种，大网长三四千米，中网长一两千米，小网千米以下，网宽一般为四至六米。拉大网需要三四十人，中网二三十人。我们眼前见到的拉网的渔民只有十人左右，以年龄在 30 岁到 50 岁的男性为主，个个肤色黧黑，穿着以蓝黑两种颜色为主色调的深色衣服。站在海水中的他们，不是赤脚，个个脚跟塑料凉拖。头上戴的遮阳帽款式不一，有戴京族风情竹笠的，有戴沙滩大檐草帽的，更多的是戴着深色的棒球帽的。

两位京族的妇女，把网上的鱼往鱼筐中捡拾。她俩年龄、衣着与一起劳动的男性无异，戴的也是沙滩大檐草帽。

渔网前的海水中停泊着小舢板，他们之前应该就是乘坐这条舢板放的网。网上来的鱼，以一指长的小黄鱼为主，已经装满了十几筐，两筐摞在一起，紧密地摆放在网前的滩涂上，不知是不是这一网拉上来的。

渔民们专心致志地抖动着网索，捡拾着网上来的鱼，有时也瞧一瞧旁观的我们，脸上展现着憨厚的笑容。

沙细软且浅，沙底应该就是坚硬的岩石，人在湿漉漉的滩涂上行走，不用担心鞋会陷入沙中、弄湿鞋子。有收购鲜鱼虾的贩子或者一些赶海人，骑着摩托车从滩涂上呼啸而过，在滩面上留下一道道清浅的摩托车的车辙。

我们之前在防城港博物馆里，见过京族渔民踩着高跷捕鱼捞虾的照片，还有些惊奇。来到现场，才明白眼前的这片海，平缓、无淤泥，沙底就是坚硬的岩石，高跷捕鱼捞虾才成为可能。踩着高跷可以不借助渔船，走到更深一些的海水中捕捞，是这个海洋民族根据自身的生存环境创造出来的独特劳动方式。随着现代化捕鱼作业的发展，高跷捕鱼已经退出了历史舞台，此行虽然也没有见到这项传统技艺的表演，但我仍在心里为京族人民今天的幸福生活而高兴。

之前通过翻阅材料，我们知道京族渔民还创造出了"虾灯围网"这种独特的捕捞方式——在网状的虾笼里点上油灯，利用海虾的趋光性，诱引海虾入网。想那入夜后的海面虾笼灯火点点，与天上的繁星一起互相映衬，人若见到，一定有天上人间之感吧。只是此行因为时间仓促，没有见到虾笼灯火围绕京族三岛的夜景，略略有遗憾。

滩涂平整如砥，可低头看，上面也密布着一个个小小的圆形孔洞呢。这些圆形的小洞直径不到 0.8 厘米，可是每一个洞口都是极标准的圆形，而且小洞口与小洞口之间的距离，居然惊人地都保持在一尺左右，绝对能让你想到"鬼斧神工"这个词。你心里惊叹，谁是这些小孔洞的能工巧匠呢？禁不住凝神观看，只见一只细小的沙滩蟹从小洞口窜出来，也许是因为发现了你，又飞速地缩回原来的小洞里，或者窜进相邻的洞里，一眨眼就不见了。那速度，绝对地电光石火一般，让你顿时生出自己刚才是不是出现了某种幻觉，实际并没有那么一只淡黄色的沙滩蟹钻出洞口的感觉。

"泥丁"和"沙虫"都是这滩涂上的宝物。泥丁也像沙滩蟹一样。京族人凭借它们在滩面上留下的小孔，用特制的虫锄翻开沙土，寻找带粉青色泥土的虫道，轻轻浅挖，就可抓到这个狡猾的家伙。

同样，挖沙虫也是在滩涂上找洞口，京族人一看滩涂上某个小洞里突然喷射出细水柱或者是小气泡，就知道下面有沙虫在活动。

在我看来，泥丁和沙虫两者看起来都是白不拉儿的，只不过是泥丁比沙虫短一些罢了。但当地朋友立刻否定了我的浅薄认知：沙虫长得像一根肠子，颜色比泥丁稍浅一点，身上有像方格子样的纹路。而泥丁除了比沙虫短一些外，体形上呈圆筒状，更像一枚钉子，前端细且表皮灰黑。听朋友这么一说，再仔细一看，果然如此。

泥丁做成的汤，味道鲜美爽口，让味蕾勾起了我对家乡嬉子湖中的小银鱼的记忆。这么多年来，我的味蕾告诉我，唯有泥丁可以与家乡的小银鱼相媲美。

品尝到的沙虫是用葱段爆炒的。葱段青绿，沙虫白中带黄，"色香味俱全"。这色首先就令人有赏心悦目之感。爆炒的葱香味儿中更有一丝沙虫独有的鲜香，吃起来，肉质嫩且有一点嚼劲儿（不是入口即化的）。这份鲜美的味道也不能回想，回想一次就会流一次口水。

来京族三岛，更值得回味的还是"独弦琴"的琴声。我是第一次见到结构如此简单的乐器。京族"独弦琴"顾名思义只有一根琴弦，琴身的材质也简单，用竹子或木头制成，长约三尺半。在琴身左侧一端，固定一小圆木与琴身成直角，使得整个"独弦琴"的外观像一条正在波涛中航行的小船。琴身的另一端装一把手，弦线系在把手上，由左斜向右侧绷紧。

我们来到东兴京族博物馆，京族的美女讲解员头顶白色葵叶编织而成的葵帽，身着色彩鲜艳的民族服饰，拿起一根小竹片，为处处感到新奇的我们拨动了那一根独弦。琴声悠扬、欢快，音色像葫芦丝那样醇厚丰满，颤音很足，余音绕梁、经久不息。

我想，这美妙的琴声，不就是在抒发着京族人民的心声吗？一声声的，都是对今天幸福吉祥的赞美和明天更美好的祝愿。

原载《中国纪检监察报》2024 年 8 月 2 日

南迦巴瓦的憾

赵晓梦

"在西藏的天空下，是群山，是经幡，是小黑的脸。"布达拉宫下一间低矮的酸奶坊里，诗人何房子在游客留言簿上，挥毫写下这样的诗句。他笔下的小黑，可不是小狗的名字，而是同行的一位北京美女。何房子一边写诗，一边透过酸奶瓶偷瞄正和我说话的美女侧脸。在这之前的几天里，一场大峡谷之旅，让何房子彻底被这位高出他一头的小黑震撼与遗憾着。

何房子说，"那是峰与谷的垂直震撼"，就像在雅鲁藏布大峡谷底，仰望直刺苍穹的南迦巴瓦峰一样的巨大落差震撼。但他只因为多眯了一会儿，就失之交臂而彻底遗憾着。

一

事实上，当飞机从成都平原来到林芝上空，我们就被舷窗外群山与峡谷巨大的垂直落差所震憾。奔马似的群山，逼迫飞机只得沿着峡谷、利用河流导航寻找着陆场。飞泻的流云在风的吹拂下，推着飞机的翅膀一个劲往山体倾斜，轰鸣的引擎不停纠正着航线偏差，在峡谷狭小的缝隙里穿越，总算有惊无险地把大家平放在跑道上。但过程的惊心动魄，早已把四五点钟爬起来赶飞机的人颠簸得七荤八素，往日里牢不可破的梦境被撕得粉碎。何房子说，由于他用力过猛，指头把头等舱的真皮座椅扶手都抓破了。

2010年7月的一次大美西藏行，就这样被迎面而来的峰与谷，垂直震憾。

但这还只是刚刚开始。接下来的行程里，我们每天都在峰与谷的垂直落差里震撼着、颠簸着。从林芝到鲁朗，从八一镇到雅鲁藏布大峡谷，后来到拉萨，到纳木措，到定日，直到去珠峰的路上翻车结束。

导游说，在神奇的西藏，你的一切经历都是神奇的，每时每刻都会有无数意外等着与你相逢。

在这无数的意外里，最难忘的不是去珠峰路上的翻车经历，而是在雅鲁藏布大峡谷，邂逅中国最美雪山——南迦巴瓦峰的震撼与遗憾瞬间。

二

对每一个到西藏的人来说，眼睛都是不够用的，好在人类发明了数码相机。我一路不停按快门，每天夜里住下来，第一件事就是把数据卡导进电脑硬盘里，尽管这样，也差点崩盘，十余天竟然拍了一万多张照片。

在西藏众多的美景里，被誉为云中天堂的南迦巴瓦峰，无疑具有强大的号召力，巍峨的山势、绝美的风景、丰富的物种吸引着无数的探险家慕名而来，除了头顶超越珠峰享有中国最美雪山的称号，还因为这是一座男人的山，是力量与美完美结合的山。由于它所在的地区构造复杂、处处山壁陡峭耸立，地震、雪崩经常发生，给攀登增加了巨大的难度，迄今为止，人类仅有一次登顶纪录。但越是困难，它就越有魅力。在探险家的眼中，征服它变成了一件绝对的丰功伟绩。也正是因为它的险峻奇伟，登顶成为了背包一族心中最美丽的梦想。但遗憾的是，并不是每一个走近的人都能看到它的真容，以至于有"十人九不遇"的说法。

单论海拔高度，地处喜马拉雅山脉、念青唐古拉山脉和横断山脉交会点的南迦巴瓦峰只有 7782 米，在世界最高山峰中仅列第 15 位。但它是西藏最古老的宗教"雍仲本教"的圣地，有"西藏众山之父"之称。同时，紧邻着的雅鲁藏布大峡谷绕着它转了一个马蹄形的弯，随后向印度洋延伸出去。比百度百科还懂得多的导游解释，南迦巴瓦峰别称"木卓巴尔山"，在藏语中一为"雷电如火燃烧"，一为"直刺天空的长矛"，还为"天山掉下来的石头"。后一个名字来源于《格萨尔王传》中的"门岭一战"，在这段将南迦巴瓦峰描绘成"状若长矛，直刺苍穹"。其巨大的三角形峰体终年积雪，云雾缭绕，从不轻易露出真面目，所以它也被称为"羞女峰"。

关于"羞女峰"的来历，在北京念过大学、拿到硕士文凭的藏族导游继续绘声绘色地说，相传很久之前，天帝派南迦巴瓦和加拉白垒两兄弟镇守东南。弟弟加拉白垒武功高强、勤奋好学，个子越长越高，深受天帝的喜爱。哥哥南迦巴瓦十分妒忌，在一个月黑风高的夜晚将弟弟残忍杀害。天帝为了惩罚南迦巴瓦，罚他永远镇守在雅鲁藏布江的东边，陪伴被他杀害的弟弟。南迦巴瓦自知罪孽深重，所以常常雨雾缭绕、羞于见人。

毕竟是高知导游，她告诉我们，之所以"十人九不遇"，主要是游客来的季节不对，南迦巴瓦峰最佳观赏时间为每年的十月到次年四月，这一时节降水不多、空气干燥、能见度高，经常可以看到南迦巴瓦的真颜。而山外游客的进藏游时间大都集中在夏季，基本上属于放暑假或避暑游（当然，大多数人也承受不起藏地秋冬乃至初春时节的严寒），这个季节恰好是雅鲁藏布大峡谷地区的雨季，雨后峡谷水汽蒸腾，位于峡谷边上的南迦巴瓦峰自然云遮雾绕、难见真容。

一句话，你有时间雪山没时间，你怕冷雪山不怕冷，你怕热雪山怕雨；只有人将就山，山不会将就人。

三

现在，我们就在"错误的时间段"来到了雅鲁藏布大峡谷。

汽车沿着奔腾咆哮的雅鲁藏布江飞驰，近万米垂直落差的高山与深谷，映衬着雪山冰川和郁郁苍苍的原始林海、云遮雾涌，既神秘莫测，又壮丽奇异，犹如凌空展开的一幅神奇美丽的画卷。但对我们来说，此行的目的就是一睹南迦巴瓦峰的真容；用何房子的话说，站在谷底仰望山峰，就像和小黑并排照相，要的就是峰与谷的落差感。

午饭后，我们终于从路边的指示牌看到了"南迦巴瓦峰"，但顺着指示牌往前望，除了云雾缭绕的巨大山体，直刺苍穹的长矛山峰端的是羞于见人。哪怕是我们下到雪山下的村庄，金色的麦田波浪翻滚，与远处的雪山和云雾、头顶蓝得没有一丝杂念的天空，交织成一幅绝美的油画，也难掩我们的巨大心理失落。山就在那里，你能感受到它巨大的身躯、巨大的沉默、巨大的呼吸、巨大的灵魂，但就是无法窥见它的真容。

我们下车，沿着木质栈道一直下到江边的观景平台，以雪山和峡弯为背景拍照。身高和睹峰不成的失落，让何房子没了和小黑合影的兴致，反倒和小黑就虫草争执起来。何房子见路边村民的虫草只卖5元一根，兴奋得要全部打包，小黑告诉他等到了藏北再买，那边的虫草更好。两人谁也没有说服谁。诗人何房子毕竟心地柔软善良，不想让村民失望，最后挑了100根，还叫我买了20根。在后来的行程里，一车人虎视眈眈看着我们边走边晒虫草。

这个插曲，反倒成了话柄，让大家把未能一睹南迦巴瓦峰真容的怨气，全都发泄到我们两个重庆"宝器"身上。车子返程路上，小黑的数落还在继续。

四

或许是失望而归的沮丧，或许是当天早上起得太早，车子开动后，不少人又习惯性摇摇晃晃睡着了。而我紧贴着车窗，手里举着配有70-200镜头的佳能相机，眼睛一刻也没离开南迦巴瓦峰方向，尽管眼前的云层很厚，似乎在昭示着南迦巴瓦的不存在。也许南迦巴瓦就像传说中那样，因悔恨而羞于见人，但因悔恨而留下遗憾的，不只是南迦巴瓦，更有近在咫尺却始终无缘得见的游人。

离南迦巴瓦越近，你越能感受到它的存在。曾有人感叹："远眺南迦巴瓦时，它会让浮云遮了你的双眼；它在人间矗立，却极少有人可以和它相见；它在云中深藏，却和我们赖以生存的这个世界骨肉相连、休戚与共。人类从未停止过向往遥不可及的天堂，而南迦巴瓦正是这样的地方。"

想见却不能见，这不仅是人的遗憾，也是山或风景的迷人之处。

正胡思乱想着，藏族导游突然叫了一声："出来了!"我睁大了眼睛，仿佛有风吹过，刚才还云雾漫漶的山峰，突然现出了真身。司机也恰到好处地把车停下来。我等不及下车，就举着相机用镜头把山峰拉近，一阵机枪扫射式地按着快门。取景框里的南迦巴瓦峰，犹如大山奋力掷向天空的一柄长矛，有我无敌、孤傲勇猛、凌云而立、峻峭挺拔，几乎穷尽人们关于山的美好想象，对山的所有特质做出了最完美的诠释。

又一阵风来，我还没来得及换一个短焦镜头，把峰与谷的巨大落差来一个同框定格；从睡梦中惊醒的何房子和小黑刚跑到车门口，云雾又合上了天空之门，将南迦巴瓦的长矛关在了白底蓝面的宝匣里。整个过程短得只有两三分钟。

这一次，有人为得偿所愿欣喜不已，有人为再次错过懊恼不已。但再也没了一致的失落和沉默。

我虽然有一睹山峰的小确幸，但也有未能将峰与谷同框的小遗憾。但山就在那里，错过这次还有下次，就像朝圣，并不是一次就能顺风顺水完成。只是人在路上，生活在别处，我们需要这样的偶然重逢来慰藉心灵，需要这样的震憾与遗憾来清空身体。

原载《星星·诗歌理论》"诗人随笔"栏目 2024 年第 5 期

我的星宿供

卓 然

一

我的书案上，摆着一件特殊的石供，底座是一个紫檀木小几子，圆圆的，直径不到 20 厘米，四条腿儿像四条虬曲的小蛇，努力背负着那个紫檀木小几子，让它显得平稳而安详、让它矜持、让它端雅大方。我不知道它应该叫什么名字，我只随意叫它"瓶托"。在紫檀木"瓶托"上边，是一个莹润的"白玉笔洗"。它于此已经不止于洗笔的功用了，我改变了它的用途，我让它的品质更加尊贵和神圣。那是因为，我放置的是一块特殊的石头，只有那个白玉笔洗才配得上那块特殊的石头。

我说那块石头"特殊"，并非那块石头形态殊异，也不是那块石头具有多么绚烂的色彩。它虽然只有拳头大小，却给人沉甸甸的感觉。径寸之间，纹理清晰，氤氲着黛色、灰色、褐色，以及赤橙黄绿青蓝紫。但每一种颜色并不分明，你想要什么颜色，你喜欢它是什么颜色，它就是什么颜色，完全可以由你主观决定。但你所看到的那种颜色，却又是风烟共色、意象混沌，像云、像雾，又像梦。它并不清秀，亦不玲珑；既不纤巧，也不妖娆。燃一炷檀香陪着它，仿佛有一点仙气萦绕，任由它柔和地缥缈，柔和到宛如古筝罢弹之后犹然余韵悠悠。

它不是普通的石头，它是"星宿"，来自我的故乡。

二

我的故乡在山西，隶属泽州府，下辖凤台县。州县之南、青山之间，有个安静的小镇名字叫大箕。蝴蝶山逶迤其南，晋普山巍峨其西，大箕河与南峪河交汇于小镇东。在两河交汇的地方，有一块大陨石，历尽风雨，岿然于宽阔的河滩上。埋在地下4米多，裸露在地面上将近两米高。四围青山，河滩上芦苇青青，它则独尊中央，像水中屿，像一座小丘包，像一只金色的香乳，待哺天宇中每一颗不停眨眼睛的小星星。有时会落几只蓝蜻蜓和红蜻蜓，不时会有蛙鸣，水鸪鸪也会落在上边点着头叫雨。

我们不叫陨石，我爷爷管它叫"星宿"，我们也都习惯叫"星宿"。

"星宿"什么时候落户到了我们小镇东？没人知道。没有文字记载，小镇那个"星宿"便只有猜测，没有历史。我们不求它有历史，但我们却想知道它的来历。当五爷给我们讲牛郎织女故事的时候，我们会问五爷，星宿都在天上，那一个星宿为何孤零零落在我们小镇东？五爷说，它可能也是个"织女"吧，下凡后回不去了。

"织女"落在了我们小镇东的河滩上，多么神奇！多么有趣！真的是一个"织女"，它把一河水都织成了蓝蓝的绢，还织了好看的涟漪和浪花。"织女"撩拨河水的叮咚声，仿佛小镇上女儿们在弄机杼。落一阵小雨，河水便会陡涨，"织女"拨弄水的声音会大到恰如小镇上的八音会。

"织女"周围的水深而清，我与香锁、昌路、富魁、富裕一伙小朋友常常到"织女"身边洗澡、凫水、打水仗，浑身水淋淋地在"织女"身上爬上爬下，就像拱在母亲的怀里。

水光映着月光，一闪一闪，仿佛"织女"在眨眼睛。大人们说，"织女"要睡觉了，孩子们也会安静下来。

有趣的是，"织女"名字虽然好听，却让小镇上的牧牛娃羞于去镇东的河滩上放牧。更可笑的是，那些单身汉会常常坐在河边发呆。我那个跛足和哥老师，时不时徘徊在河堤上，低吟"蒹葭苍苍，白露为霜。所谓伊人，在水一方……"

为此，人们便很少叫它"织女"，多是庄重地叫它"星宿"。

三

离开家乡的日子里，我的梦里总有"星宿"。

夜深人静时，凭窗仰望繁星满天，也难消解我对"星宿"的思念。

每次回故乡，我都会去看"星宿"；离开时，心里总有点依依不舍，我感谢它陪伴我度过那个童话般的少年时代。

多少年没有回家乡了，瞬息沧桑，"星宿"还好吗？

2016年夏天，我有幸回家乡参加拓展文化旅游事业的讨论，与村委会主任见面的第一句话就问，小镇东河滩上的"星宿"如何？"星宿"在，大箕的希望就在。红布写上"到大箕看星宿去"，制作成横幅，到处张挂；制作成旌旗，到处张扬，大箕小镇会火起来。

村委会主任真是个有为的青年，立即组织人马，调动挖掘机、吊车、工程车、农用车，在东河滩启动了一项浩大工程。

挖开沉积的河泥沙石，见到"星宿"真容那一刻，小镇上的年轻人都欢呼起来，一个个都像考古学家，拿手指头小心翼翼地抠去坑洼里的泥土，拿笤帚和刷子轻轻地扫去缝隙中的沙砾；噘起嘴巴吹去浮尘，汲来清泠泠的井水冲洗泥污。

我蒙尘多年的"星宿"，终于披着一身金光，再一次回到了人间，矗立在小镇的东河滩上，峥嵘而崔嵬。它像一匹金驼步越关山，像一只金鹤矫翼旷野……

"星宿"的重新问世，惊动了小镇领导，他们即刻就请了晋城市文物专家进行鉴定。专家鉴定后认为，小镇东河滩上的"星宿"由形态、颜色各异的材料组成，有的地方平滑整洁，有的地方却斑驳陆离；整块巨石的成分、成色也不相同，碎块的分量比普通石块沉重许多。结合河床地质层分析，他断定这块巨石是"类似冰川沉积岩陨石"。国际陨石协会总顾问用仪器探测后认为，我们的"星宿"是水冰包容性陨落物体，是世界上最大的月球角砾岩陨石。

实在是罕见的陨石。镇上和村委会立即派人把"星宿"保护起来，任何人不得从"星宿"上掘取一沙一砾。散落在"星宿"周围的一把泥土、一块碎石，也让人捡拾起来，以备将来珍藏到"陨石馆"。因为我的建议，他们赠我拳头大的一块"星宿"做纪念，便是我的"星宿供"。

为"星宿"面世，镇领导很快就做了个决定，把老北岭改称"五指山"，举小镇之力，在五指山建了一个"陨石主题公园"，开辟了"一星广场"，建起了"陨石馆"，修了座"一星塔"。我草拟的碑文开宗明义告诉世人，我们的"角砾岩陨石"是"世界第一星"。是的，世界原来有过第一星，系非洲纳米比亚南部的大陨石，长 2.75 米，宽 2.43 米，重 59 吨。而我们的"星宿"高 6.8 米，周长 17.2 米，重 148 吨，相比之下应该是小巫见大巫了。

五指山的"陨石馆"以蓝色钢化玻璃造成穹窿式的圆顶，柱体上绘有各样陨石和天文图识，通过透明的蓝色穹顶，参观的人可以一探天体的奥秘。2016 年重阳节前，小镇人要喜迎"星宿"入馆。九月的山菊花开得烂漫，红红的柿子像一盏盏刚刚点燃的小灯笼。白鸽在飞，喜鹊在唱。锣鼓喧天，鞭炮齐鸣。在喧嚣的人声中，"星宿"被安放在了"陨石馆"。"陨石馆"也是我心中的一个大"星宿供"，与我书案上那个小小的"星宿供"遥相呼应。在"星宿"入馆的那个傍晚，我炽热的感情无以消散，便徘徊在五指山仰望星空。那夜星光灿烂，我感慨万千：天上不能没星光，人间不能没星光，人心中更是不能没有星光……

秋末的天气有点凉，毫无倦意的满天星斗似乎在对我说：高处不胜寒，何似在人间……

是的。但愿人间美。

原载《天津日报》2024 年 9 月 24 日

朋友与月亮

刘 川

十日草

传昆仑山有十日草，人误食之，满十日必亡。若真是如此，那么第十日该人将死之前，再吃一次十日草，必再满十日才死。如此，此草由绝命草反成延命丹矣。——噬毒延命，不正是今日人类之常态?

会歌唱的墙

自从邻家搬来学声乐的女大学生，我家便有了一堵会唱歌的墙。

一日，隔壁某户老人去世，我家一堵墙便成了会哭的墙——我在那里挂了一幅世界地图，仿佛地图中有人在呼救。

朋友与月亮

古时，逢月圆之夜，朋友（尤其诗友）聚集一处饮酒、赏花、观伎乐或赛诗。古时，朋友乃一种与月亮一同阴晴圆缺之事物，友谊随宇宙节律而运行。

唉! 而今，朋友与月亮脱钩了。

写作的收获

下弦月子夜零时才从东方升起。当有人问我多年熬夜写诗有何收获，答之曰：比不写作之人多看了几次下弦月以及一两次昙花的开放。而写作，也正是为了看见别人看不到的。

猫的时间

你起床了。你上班了。你回来了。你上床睡觉了。
——猫先后看了你四眼。
人，你根本不重要，或许你只是猫的钟表上的四个时间刻度而已。

随意的箭

你随口说出的话到底有多大伤害性，你并不知道。当别人拿你说出的话来伤害你时，你才会知道。这些射回头的箭带来的伤口终于让你知道，不论随意射出的箭还是瞄准射出的箭，只要射中人了，伤害并无不同。

孙悟空的隐身

孙悟空长期变成和尚随唐僧取经。因为长期扮演一个人类，它变回猴子时，便没人认出它是孙悟空。它成为真实的自己时，反而隐藏了自己。猴子是孙悟空最好的隐身模式。

被替换的石头

吉尔特人出征前每人向空场扔一块石头，回来每人再取走一块。牺牲者的石头就留在空场成了纪念碑。但活者取走之石或许是某个牺牲者扔下的，仿佛那人把石头给了他，他就活了。如此看，纪念碑就不是石头，是活者的替身。

pose 的延伸

不一定非用肢体才能做 pose（造型）。

格拉斯的烟斗，即他的 pose；还有博尔赫斯的手杖、村上春树的衬衫和猫。

古一些的，有关公的大刀，不管哪一尊泥像挂着它，人们都认为那就是关公。

大师的遗产

大师去世前，决定将他的唯一财产——一本从未示人之宝书，传给每个弟子。但一本书怎么传？他把弟子们叫来，让每人读一遍这本书再凭记忆把它写出来。写出来的书都来自原书又不同于原书。于是每个弟子都得到了专属于他自己的、与别人不同的一份财产。

手的扩大

手，捂住烛光，墙上出现巨大的手影。

真理，在强力者手中，未必创造更大的真理，可能创造出一只更大的手。

何不让石子说话

一个修行者，遇到人群便把刻有"止语"二字的石子含在嘴里，三年之久，以避免无聊的言说，直到学会严守静默。我则在人群中写诗，用写诗避免与人群闲谈。当我在人群中这样使用语言时，我是真正地静默，也是真正地说话。

内在的读者

标点放错位置，不仅使阅读不舒服，甚至会改变原文意思；而放对位置，就不会有人注意到它们，它们消失在整体效果之中。一本书本质上是由标点解释出来的，标点是书的第一个读者。

连接就是分隔

电话线负担之使命并不在于连接，而在于距离（罗兰·巴特）。电话之出现使本来必须面谈之人不再赶来了。电话线把人远远地分开，甚至夫妻同床也不再交谈，只是死死抱着手里的电话。

遛狗

遛狗这件事一旦成了某个人一件第一重要的事、一个意志的核心，便不是遛狗了，而是狗把绳子递到他手里，拉着他上街。

——没什么更能支配他的身体了，除了狗。

耳朵的参与

听人讲故事，听者并不能传播讲述者所讲的，而是传播他所听到的。表面上是不同的嘴巴让故事在传播中变形，本质上是不同的耳朵让故事逐渐成为另一个故事。

舌头的空间

《曲礼》云："非饮食之客，则布席，席间函丈。"到师长家参加非饭局聚会，与师长要隔一丈空间（另一说法，丈通杖，即一杖距离），二人交谈、讨论，舌之不足，往往以手比画来补充。所以留一些空间，是放舌头及其外延的。而今，舌头的空间，要更大，里面放武器了。

沙漠中的游戏

孩子们在地面画了一个圈说是沙漠，经过圈子时要丢下身上的一些什么，假装换到了水才能离去，不然就会死掉。我每次购物，都感觉商店是一个隐形的圈构成的沙漠，在这里留下钱，得到一些东西，不然就会死掉。

钟表店的阴谋

钟表店老板一售出钟表就不管了，他继续懒散地坐在无数钟表中间。而买走钟表的人，从此忙忙碌碌奔跑在他们买到的钟表里边。

伪造的俳句

井，青蛙的寺。

丢失的钥匙

一个寓言：有人在黑暗中弄丢了钥匙而去路灯下寻找，因为这是他唯一可能找到钥匙的地方。一个现实：我们丢失了灵魂，便爱上了自己的肉体。当我们紧抱肉体突然看穿它的速朽与虚幻而产生觉悟，灵魂或许会浮现。

不在场的同行者

离开父亲以后，开始了与父亲最近距离的并肩同行——

离开父亲，知道了世道艰难，每遇岔路，常想此刻若是父亲，他会如何抉择，再按照他的方式做。

马德里人的烟灰

"马德里人的理想是尽可能坚持更长时间，吸烟时也尽量不让烟灰落下来，以成就那短暂的不朽。"（戈麦斯）濒死不肯拔下的氧气管、退休放不下的制服、自己给自己的点赞——这些不朽的烟灰。

口哨的作用

吹口哨费力气，干活也费力气，但一边干活一边吹口哨，干活便轻松了。建立节奏感难，追求诗意也难，但追求诗意时建立起节奏感，诗歌的写作就容易了。再多费一点力就能省力了。

原载《散文》2024 年第 8 期

清风与明月

盛　夏

小时候，家里十分贫穷，母亲总是劳劳碌碌，像只辛勤的蜜蜂一样。就在偶尔歇息的时候，她总会从抽屉里摸出一本书，靠到床上，发出轻轻的一声叹息，头也不抬地看起来。我在院子里玩，回屋，她还在看；我出去找小伙伴玩，回来，她似乎还没有挪动过身子。母亲紧紧盯着那本书，终于合上了，又发出轻轻的一声叹息。

多年后，我知道了，那是满足的叹息。母亲不知从哪儿借来一本本书，慰藉她忙碌的劳动生活。那些书像一缕云，飘在深沉灰暗的天空。

受母亲影响，我也从小喜欢书。我从抽屉摸出她借的书，津津有味地读着。有的字不认识，但不影响对故事的总体了解。那基本是些通俗的故事，有市井人情，有乡村奇事，有谍战重重……母亲最珍贵的一本"书"，被我从箱子最底下翻出，是蓝色复写纸抄的几十页纸。笔迹尚算工整，故事里有个美貌的地下党人，还有一批恶棍。估计这故事当时挺受人喜欢。

读大学后，走出那个村子，才知世界之辽阔。一幢幢高耸入云的楼房与栉比的书架，让人跌入一个新奇的兴奋的世界。我开始扫荡自己喜欢的书籍。床头上，书桌上，书架上，堆着一本本书。随手翻开，总觉馨香扑面。

有一日我回家，母亲突然对我说，妮子，你似乎沉静了一些。哦，这我并没意识到。回想起来，仿佛这世界真的再没什么能让我冲动如初，面对不公、烦恼时也不似往日焦躁不安。为什么会从火山变为宁静的湖泊呢？思来想去，也许是那些书籍，无声地浸润着我，改变了我。

是的，读书可以改变性情。这似乎不难理解。一个人在书籍中浸淫日久，看到无数他人的故事，听到无数智者的劝说，不知不觉地，心思变得细腻、温柔起来，对别人也多了几分理解和宽容。写书的人，倾其一生和心血告知我们他的心得、体悟，不啻是最睿智要好的朋友。

关于读书改变命运的事，历史上不鲜例子。那个匡衡，凿壁从邻居那里偷光阅读，一日一日，年复一年，终于成为著名的经学家，汉元帝时位至丞相。车胤囊萤，孙康映雪，苏秦锥刺股，孙敬头悬梁……读书成才似乎是封建社会的共识。宋真宗为了劝学，竟亲自写下《励学篇》，言书中自有千钟粟、书中自有黄金屋、书中自有颜如玉。

而我们发现，古今中外，大凡有所成就的人，基本是保持良好阅读习惯的人。投资人巴菲特说，他每天有80%的时间在阅读，他成功的秘诀是"每日阅读500页"。李嘉诚每晚都要读书，这习惯一直保持了50多年……世界上拿走诺贝尔奖最多的犹太民族，据说平均每人每年至少读64本书……

"如果有天堂，应该是图书馆的模样。"博尔赫斯说。是啊，于清浅的时光里，放上一杯茶，就着明亮的光线，读一本本心仪的书，灵魂会渐渐安宁下来，俗世的喧嚣会一点点走远。在无尽的时空里，与智者对话，思想插上了翅膀，上天，入地。宇宙不再是一个空虚的词，你属于它，你也拥有它。

我喜欢挑经典的书读。大浪淘沙，淘尽多少人物。只有那些高伟的人，能不惧风浪侵袭，千年百年地立在那里。我走上去，与他握手、谈笑。有人喜欢下棋，有人喜欢品酒，我独爱读书。一局棋罢，不知三生三世；一本可爱的书读完，似乎也已穿越几个世纪。

读书如做文章，似乎也有那么几个境界。书放在少年时代读，未曾谙世事艰辛，胸中涌荡的是无比的激情，书中人物所为如隔岸看花、水中望月。中年时，断雁西风，江湖辗转，知会了人生一些苦乐，然而，毕竟还有一段路要走，还有希望可供憧憬，悲欣交集；等到岁月的尽头，鬓已星星，看书中故事如自身体验，感慨万千，了子一生，如露如电。譬如少年时读杜甫，总觉得佶屈聱牙，想这老头怎如此多的牢骚与愁闷。中年时，方感觉他之所愁所苦乃世事无常，而我人生亦处无常之中。等到昏昏老矣，读到他的"落花时节又逢君"，方觉出繁华落尽后的凄楚与人世沧桑的无奈。随着读书增多，见过的世界愈大，也更好地理解了人生种种、众生芸芸。

百无一用是书生。但有时候，却又不得不佩服一个书生。看似贫薄的身体，竟存了那么多的书香。当我们为股票金钱亢奋忧伤不已的时候，他却在那里品香茗、看风景、享清风。哪一种生活为好呢？如果非要选，还是不为金钱裹挟，尽量让心灵享受宁静吧。世人都很羡慕苏东坡，可知若不是他满腹诗书，怎来"惟江上之清风，与山间之明月，耳得之而为声，目遇之而成色"的话。

原载《文学报》2024 年 8 月 22 日

蹩脚的钟摆

樊健军

  他又在收拾那些琐碎而又微不足道的事物：适合老年人的穿戴——中山装外套，保暖内衣，背心，袜子——他只给父亲买过几次鞋，但父亲一生只喜欢穿两种鞋——雨靴和草绿色的球鞋，别的鞋会扔到一边；一些吃食——面条，鸡蛋，瘦肉，烤鸭，日常的蔬菜，食用油，少量的水果，八宝粥。有些东西不能太丰富，又必须齐备。父亲的饮食也很固执，只喜欢那些熟悉的食物，对猪肉鸡蛋豆腐特别钟爱，无论多少都会笑纳；如果不感兴趣的，他连碰都不会碰，就让它们直接腐烂、变质，当成垃圾扔掉。而且父亲不会扔掉它们，非得让他亲手扔出去。扔过无数次垃圾之后，他摸准了父亲的习惯，给父亲慢慢固定了一张食谱——偶尔也会破例，挑选一些父亲从来没有尝过的新鲜食物。

  他将这些琐碎打成包，大包小包，三周两周一次，一趟一趟往乡下跑。从县城到他父亲居住的王桥村不过一百多里的路程，可中间得倒两次车，招出租车去汽车站乘坐汽车，下了汽车还得换乘摩托车。他就是个钟摆，在县城和王桥村之间摆来摆去。有时他很沉静，有时又很浮躁，更多的时候他坐在某辆汽车的窗口，一脸平静。这一路的风景都是他见惯了的，石炭、红砂岩、黄土的丘陵，生长着杉树、马尾松，无数的野花野草。春天有烂漫的映山红，秋天有绚烂的红叶。

  他在这条路上奔走了四十年。他在路的这头，父亲在路的那头。他能想象有什么事情正等待着他。每次下了摩托车，放下包裹，他就得替父亲打扫屋子。父亲的习惯有些恶劣，他会料理自己的生活——洗衣做饭，可就是不会收拾自己的房间。他的房间永远是狼藉的，到处都是纸屑果壳，各式各样废弃的食物包装袋、鸡蛋壳、盛过八宝粥的易拉罐……有一些让他想象不到的小玩意儿：父亲亲手剪裁的各种形状的小纸盒、削铅笔的小刀、小学生的课本。他的父亲似乎是个顽皮的孩子，总是躲在房间里开小差，偷偷做着一些小制作，玩着没有人窥见的游戏。面对父亲的这些作品，每次他都有一种错觉，父亲好像不是他的父亲，而是他调皮的孩子。他想象不到父亲做着这些事情的表情，也猜想不到父亲的心情。他有些无奈，又有些开心，毕竟父亲喜欢干这些，还能干这些。他清扫干净父亲的屋子，接着开始打扫楼梯、厅堂、小天井。父亲的房前有棵樟树，春秋两季都会落叶，他将落叶扫成堆，点把火，烧成灰烬，再将灰烬清理了。做完这些，他得同父亲进行一次对话。

他的父亲是个卑微的人，小时候患过一场病，落下了许多毛病：腿脚不灵便，口齿不清晰。他受过无数的歧视，也被动接受过无数的同情。他小的时候同父亲总有那样一段距离，他最痛恨别人拿父亲开玩笑，也痛恨别人拿他去同父亲比较然后数落父亲的不是。这些年，他一趟一趟回家，回到父亲身边，他和父亲的距离一天天在缩短，他慢慢摸透了父亲的脾气，谙熟了父亲内心最隐秘的渴望。父亲是个固执的人，他认定的事情谁也无法劝说，别人也无法同他交谈，他说的话别人听不明白，别人说的话他根本不听。父亲固执了，只有迁就他避让着他。父亲又是个自尊心挺强的人，有很多旁人不理解的习惯，不吃剩饭剩菜，外出做客必须坐上位，享受别人对他的尊敬和礼仪。父亲耳背，可耳背得有些奇怪，对他有利的事情听得清清楚楚，对他无益的事情却充耳不闻。父亲还有一些小骗术，有时故意将钱藏起来，佯装身无分文，让他拿钱给他。他满足了父亲。下一次，父亲又会用相同的方式来蒙骗他，他照样会满足他的要求。父亲只会玩这种低智商的骗术，而且一个法子会重复无数次。

他同父亲的对话是单向的，基本上是他在聆听父亲说话。父亲的口齿越来越含糊，有些话连猜带想才能听个大概，有些话根本不知父亲在说什么。只要父亲在说话，他就不住地点头、微笑。父亲说过了，也就不说了。再说下去，父亲会瞧着他傻笑。村子里的人说，他父亲不是个那样的人，其实聪明着呢。他理解"那样的人"是什么人，他们的意思就是他父亲不是个傻子。父亲当然不是个傻子，他念过初小、会写字、会读书，他懂得亲疏、晓得礼仪。父亲留着的钱，只要孙子开口了，多少都会给孙子。父亲的亲人大多不在身边，父亲会惦念，有时父亲冷不丁会问他小弟弟怎样了，他儿子怎样了。很多次父亲问到他的母亲——父亲的妻子，现在外省生活着，可是他无法告诉他真相，对父亲的问话他无言以对。

这些年，父亲的疑心病越来越重了，对这个世界只有怀疑。不管谁送给他的东西，他都不敢接受；越是精美的食物，越不敢吃进肚子里。父亲怀疑那些食物让人下了毒，好像预感有人会谋害他。父亲只信任他，只有他给的东西才会放心享用。父亲的话也只说给他一个人听。每逢这样的时候，他不知该如何去安慰父亲，在父亲面前他更多的表现是沉默。

他同父亲说话时附近有些人会来告状，说他父亲又骂人了，或者干了别的坏事。他笑一笑，并不做过多的解释。那说的人不过说说而已，并不是真的要追究什么。父亲有了事往往都是他们通知他，父亲生了病，第一时间照顾父亲的也是他们。因为父亲，他对他们唯有感恩。他想过将父亲带进县城，可是要想父亲进城，那比牵一头倔强的牛进城还要困难百倍。父亲喜欢到处走动，一刻也不肯安静。父亲去的地方都是多年前去过的地方，一些亲戚所在的村子，偶尔还会跑到三十里外的别镇去。那都是父亲熟悉的地方，可能记忆到了骨子里。父亲在县城就没有那种刻骨的记忆了。对于父亲的安置始终是他的难题，也是他的痛处。养老院担心父亲乱跑不愿接收；带进城他怕父亲走出去不认识回家的路，还担心车，父亲不懂得交通规则，不懂红灯停绿灯行，不晓得要走人行道，过马路也不知道要走斑马线。他有个朋友将父亲接进城，第一天朋友的父亲就走丢了，找了整整三天才找到。他很害怕这样的故事会在父亲身上重现。父亲有父亲的世界，父亲离开那个世界会怎样，他无法预知。他只会像钟摆一样，在县城和父亲居住的村庄之间来回摆动。如果有一天，他这根钟摆中断了，停止了，那他的父亲——他父亲的时间就彻底坏了。

原载《散文百家》2024 年第 9 期

河流是村庄的秘史

高卫国

我脚下流淌的是一条具有神力的河，与其说河里面流淌的是水，不如说流淌的是静默的时间。

河的上游流经安阳市，故而乡亲们将这条河称之为安阳河。安阳河古时称为洹河。殷墟出土的甲骨文中，就有"戊子贞，其烄于洹泉"的记载，这说明洹河见之于文字，至少已有三千多年的历史了。

水从河的上游缓缓流下，也从时间的上游流过。芦苇、垂柳和一些叫不上名字的水鸟立于河的两岸，河床上水汽氤氲，光与影便在河面铺展开来。那些流走的时光也如同河里的水一样，一会儿浑浊、一会儿清澈。

几尾小鱼、一群蝌蚪穿过涟漪，在河岸边的浅水滩游弋。我不清楚它们究竟从哪里赶来，河流沉默不语，这成了小鱼、蝌蚪还有河流共同守护的秘密。

水落之后，可以看见岸边东倒西歪的水草身上挂满了泥浆，两岸的河坡留下了明显的水痕。望着眼前的水痕，前几日水涨满河床的情景就如同一个斑驳的梦影残存在我的脑海里。

这条河的最终走向是海河。小河在距离我们村庄十里一个唤作马固的村庄附近，汇入了一条名叫卫河的河流，卫河至河北馆陶与漳河汇合后，最终至天津入海河。

卫河的河面上架了一座桥，因旁边的村庄而得名马固桥。那座桥是我童年时期见过的最长的桥，全长有一公里。这在乡下孩童的视野里，是一个伟大的存在。

《诗经·国风》中的《卫风》，收录了卫地的歌谣。卫国是周王朝姬姓诸侯国，在河南鹤壁、濮阳一带，我的家乡距离濮阳仅有三十里路，距离鹤壁淇县也只有七十里的路程。《卫风·氓》歌唱过一条河叫淇水："淇水汤汤，渐车帷裳。"淇水这条古老的河流如今依然在鹤壁淇县的境内流淌，有资料显示卫河流经鹤壁时接纳了淇水。我大胆地猜想，家乡的这条河就是从《诗经》传唱的时间深处流淌而来的。

小河水落以后，河床上横七竖八躺着的大青石清晰地裸露出来。我光着脚丫踩在细沙上，偶尔在石头底部的水洼里可以捡到铜钱，也有人在水底摸出过碎瓷片，水里还可以见到残破的石碑。它们都是村庄的一部分，曾经见证过祖先的生活。那一刻，我脑海里掠过一句诗："河流是村庄的一部秘史。"

春风送暖，河两岸的土地最先解冻变得松软，两岸的垂柳吐出了一片鹅黄。春光斜斜地铺在河面上，垂柳的倒影就在柔波里荡漾。几只鸭子从村庄的小巷蹒跚走来，临近水边时它们拍打着翅膀跃入水中。小燕子也从远方赶来，它们拖着剪刀似的尾巴在河面上飞翔。

夏日炎炎，水流充沛，河岸的浅水处有碎叶莲的装点，柳树的浓荫罩在河面上，小鱼也游过来躲在浓荫下乘凉，不远处的荷叶下有几只青蛙正鼓着腮在鸣唱。傍晚时分，橘黄色的夕阳打在河面上，一群少女坐在河边的长条石上捶打衣裳。

秋风浩荡，暮色苍茫，此时河水掩藏在秋日的薄凉之中。我站在堤坡上，能听见河水冲刷石头发出哗哗啦啦的声响，声音含混、低沉，似乎是从时间的纵深处传来，它知道河流的秘密，也洞悉村庄的过往。

冬日来临，大雪纷飞的日子到来之前，河两岸的柳树完成了四季的轮回，将最后一片枯叶摇落到河面上。柳树站在岸边看河水奔流，一副阅尽沧桑的神态。要不了多久，雪花飘落，河流两岸就会变成粉妆玉砌的世界。

河岸上的垂柳、芦苇、龙须草、碎叶莲，还有水中的小鱼、青蛙、水鸟、野鸭子，这些植物和小生灵一起丰富了生命世界的底蕴，我在与小河的对视中获得了"鸢飞鱼跃、道无不在"的生命顿悟和法喜。

每一次回乡，我都会站在桥上俯视这条河，如今的河道比我小时候见过的河道弯曲了许多，河两岸密匝匝的芦苇荡不见了，取而代之的是开垦出的农田。这使得我眼前的小河缺少了蓬勃的生机。

傍晚时分，橘红色的夕阳从远处的堤坡上滚落，给小河镀了一层梦幻般的光晕，水波在光晕中荡漾。暮霭渐渐从河岸升起，河流蜿蜒渐行渐远，在苍茫的暮色中，幻化成了一幅水墨画。

我站在桥头默默眺望着小河的远方，一个人、一条河，我再也不会像小时候那样，翻越栏杆从桥洞跳入小河畅游了。人到中年，尽管小河还是那条小河，我的身上却堆满了即使是故乡的水也洗不掉的尘垢和沧桑。

有河流的村庄，都是古老的村庄，这样的村庄又怎么会没有故事呢？史料显示，明朝时安阳一带有两种屯田形式，一种是军屯，另一种是民屯。军屯是下令军队开荒种田，民屯主要是迁民屯田。《明实录·洪武录》记载，明政府两次迁民屯田都把安阳放在了首位，我的故乡一个叫作迁民屯的村庄就是原有村落在这两次迁民后发展而来的，迁民屯的名字也由此而来。

河上架着的那座双曲石拱桥是二十世纪五六十年代修建的，桥墩最上端的两侧雕刻着"提高警惕，保卫祖国"几个大字。童年时期，每次看见这几个字我都心生欣喜，因为我可以从这几个字里面指认出我的姓名。祖母曾经讲过，石桥修建前，这条河上面架着一座木桥，是我们高家和霍家两姓的族人出钱出粮建造的，我们两家在旧时代是村里的大户人家。可是建桥的过程并不顺利，河北岸是高家祖坟所在地，河南岸埋着霍家人的祖先。不承想在建桥的节骨眼上，风水先生却说桥建高了对高家的后人有利，建低了则有利于霍家人的发展。那个年代的人都迷信，将风水先生的话当成了趋利避害的指路明灯，于是两家互不相让，甚至为桥要高处建还是低处造发生了械斗。后来人们不得不请出两个家族的族长，他们坐在一起共同商议后，选择了一个折中的高度，才在河面上架起了那座木桥。

虽然在远去的历史时空中，霍家和高家曾经因为修桥发生过争执，但是当那些陈年往事随时间卷入流云之后，两姓人家依然会互通婚姻并和谐相处。如今七八百户的迁民屯，说大不大，说小不小，两条东西走向的大街，一道南北走向的大路，交错相通，四面堤坡环绕。村庄共有十几姓人家，却也是筋连着骨藤绕着蔓，就算是扯不出亲戚关系，也一定有着前面几代人的交情或来往。

我在脑海里沉思村庄历史的同时，再一次打量眼前的河流，不禁想起丹纳在《艺术哲学》中写下的一句话："滔滔不尽而有规律的流水会使人体会到一种平静、雄伟、超人的生命。"

小时候，我行走在河边，经常可以看见一个高姓的牧羊老人，他低头看着河面的流水和流水中被风卷入的落叶，也有时看水中的枯草。他看了好多年了，他从小河流水中究竟读出了什么，无人知晓。

夕阳在山，霞光浓稠，就如同一大片摊开了的柿子，小河与堤坡都披上了一层金黄。桥头走过来一个庄稼汉和两个妇女，牧羊的老人也将山羊从河坡草地赶到了桥上。庄稼汉肩上扛着一把锄头，锄头的把手处系着一捆青草。牧羊老人走上桥面的时候手里牵着一只头羊，另外一些填饱了肚皮的山羊紧跟在老人和头羊的身后悠闲地迈着步子。庄稼汉、妇女、老人和山羊就一步一步走进了画里面，夕阳在他们身上镀了一层金色的光。

如今那个牧羊老人早已长眠于小河北岸的泥土之中，他头枕着堤坡下面的泥土，依然可以望见缓缓流淌的小河。

村庄里生活过的一代人又一代人就如同天上流逝的云，也如同小河流逝的水。天空如此阔远，地面布满褶皱，河流也随着岁月流转逐渐变老了。当年水边洗衣的少女早已为人妇、为人母了，我也早就从家乡逃离，闯入了城市的天空。四十多年来行如奔马，那些远去的日子有一部分浓缩成了我记住的过往，还有一些我不曾记住的日子悄然沉入时光之河的深处，犹如儿时的我打水漂时旋出去的瓦片沉入了眼前的河流……

原载《雪莲》2024 年第 8 期

横渡琼州海峡

黄康生

巨轮载着火车，火车载着"坐雷吊琼"的传说，载着"渡水腰舟"的历史记忆，缓缓驶出徐闻北港，驶向琼州海峡，驶向阔海苍茫。

巨轮有多层甲板，前封后透。底层甲板有 4 股铁轨，铁轨的两侧，规则地排列着 D 型船甲地铃。地铃上绑着 18 节车厢，车厢从左至右依次装停。二层甲板上，停满了大大小小的汽车。三层甲板挤满了人，有人在打牌，有人在刷手机，有人在拍视频，好不热闹。靠窗的两位黎族汉子用一壶老酒、一盘烧蚝随口神侃，谈古论今："雷州雷，琼州风，雷琼火山一脉通……"

一

古琼州海峡东起海南的木栏头和雷州半岛的生狗吼沙，西迄海南岛的临高角和雷州半岛的窖尾角，长 48 海里。海峡最宽处为 18 海里，最窄处仅 9.7 海里。这一道窄窄的海峡，让雷琼两地天各一方、各自天涯。

琼州海峡虽然狭窄，但域内有暗礁、暗流，有水母、鲨鱼，还有号称世界第二的"急水门"。

巨壑渺渺兮无涯，旅人战战兮命悬。说起先辈渡海的传说故事，黎族汉子的脸上泛出红光。他说，早在 5000 年前，黎族的祖先就扶着一把浮木、抱着一个葫芦，游过波诡云谲的海峡，登上海南岛刀耕火种、繁衍生息。后来，黎族祖先又用竹木制成排筏，并乘排筏强渡琼州海峡……

漫漫万年间，雷琼两地的来往全靠舟楫，劈风斩浪十分凶险。

琼州海峡有一块最凶险的海域，名叫木栏头。木栏头海流湍急，暗礁密布，流沙浮动。那些流动性的浮沙时隐时现、时聚时散，船只若陷入其中便被卷进海底。

千百年来，木栏头事故频发，无数船只在此沉没，故有"吞舟魔海""海上鬼门关"之称。

唐代宰相杨炎有诗云："一去一万里，千之千不还。崖州在何处，生渡鬼门关。"

黎族汉子呷了一口酒，说道："嘉靖三十六年（1557年），临高知县杨址护送学子渡海赶考，谁知，船行至半途就遭遇大浪，杨址与数百士人一起葬身大海……"

二

然而，再急的浪也挡不住鱼穿水，再深的水也挡不住雷琼人跨越天堑的脚步。

"险山不绝行路客，水深也有渡船人。"数千年来，无数士人、学子、商贾、劳工、渔夫频繁穿越琼州海峡，或迁徙、或谪贬、或赶考、或赴任、或从幕、或归乡……

穿越琼州海峡，让天堑变通途，始终是雷琼人千年不变的夙愿。

"水渡为曲，桨帆为歌。"帆影桨声中，往事越千年。2002年一个冬日，琼州海峡航线迎来了激动人心的时刻：中国第一艘跨海火车渡轮"粤海铁1号"成功横渡琼州海峡……

从葫芦到竹筏，从独木舟到木板船，从帆船到机帆船，从汽车渡轮到火车渡轮，船速可以说是一日千里。

有人说："这些船只不仅渡人、渡物，还渡光阴。"如今，粤海铁渡轮已在琼州海峡上劈波斩浪20个春秋……

"人坐火车，火车坐渡轮，一切都是新奇！"我们像打了鸡血一样在渡轮上跳蹿。

我站在舱顶开阔的甲板上，呼吸着清新且带咸腥味的海风。岁月的惊涛拍打船舷，我似乎听到了苏东坡、李纲、赵鼎、胡铨、范椁、憨山大师、白玉蟾等人当年横渡琼州海峡时的吟唱。

"云影摇修浪，澜光接远空。"黎人汉子边吟边用小木棍敲茶杯。

透过茶杯往外看，但见十多艘渔船、商船、客滚船在海面上自由航行，溅起一阵阵浪花。一群海鸥围着它们盘旋、飞舞。海鸥的欢叫声与大海的咆哮声混合在一起，萦绕在耳边。侧耳细听，似乎听到了回荡在历史深处的桨声……

"粤海铁1号"开足马力全速朝着海口方向驶去，背后的景物像过电影一样直往后退。

巨轮航行到海峡深处时，海面上浮现一盏又一盏灯浮标。那些灯浮标照亮了古人今人的回家路。

越往前驶，对岸的景物也越清晰，只见一排排高楼耸立在云水之间。海口双子塔、海航国际广场、海口华润中心等架起了海口最现代的城市天际线。

巨轮靠岸后，火车"编程师"赶紧把火车车头、车身、车尾牵出船舱，然后拼接安装，排列编组。

"呜——"火车长啸一声，隆隆地驶向琼岛，驶向繁华。

三

"只余鸥鹭无拘管，北去南来自在飞。"

立秋之夜，我和黎人汉子又踏上了北归的客轮。

"解缆""起锚""绞锚""侧推"……"双泰36"客滚船缓缓驶出海口秀英港，朝着北岸奔去。

夜幕下的琼州海峡舟楫如梭，船影如幻。轮船、货船、油船、集装箱船南北"双向奔赴"。

"南海碧波同云雨，明月何曾是两乡。"这条在风雨中传承下来的航线，是海南与大陆母体的血脉通道，至今仍生生不息。

有人说，琼州海峡就像一条无形的脐带，将海南海北紧紧地抱在一起。

而这一"世纪之抱"让海南海北有了共同的人文记忆和共同的精神家园。

"从民间信仰来看，雷琼两地都敬奉妈祖、伏波将军、冼太夫人。"黎族汉子滔滔不绝，"从建筑习俗看来，两地都有高足寮、茅草屋、四合院和风水塔；从民间习俗来看，两地都流行八音艺术、公仔戏、傩舞等。"

"双泰36"行驶的速度逐渐加快了，它像锋利无比的铁犁犁出一道道洁白的浪花。这时，一直躺在云层里的月亮露出了笑脸。啊，是一轮明月！月光如流水一般，静静地洒在海面上，洒在客滚船上，也洒在我的心上。

凭栏望月，我似乎嗅到桂花的清香。能在海峡之上，与古人同赏一轮明月，该是件多么幸运的事呀！

我和黎族汉子把酒临风，邀日月星辰共醉。蒙眬间，我似乎听到了苏东坡当年北归夜渡琼州海峡时的吟唱："云散月明谁点缀，天容海色本澄清。"

月亮在云中走，轮船在水中游。忽然，海面上刮起了大风，卷起了巨浪。被月光照得雪白的浪花，一排接一排朝着客滚船袭来，撞出"嘭嘭嘭"的响声。

黎族汉子说，琼州海峡有"水上珠峰"之称，它的脸说变就变，上一秒还是风平浪静，下一秒就波涛汹涌。

说时迟那时快，还没等我们反应过来，海面就掀起人头高的巨浪。那海浪如同发疯的巨兽，咆哮着、怒吼着，齐刷刷冲向轮船，砸向甲板，溅起两丈多高的水花……但船长却依然淡定掌舵，驾船穿越怒海风暴，驶向光亮的彼岸……

风渐渐减弱了，海天间透出一抹光亮，徐闻港的灯火已依稀可见。

徐闻港曾繁荣一时，无数黄金、丝绸、茶叶、丝织品和陶瓷器皿在此周转，留下了舟楫往来、商贸熙攘的无尽繁华。如今，徐闻港的"海丝"记忆已苏醒，一个跨越千年的海丝梦想正在这里续航……

哗啦啦一声响，"双泰36"靠岸了，胳膊般粗壮的缆绳开始移动，船员也开始忙碌起来。灯影里的徐闻港综合交通枢纽大楼宛如一只展翅飞翔的海鸥，正迎风翱翔。黎族汉子笑着道："这只'海鸥'见证了徐闻港从一个古渡口到全球最大客货滚装码头的历史性转变。"

"海上生明月，天涯共此时。"综合交通枢纽大楼里有一道高达36米的"得月门"。"得月门"与碧海蓝天浑然天成，既有"天空之镜"的惊艳，亦有"海上之镜"的深邃，可谓是"近水楼台先得月"。"得月门"横看成心侧看成月。从"得月门"往外看，可见八座波浪形顶棚的廊桥一字排开，每座廊桥都连接着南来北往、古往今来的人和事。

千盏霓虹灯亮起后，"得月门"便倒映在水里，形成"水中明月"。

啊！这是一个有月亮的渡口！楼船笛声，北斗高挂，无限情愫融入"得月门"的月影里。

海风吹过，月影在水里摇晃抖动，波纹一圈圈地荡开去，荡进琼州海峡历史深处……

原载《南方日报》2023 年 10 月 15 日

眼里的情怀

马俊茹

梵·高画向日葵多，向日葵于他应该是一种情感上的愉悦。

这个春天，我几次去采蒲公英。我曾经为自己分不清蒲公英、荠菜和苦妈子而惭愧。现在我闭上眼，那些趴在地面上举着倒三角叶片的小家伙便都浮现在我面前。鲜活的、翠绿的、蓬勃的，一簇簇、一片片叶子像一只只伸来的小手，挠痒着我、撩拨着我、拉扯着我，我的心也随着与它们的接触而亲近着。

不知从什么时候开始，乡下人也都知道蒲公英是一种药材了。它可以消炎、化瘀。一次谈话中母亲无意中跟我说起村里的一个老人年年采蒲公英，晒干后泡水喝，他说自己什么病也没有。那时院子里零星的也有几棵，我也开始采了拿回去收拾干净后焯水蘸酱吃。我的结节没有了，我把这全归功于它。

母亲听说了，像是得到了一个大大的奖励，她开始每次都提醒我挖蒲公英带着，有时她怕我把根挖断，还要亲自动手才放心。

日子就这样不紧不慢地过着。生活中种种烦恼劈面袭来，你只有承受的分。

春天却总是那样令人欢喜。

如雨的樱花给人浪漫的怦动，如梦的海棠给人青春的憧憬，如雪的梨花给人纯洁的心灵。世界是缤纷的，容不得你有半点嗔怪和抱怨。

只是匍匐在地的蒲公英，即使开了娇黄的小花，也不会有人注意它们。

在砖缝里，在荒草中，在乱石旁，它们扬起灿烂的小脸，努力地绽放着。狗去埋汰它们，车去碾压它们，它们依然故我，趴在地上也要伸出擎天的旗帜，宣告这一份独立的宣言。

母亲打来电话说，今年天冷，雨水少，院子里的蒲公英没怎么出来。她从一户人家的墙根处挖来几棵蒲公英，小心地栽到院子里，担心能不能活。我安慰她说蒲公英皮实、耐活，实在活不了晒干后泡水喝也一样。母亲这才放下心来。

那天天气不好，扬沙严重，我一天戴着口罩仍感到嗓子里涩涩的。没想到母亲却在这样的天气里跑出去找蒲公英。母亲说那蒲公英的根子得有一铁锹长。母亲拿着一把小土铲，一点一点挖出一棵，移植到老家的院子里，足足有二十多棵。母亲天天去浇水，等它们终于长出新叶来，才松了一口气。

看到蒲公英，我就会想起我的母亲。

我想向日葵一定是给过梵高某种力量，让他暗淡的生命里出现了阳光，有了向上的激情。那是他心里的渴望，他画它，也是在画自己的心。他有着明媚的心，追寻着太阳，他一直在希冀，从没放弃过，他的心里燃烧着一把火。

蒲公英也是我的太阳。我在城市里忙碌二十多年，有过沮丧，有过失落，有过迷惘，一度找不到前进的路。现在想来，自己何尝不是一株蒲公英？外在的环境你无法选择，但你可以选择自己的生存状态，向上生长，拼力绽放，完成一株草的使命，哪怕卑微如此，你总算尽力了。

用力地活过、体验过，便无怨无悔。

母亲用心地为我寻找蒲公英，我想不单单是因为它的药用价值，更重要的是她想让我明白人活一世、草木一生，苦味即人生的道理。

我小时候长得太丑，家里没人喜欢我。母亲常说："人不可貌相，海水不可斗量。我们胖子将来准有大出息。"这句话她不知说了多少遍，也刀刻般深深印在我心上。我每当有所疏懒，想起这句话，就增添了一股勇气。

我没有长出大本事，可也不曾懈怠过，一直奔跑着。

母亲说，蒲公英最苦的是它的根。根子可以扎进地下越长，这样的根越苦，它的价值也越大。因了它的苦，它才不生虫。天地间它可以自在地生。哪怕你多不起眼，你有自己的生存之道，你就能活下来。

小小的蒲公英，连蜂蝶都不来光顾它，然而它依然靠自己的本领长出小绒球，经风一吹，吹成小降落伞，携带着种子四海为家。

平凡的蒲公英，却有不凡的本领。它不怨天、不尤人，喜滋滋地接受着命运给它的一切，却拥有独到之处。不需要任何人，只靠自己就能越过千山万水，度过漫漫长冬。

从南到北，从古到今，它闪耀在各个角落。

四月，也是蒲公英的春天。它探出头来，悄悄地打量着这个多彩的世界。

在小区里的边边角角，我寻觅到一些蒲公英，采来坐在一边择时总有人过来问。大人们说着些闲话，吃点野菜换换口味。孩子们不认识，好奇地看我挑拣。他们都不懂得我对蒲公英的这份情意。

儿子劝我说去药店买吧，这里不干净。我笑而不语。

有些事不需要人懂，也不需要解释，在各自的世界里安好就好。

　　草在结它的种子／风在摇它的叶子／我们站着，不说话／就十分美好。

风吹动着诗篇，落进心里的却全都是美好。

洗好的蒲公英焯水，放进锅里炒，如炒茶一样。再拿出来晾干，收进瓶里。

蒲公英变成了丝丝缕缕的丝线，放一些到杯子里，它们重又复原，舒展开叶片，丝带一般在水里游荡，没有人猜得到我凝望它们时的那份欢愉。

兀自生长，兀自欢喜，兀自飘散，如同生命。不必有喧哗，不必有争夺，不必有厮杀。独自开放，独自凋谢。

心似浮云常自在，意如流水任东西。无求，品自高，心自在。

蒲公英有个高傲的灵魂。倒三角形的叶片，窄窄的，不同于芥菜。并且每一棵茎上只有一朵花，高高地扬着，像个骄傲的公主高昂着凤冠。

昨天我吹散了它的一只小降落伞。它蓬松着羽毛，展翅飞翔了。我接住一片飞絮，轻轻捻开，黑色的小籽雨点似的纷纷落下，像急着给大地点上标点。落到哪里，哪里就是家。它是大地的孩子，始终要投入母亲的怀抱。

谁若是常皱眉，谁便是不识蒲公英。"蒲公英"三个字就像一个人的名字，朴素，大气，不做作，舒展自如。

密如锯齿形的叶片，紧紧地挨着，片片伸展开如剑戟，捍卫着它的茎。那花朵，镶嵌着结实的花瓣，即使绽放，也不松散。饱满紧蹙，如不妥协的斗志。它粗壮的根深深扎进地下，掰开来，白色的浆汁涌出，那是它的琼浆。

一个小小的斗士，一个倔强的灵魂。

如果你熟悉它，你决不会小瞧它。它是渺小的，却有一股韧劲，每一个不屈的生命都是它的化身。它遍布在世界的各个角落。

微风吹过，它频频点头致意。生活的苦不算什么，挺起腰杆，就能够创造美好。

我的母亲是从苦日子里走过来的。然而她从没对任何人说起过这些。她倒是说要是她不赶上下放，留在城里，兴许大地震就没了。母亲就是这样的乐天知命。她一辈子在田里劳动，没穿过什么，没吃过什么，可她有一颗坚强感恩的心。

家庭琐碎并没有埋没掉她那颗热爱生活的心。她爱唱歌，我会唱的歌大多是从母亲嘴里听来的。她也写得一手好字，我上大学时都是母亲给我回信。一摞厚厚的家信是大学时光里最珍贵的留存。她记住的都是生活中的美好。她是一个会捡宝的人。

八十多岁的老母亲蹲在一片牵牛花海里寻找着她要找的蒲公英。那本身就是最动人的风景。我拍下来，时常翻看。

我不是画家，不能将生活中动人的一幕幕画下来。只是我觉得，每一幅画背后都藏着画家满眼的情怀。那情怀便是他的笔，任由他驰骋荡漾，笔下千秋。

漫山遍野的蒲公英，散发着春的气息，也散发着家乡的味道。千千万万颗蒲公英的种子逃离了故土、远走他乡，但是它们的根还在那里，它们的牵绊还在那里。

我们都是蒲公英的种子。怀揣着梦想，奔赴远方。出走半生，依然眷恋着故土。

每个人终其一生，都在寻找。

梵高在向日葵中炸裂了，永恒了。他与向日葵合二为一。

我们在蒲公英身上思慕着，成长着，期望遇到那个更好的自己。

一团团毛茸茸的小球，你挨着我，我碰着你，在清风里嬉闹。我在开花，它们在笑。我在开花，它们嚷嚷。你有没有仔细观察过那些羽状的花絮？精美极了，漂亮极了。美得像诗，空灵缥缈，如梦似幻。

那些举在茎上的花则像是一个个炽热的小太阳。

梵高醉倒于向日葵的脚下。那是他朝圣的殿堂。他一生也没得到过阳光和温暖，于是他的笔下升腾出这些生命的暖色。他用来安慰自己。短暂的生命也在这份绚烂中开出耀眼的金色。向日葵成了梵高的人间四月天。

没有人青睐过蒲公英，或许它太卑微了。如果它曾得到过白石老人的偏爱，它也会大放异彩。可惜无人赏识。

你要为它叹息吗？大可不必。它可不在乎这些。生命是由自己来成全的，这是它的口号，也是它的标签。没有水分，向下扎根；没有阳光，向上生长。一朵花就是一个生命的大礼花，发散出去，落地生根，遍地黄花。

你不惊叹它的神奇吗？

我喜欢四处寻觅她们的身影。或攀爬在高楼上的保洁员，或弯腰在厕所里挥舞拖布的清洁工，或坐在路边石台上小憩的乡下女人。她们奔忙着，说笑着，轻松自在，宛如蒲公英一样，活得热烈而有生气。

四月里，一个孩子在画着蒲公英。我忍不住驻足观看。画纸上飞翔着的是希望。

原载《唐山文学》2024 年第 6 期

后门亭看雪

罗文妹

前一晚就冷风冷雨，天气预报雨夹雪，-4～6℃，高山地区无疑会下一场雪。

早起，看到远山披上了白纱，雪落无声。真的下雪了！上班路上，走在闽中大桥，看见公山文山都被白色隆重地加冕。这样的雪，对于生活在南方小城的我们来说，是可遇不可求的惊喜。

不到下午四点，便和朋友往后门亭走。一路上，车流如织。下山的男女老少，或孩子或大人，手上都提着雪，要么是成型的雪人，要么是把雪装在袋子、桶里。脚上的鞋沾满泥巴，红扑扑的脸上溢满了快乐，看不出天寒地冻。忍不住问："山上雪多吗？"得到的答案是："低处化得差不多了，高处还有积雪。"我想，即使登到山顶，雪化了，我们也无憾，在一切美好的事物中，心见即是见。只要心里有了雪，就是脚的到达，是目光的到达，也是心灵和精神的到达。

越往上走，若隐若现的白越是好像触手可及，那么近又那么远，望梅止渴一般。终于站在雪的跟前，此时的雪斑斑驳驳，不再铺陈。叶片上、草尖处、花枝间都顶着一片片雪，呈现出大朴不雕的美。有了雪的滋润，绿的更绿了，红的更红了，生命变得澄澈活泛。这未经世事的白，是人间的天使，是精神的完美主义者，也是老子"天地不仁，以万物为刍狗"的大爱。每一个角落旮旯，它都不嫌弃、不抛弃。拥抱污浊像拥抱洁净，拥抱凋零像拥抱绽放，拥抱残缺像拥抱完美：融合了世上难以融合的东西。

沿着山路继续走，来到最高处的山林里，相对于低处，这里的雪气势磅礴。满眼皆是白，整个人被柔软的白色包裹着，令人如海一身藏。这素素静静的白，唤起每一个人的童心，大人小孩都忙着采雪、集雪、造雪人……那个姥姥把四五岁的外孙女抱到雪前、雪中、雪后，指导姥爷多角度拍摄。穿红棉袄的她们，像开在雪地里的梅花，有雪的笑脸如阳光般明媚。

有人说，"北国的雪是扫荡一切颜色之后驻存的暴君"，而这里的雪山不厚重、不生硬，和绿色相依相偎，不仅有冬的肃穆，也暗浮着春的生机。每一棵树宛如穿上了白纱裙，秾纤合度，不失江南的温柔婉约。"未若柳絮因风起"，窸窸窣窣的声音，是"雨雪霏霏"的《诗经》，有时光停滞之感，好像自己走出很远很远，远到身心都有一点缥缈。"我的世界下雪了。"这一刻，我愿意成为雪的囚徒。苏轼说，"著力即差"，这里的雪不用力，不刻意，自在欢喜，行书般潇洒飘逸，不给万物施压，植物无须负重致远。这绿和白，浑然一体，像木心形容《红楼梦》里的诗，"如水草。取出水，即不好。放在水中，好看"。是我真心向它出发，它也没辜负我的双向奔赴。

朋友说，这样的天气，适合喝点小酒，确实是个好主意。白居易有诗："绿蚁新醅酒，红泥小火炉。晚来天欲雪，能饮一杯无？"古人甚是浪漫，有诗有酒，只是自己不沾酒，更无诗。但我们遇见了帕斯捷尔纳克笔下最美的雪景——马路湿漉，房顶融雪，太阳在冰上取暖。

夕阳留下一抹温暖的光，我相信"雪在深山有远亲"。

看雪，不禁忆起上一场白茫茫的大雪，本以为是下在 2003 年，翻出旧文字，上面清楚记着：2002 年 12 月 27 日。似水流年，22 载光阴呼啸而过。

原载《三明日报》2024 年 3 月 13 日

行走寒石山

胡建新

寒山子恐怕是中国历史上最彻底的隐者，直至现在人们都不知道他的真实姓名。因此，后人以山名来称呼他。

寒山子是天生的自由灵魂。他选择离开故乡，越秦岭，下汉水，走襄阳，过荆州，徘徊于扬子江畔，最后选择隐居天台山西南的寒石山。

我行走的路线与寒山子的脚步是相向而行的，最后我选择居住天台山南门赤城山附近，与寒石山咫尺之遥。

在天台山间行走，我的脑海中时常浮现出这样的情景：一位长者戴着桦树皮编的帽子，穿着破衣，拖着木屐，游戏于山林间。有时独言独笑，有时望空谩骂，貌似疯癫。我上前打招呼时，他便消失在茫茫人海中。

我登寒石山，有无数次，采风或陪朋友。每次去的季节不相同，一天的时辰不重叠，相约的人有所区分，心境也就各不相同。

我与山融为一体，与山交流，与山谈心。

寒山子是喜欢清静的。比起喧嚣的人群到访，我喜欢山上行人零星，更喜欢一个人行走，品味"君心若似我，还得到其中"的意境。

寒山子就如天地留下的一首诗，与一草一木永存，与荒郊野外一样迷离。但让我们看到了文字的温暖、人性的温暖；即便秋风来临，他依然保持着恒久的热量！行走在寒山间，造访寒山子那样一种简陋的住所，那映照在岩石的一抹夕光，令人无限遐思。

比起别的天气，我最喜欢雨雾朦胧或夕阳映山时，在静静的寒山道上漫步，听见脚步的回声在岩石间回荡。寒山道，通往心灵栖息、灵魂安放的路径。那些山雾和烟霭每一次造型，都是彻底的自我反省、自我突围。

夕光下的寒石山，岩洞通体明亮温暖，洞外龟石、蛇石守望，枝叶婆娑，山鸟啾鸣。阳光洒在泉瀑上，成为五彩缤纷的世界。唐风宋雨，水滴石穿，那只是一瞬间，随即是寂寂的夜晚。

在夜色笼罩下，岩前溪还是随山形蛇行向前，偶然闻得岩前村的鸡犬此起彼伏，突然又停止，宛如天外来音。

"泣露千般草，吟风一样松。"晓风抚摸过树叶，分不清是松树与松树在相互倾诉，还是溪涧的流水之间的问候低语。

我寂寥的心情与山树、白云、巨石接通，能排遣累积多时而难于驱散的孤郁。这时寒山子才能浮现，他的光芒照亮了山体，他又行走在石级上，他又在接一勺从岩缝中滴下来的水，他又在咏诗岩上刻下了刚刚浮现的佳句。寒山子留下的300多首诗，犹如夕阳的光芒般璀璨，又如雪花般纯净。

有的人说寒山子来过，有的人说寒山子没有来，有的人说这座山便是隐者寒山子——一个向往自由自在的诗僧寒山子。

我选择冬日到寒石山，我用脚丈量岩洞与外面世界的距离，用手抚摸岩石上古藤与心灵的距离。此时的藤早已枯萎，而它保持向上的姿势令我怦然心动。它的根依然扎在山间的岩缝里。

在寒石山的鹊桥底下，我数了数桥上桥下星星的眼睛；在寒山子躺过的石床上，我掂了掂人事的代谢。

我在陡峭的山崖按下一个手印，轻抚岩缝隙间的一棵草——它如一个人的毛发——我如同触摸到了来自山体和谐的心跳。

朝露已逝，风雪湮尘。我在一片清风朗月里吟诗，将来自体内俗世的呼喊变成一次次对远方倾心的吐露。

我在寒石山间行走多少年，已记不清。这却是我一直喜欢的事，我为自己举行了一场仪式。我一次次行走，也完成了一次次心灵的救赎……

原载《岁月》2024 年第 2 期

经典鉴赏
聆听获奖小说，进入文学世界。

作家往事
跟随纪录片，探寻作家的故乡。

文学发展
穿越时间长河，纵览文学的演变。

随心书摘
记录你的阅读感悟和写作灵感。

扫码探索

中国文学脉络

在文学的棱镜里，发现生活的千面。